Von Ellis Peters
sind als Heyne-Taschenbücher erschienen

Ein Leichnam zuviel · Band 01/6523
Die Jungfrau im Eis · Band 01/6629
Das Mönchskraut · Band 01/6702
Der Aufstand auf dem Jahrmarkt · Band 01/6820
Der Hochzeitsmord · Band 01/6908

ELLIS PETERS

IM NAMEN DER HEILIGEN

Roman

Deutsche Erstveröffentlichung

WILHELM HEYNE VERLAG
MÜNCHEN

HEYNE ALLGEMEINE REIHE
Nr. 01/6475

Titel der englischen Originalausgabe
A MORBID TASTE FOR BONES
Deutsche Übersetzung von Eva Malsch

3. Auflage

Printed in Germany 1987
Umschlaggestaltung: Atelier Ingrid Schütz, München
Satz: IBV Satz- und Datentechnik, Berlin
Druck und Bindung: Elsnerdruck, Berlin

ISBN 3-453-02050-2

1.

An einem schönen Morgen Anfang Mai, den man mit Recht als den Beginn der sensationellen Affäre um die Gwytherin-Reliquien betrachten konnte, hatte sich Bruder Cadfael schon lange vor Sonnenaufgang erhoben, um Kohlsämlinge umzupflanzen. Seine Gedanken galten der Geburt, dem Wachstum und der Fruchtbarkeit und keineswegs irgendwelchen Gräbern und Reliquien und Ermordungen von Heiligen oder Sündern gewöhnlicher Herkunft – fehlbaren Menschen von seiner Sorte. Nichts störte seine Ruhe außer der Notwendigkeit, zur Messe hineingehen zu müssen, zumal die halbe Stunde im Kapitel meistens zehn Minuten länger dauerte als vorgesehen. Es mißfiel ihm, daß er seine Zeit dafür opfern mußte. Viel lieber hätte er sie hier draußen verbracht, bei einer kongenialeren Beschäftigung inmitten seiner Pflanzen, doch er durfte seine Pflichten nicht vernachlässigen. Immerhin hatte er sich offenen Auges für dieses Klosterleben entschieden, und er konnte sich nicht über die Dinge beklagen, die ihm unattraktiv erschienen, da ihm dieses Dasein ansonsten so viel Freude machte und ihm die Befriedigung schenkte, die er auch jetzt fühlte, als er sich aufrichtete und umblickte.

Er bezweifelte, daß es im ganzen Königreich einen schöneren Benediktinergarten gab oder einen, in dem noch mehr von den Kräutern wuchsen, die man als Gewürze und Arzneien verwendete. Der Großteil der Obstgärten und Ländereien, die zur Shrewsbury-Abtei von St. Peter und St. Paul gehörten, lag nördlich der Straße, außerhalb der Mönchsenklave. Aber hier, im geschützten Garten innerhalb der Klostermauern, bei den Fischteichen des Abts und dem Bächlein, das die Mühle der Abtei betrieb, herrschte Bruder Cadfael unangefochten. Vor allem das Herbarium war sein Königreich, denn er hatte es in fünfzehnjähriger Arbeit schrittweise gestaltet und um viele exotische Pflanzen bereichert, die er eigenhändig und sorgsam gezüchtet hatte. Diese Pflanzen hatte er von den Reisen mitgebracht, die ihn in seiner Jugend nach Venetien, Zypern und ins Heilige Land geführt hatten. Bruder Cadfael war erst in späten Jahren Mönch geworden – wie ein angeschlagenes Kriegsschiff, das endlich in einem stillen Hafen seine Ruhe findet. Er wußte sehr wohl, daß die Novizen und Laienbrüder während seiner ersten Klosterjahre auf ihn gezeigt und ehrfürchtig über ihn getuschelt hatten.

»Seht ihr den Bruder, der dort im Garten arbeitet – den untersetzten Burschen mit dem schlingernden Seemannsgang? Wenn man ihn so anschaut, möchte man nicht glauben, daß er in seiner Jugend an Kreuzzügen teilgenommen hat. Er war mit Godfrey de Bouillon in Antiochia, als es von den Sarazenen erobert wurde. Und er fuhr als Kapitän zur See, als der König von Jerusalem die ganze Küste des Heiligen Landes beherrschte, und er kämpfte zehn Jahre lang gegen die Korsaren! Schwer zu glauben, was?«

Bruder Cadfael selbst fand seine wechselvolle Laufbahn keineswegs ungewöhnlich. Er hatte nichts davon vergessen, und er bereute nichts. Auch sah er keinen Widerspruch in der Tatsache, daß er die vielen Schlachten und Abenteuer ebenso genossen hatte, wie er jetzt Freude an der stillen Abgeschiedenheit fand. Um der Wahrheit die Ehre zu geben – die Stille wurde mit kleinen Bosheiten gewürzt, wann immer sich eine Gelegenheit dazu ergab, ebenso, wie er seine Speisen gut gewürzt liebte. Doch er glich trotzdem einem Schlachtschiff, das zur Ruhe gekommen war und dies zu würdigen wußte. Wahrscheinlich dachten die jungen Brüder, die ihn beobachteten, daß es in einem Leben wie dem seinen auch Begegnungen mit Frauen gegeben haben mußte, und keineswegs nur ritterlicher Art – und sie fragten sich sicher, ob dies die richtige Grundlage für ein mönchisches Dasein war.

Was die Frauen betraf, so hatten sie recht. Abgesehen von Richildis, die verständlicherweise keine Lust gehabt hatte, zehn Jahre lang auf seine Rückkehr zu warten, und die Frau eines braven Mannes ohne kriegerische Ambitionen, aber mit guten Zukunftsaussichten geworden war, konnte er sich auch an andere Frauen in vielen Ländern erinnern. Dies waren für beide Seiten angenehme Zwischenspiele gewesen, die weder dem einen noch dem anderen Schaden zugefügt hatten. Bianca, die aus einem Steinbrunnen in Venedig Wasser geschöpft hatte – Arianna, die griechische Bootsfahrerin – Mariam, die Sarazenenwitwe, die in Antiochia Gewürze und Obst verkauft und der er für eine Weile den verstorbenen Gatten ersetzt hatte... Es waren flüchtige und auch ernsthaftere Begegnungen gewesen, und keine einzige hatte gebrochene Herzen hinterlassen. Dies betrachtete er als Erfolg, und daß er diese Frauen gekannt hatte, trug zu der harmonischen Ausgeglichenheit bei, die ihm jetzt, in seinem abgeschiedenen, beschaulichen Leben, Befriedigung verschaffte und die ihm zu geduldiger Weisheit verhalf, so daß er den Umgang mit diesen schlichten Gemütern ertrug, die ihr Leben dem Benediktinerorden geweiht hatten. Für ihn war das Klosterdasein ein rechtzeitig erfolgter Rückzug. Wenn man alles andere schon getan hatte, war es eine schöne, zufriedenstellende Aufgabe, einen Kräutergarten zu pflegen. Er konnte sich nicht vorstellen, so zu leben, wenn er zuvor nichts anderes geleistet hätte.

Noch fünf Minuten, dann mußte er sich die Hände waschen und in die Kirche zur Messe gehen. Er genoß es, durch sein duftendes, blühendes Königreich zu spazieren, wo Bruder John und Bruder Columbanus, zwei Jünglinge, die erst vor knapp einem Jahr tonsuriert worden waren, Unkraut jäteten und Hecken stutzten. Glänzend oder matt, glatt oder behaart leuchteten die Blätter in allen erdenklichen Variationen von Grün. Die Blumen waren meist schüchterne kleine Pflänzchen, die fast verstohlen in gedämpften Farben blühten, denn sie waren unwichtige, ungeliebte Mitbewohner dieses Gartens und nur geduldet, weil sie die Kräutersaat schützten. Gartenraute, Salbei, Rosmarin, Ingwer, Steinsamen, Minze, Thymian, Akelei, Eisenkraut, Bohnenkraut, Senf – hier gediehen alle Arten von Kräutern – Fenchel,

Wurmkraut, Basilikum und Dill, Petersilie, Kerbel und Majoran. Er hatte allen seinen Assistenten beigebracht, wie man sie verwendete, auch die unbekannten, und sie auf die Gefahren hingewiesen, denn der Nutzen der Kräuter liegt in der richtigen Proportion. Eine Überdosis kann schlimmer sein als die Krankheit, die kuriert werden soll. Klein und bescheiden in ihren Farbnuancen, dicht beieinander wachsend und schüchtern, erregten Bruder Cadfaels Kräuter nur Aufmerksamkeit, wenn sie im Sonnenschein ihren süßen Duft verströmten. Aber hinter diesen unscheinbaren Reihen erhoben sich höhere, auffälligere Pflanzen – Beete mit Päonien, die wegen ihrer würzigen Samen gezüchtet wurden, hochmütige Mohnblumen, deren geschlossene Knospen kaum die weißen oder purpurfarbenen Blütenblätter zeigten. Sie wuchsen fast mannshoch, und ihre Heimat war der östliche Teil des Mittelmeers. Aus jenen Ländern hatte Cadfael vor langer Zeit ihre Ahnen mitgebracht und sie in seinem eigenen Garten gezüchtet, bevor er die vollkommenen Ergebnisse seiner Bemühungen hierhergebracht hatte, wo sie Schmerzen bekämpften, die schlimmsten Feinde der Menschheit – und die Schlaflosigkeit, die Schwester der Schmerzen.

Die beiden jungen Männer, die Kutten bis zu den Knien hochgeschürzt, richteten sich gerade auf und streiften die Erde von ihren Händen, denn auch sie mußten sich für die Messe fertig machen. Bruder Columbanus würde niemals seine Pflichten vergessen und auch bei seinen Mitbrüdern keine Nachlässigkeiten dulden. Er war ein hübscher und gutgebauter großer Bursche mit einem runden Normannenkopf, denn er stammte aus einer aristokratischen Normannenfamilie, der jüngere von zwei Söhnen und dazu bestimmt, innerhalb der Mönchshierarchie Karriere zu machen. Dies galt als zweitbestes Lebensziel – wenn man schon kein Land erben konnte. Er hatte kräftiges, zu Berge stehendes blondes Haar und strahlend blaue Augen. Seine bescheidene Haltung, seine Blässe, sein introvertiertes Wesen bildeten einen krassen Gegensatz zu seinem muskulösen Körperbau.

Kein sehr einfacher Kollege, dieser Bruder Columbanus, denn trotz seiner bewunderswerten Kraft war er erschreckend sensibel, neigte zu emotionalen Krisen und Gewissensnöten, zu apokalyptischen Visionen, die nicht zu seinem massiven Bauernschädel passen wollten. Aber er war jung und idealistisch, und er hatte noch genug Zeit, um diese Qualen zu überwinden. Bruder Cadfael hatte ein paar Monate lang mit ihm zusammengearbeitet und war voller Hoffnung. Bruder Columbanus war willig, tüchtig und fast zu eifrig darauf bedacht, Wohlgefallen zu erregen. Wahrscheinlich fühlte er sich seinem aristokratischen Elternhaus allzu verpflichtet und fürchtete, ein Mißerfolg könnte seiner Familie schaden. Man kann nicht von erlauchtem normannischem Geblüt und ein Versager sein! Bruder Cadfael hatte Mitleid mit allen Opfern, die in solche Fallen geraten waren. Er selbst stammte aus einem alten Waliser Geschlecht, das nichts von übermenschlichen Ambitionen hielt. Und so tolerierte er Bruder Columbanus mit Gleichmut und verarztete ihn bei gelegentlichen Exzessen mit philosophischer Geduld. Der Saft der Mohnpflanzen hatte Bruder Columbanus schon oft besänftigt, wenn er von seinem religiösen Fieberwahn befallen war.

Nun, der andere junge Bruder hatte nichts für solchen Unsinn übrig. Bruder John war so unkompliziert und alltäglich wie sein Name, ein vierschrötiger Bursche mit Stupsnase und einem unbezähmbaren Ring aus drahtigen roten Locken, rund um die Tonsur. Er war stets hungrig, und sein Hauptinteresse galt der Frage, ob die Pflanzen im Garten eßbar und von erfreulichem Geschmack waren. Im Herbst würde er sicher einen Weg finden, um sich Zugang zum Obstgarten zu verschaffen. Nun begnügte er sich damit, Bruder Cadfael zu helfen, jungen Salat umzupflanzen und auf die Reifezeit der saftigen Früchte zu warten. Er war ein netter, gutmütiger, fröhlicher Bursche, den es möglicherweise durch einen unbegreiflichen Irrtum ins Kloster verschlagen und der noch nicht begriffen hatte, daß er hier fehl am Platz war. Bruder Cadfael hatte einen gewissen Hang zur Spitzbüberei in Bruder John entdeckt, also eine verwandte Seele, die sich allerdings noch nicht richtig entfaltet hatte. Aber er war überzeugt, daß dieser rote Vogel bald fliegen lernen würde. Und bis dahin würde er sich amüsieren, wo immer sich eine Gelegenheit ergab, und sein Vergnügen manchmal an unerwarteter Stelle finden.

»Ich muß mich beeilen«, sagte er, wischte sich die Hände an seiner Kutte ab und strich sie sorgfältig glatt. »In dieser Woche bin ich der Vorleser.« Ja, natürlich, erinnerte sich Cadfael. Und so langweilig die Passagen auch waren, die man für Bruder John im Refektorium ausgesucht hatte, so harmlos die Märtyrer und Heiligen auch sein mochten, denen das jeweilige Kapitel geweiht war – John würde ihnen dramatisches Leben einhauchen. Sollte man ihm jemals gestatten, die Geschichte über die Enthauptung des Heiligen Johannes des Täufers vorzulesen, das Kloster würde in seinen Grundfesten erzittern.

»Du liest uns zur Ehre Gottes und der Heiligen vor, Bruder«, erinnerte ihn Columbanus mit liebevollem Tadel und leicht irritierender Unterwürfigkeit, »nicht zu deiner eigenen.«

»Mein Geist ist stets von gesegneten Gedanken erfüllt«, entgegnete John, von unbeirrbarem Frohsinn erfüllt, zwinkerte Cadfael hinter dem Rücken seines Kollegen zu und eilte beschwingt zum Tor der Abtei. Sie folgten ihm etwas langsamer, der blonde schlanke Jüngling und der siebenundfünfzigjährige Veteran mit der breiten Brust und den O-Beinen. War ich jemals so jung und ernsthaft wie dieser Bursche, fragte sich Cadfael, während er mit seinem schlingernden Seemannsgang an der Seite des Normannen blieb, der mit langen geschmeidigen Schritten dem schmalen Weg zwischen den Büschen folgte. Er konnte kaum glauben, daß Columbanus immerhin schon fünfundzwanzig war und aus einem vornehmen, ambitionierten Haus stammte, dessen Vermögen sicher nicht ausschließlich auf frommen Taten basierte.

Diese dritte Messe des Tages war kurz, und danach verließen die Benediktinermönche der Shrewsbury-Abtei in geordneten Reihen den Kirchenchor und gingen in den Kapitelsaal, wo sie ihre Bänke aufsuchten, angeführt von Abt Heribert. Er war alt, von mildem, nachgiebigem Wesen, ein sanftmütiger, grauhaariger Asket, der in harmonischem Frieden zu leben wünschte. Seine Gestalt war nicht besonders eindrucksvoll, aber sein Gesicht, das stets liebevolle Besorgnis widerspiegelte, wirkte sehr anziehend. Novizen und Schüler fühlten sich wohl in seiner Nähe – wenn sie in diesen Genuß kamen, was nicht so einfach war, denn der furchterregende Prior Robert pflegte ihn abzuschirmen.

Prior Robert Pennant, in dessen Adern walisisches und englisches Blut floß, war über einen Meter achtzig groß, dünn und sehr gelenkig. Mit seinen fünfzig Jahren hatte er bereits silbergraues Haar und ein schmales schönes Gesicht mit aristokratischen Zügen und hoher Stirn. In den Grafschaften der Midlands gab es keinen zweiten Mann, der so großartig mit einer Mitra aussah und in seiner Autorität so überirdisch wirkte – und es gab auch keinen Mann in ganz England, der dies besser wußte und entschlossener war, es bei jeder Gelegenheit zu demonstrieren. Alle seine Bewegungen unterstrichen die bischöfliche Würde, als er durch den Kapitelsaal schritt.

Bruder Richard, der Unterprior, folgte ihm – das genaue Gegenteil des Priors, unscheinbar, freundlich und gütig, klug, aber denkfaul. Es war zu bezweifeln, ob er jemals Prior werden würde, wenn Robert einmal das Zeitliche segnete, da viele jüngere, ehrgeizige Brüder nach diesem Amt strebten und bereit waren, die größten Mühen auf sich zu nehmen, um ihr Ziel zu erreichen.

Hinter Richard kamen die anderen Brüder herein, nach Hierarchien geordnet. Bruder Benedikt, der Sakristan, Bruder Anselm, der Präzentor, Bruder Matthew, der Kellermeister, Bruder Denis, der Hospitalleiter, Bruder Edmund, der Krankenpfleger, Bruder Oswald, der Almosenpfleger, Bruder Jerome, der Schreiber des Priors, und Bruder Paul, der Lehrer der Novizen. Danach folgten die gewöhnlichen Ordensmitglieder, eine imposante Schar. Mit den letzten dieser

Brüder trat auch Cadfael ein und suchte seinen Platz auf, im Hintergrund des Saals, schlecht beleuchtet und halb verborgen hinter einer Säule. Da er nichts mit mühseligen Schreibarbeiten zu tun hatte, war es unwahrscheinlich, daß man ihn aufrufen und bitten würde, einen Vortrag über irgendwelche häuslichen Geschäfte zu halten, und wenn die besprochenen Themen allzu langweilig waren, konnte er sich die Zeit mit einem Nickerchen vertreiben. Aufgrund langjähriger Gewohnheit war er imstande, in seiner schattigen Ecke aufrecht sitzend und unbemerkt zu schlafen. Er besaß einen sechsten Sinn, der ihn notfalls sofort wecken würde. Angeblich hatte er sogar einmal eine Frage beantwortet, obwohl er überzeugt war, daß er zu jenem Zeitpunkt tief geschlafen hatte.

An diesem Maimorgen blieb er lange genug wach, um Bruder Johns Vortrag über die unwahrscheinlichen, dramatischen letzten Jahre irgendeines obskuren Heiligen zu genießen, der gerade Namenstag hatte. Aber als der Kellermeister die komplizierten Einzelheiten eines Legats erläuterte, das teilweise für den Altar Unserer lieben Frau und teilweise für das Hospital bestimmt war, schloß er die Augen. Immerhin wußte er, daß nach der Aburteilung diverser geringfügiger Missetaten Prior Robert die restliche Zeit beanspruchen würde, um seinen Feldzug für die Sicherung der Reliquien und die Schirmherrschaft eines mächtigen Heiligen fortsetzen würde. In den letzten Monaten war nur selten über andere Dinge diskutiert worden. Der Prior hatte sich das alles in den Kopf gesetzt, seit im Kluniazenserkloster von Wenlock voller Stolz und Jubel das Grab der Gründerin, der heiligen Milburga, wiederentdeckt und der Rest ihrer Gebeine triumphierend auf dem Altar deponiert worden war. Eine ausländische Abtei, nur wenige Kilometer entfernt, verfügte über eine eigene wunderwirkende Heilige – und das große Benediktinerkloster von Shrewsbury entbehrte solcher Reliquien, wie eine geplünderte Opferbüchse. Das konnte Prior Robert nicht ertragen. Seit einem Jahr suchte er die Umgebung nach einem überzähligen Heiligen ab, spähte hoffnungsvoll nach Wales, wo es früher, wie man wohl wußte, so viele heilige Männer und Frauen gegeben hatte wie Pilze im Herbst und wo man sie, ebenso wie die letzteren, kaum beachtet hatte. Bruder Cadfael hatte keine Lust, sich die neuesten Klagen und Anfeuerungen Roberts anzuhören, und schlummerte ein.

Weiße Felsen reflektierten die Sonnenhitze, versengten ihm das Gesicht, und der trockene Staub brannte in seiner Kehle. Von der Stelle aus, wo er mit seinen Gefährten in Dekkung lag, konnte er die lange Mauer überblicken. Die Stahlhelme der Wächter auf den Türmen glitzerten im feurigen Licht. Ringsum erstreckte sich eine Landschaft, aus rötlichem Stein geschnitzt, mit tiefen Schluchten und steilen Klippen. Kein einziger grüner Grashalm milderte die rote Glut. Und vor ihm lag das Ziel seiner Reise, die heilige Stadt Jerusalem, gekrönt von Türmen und Kuppeln und von weißen Mauern umgeben. Der Staub der tobenden Schlacht hing in der Luft, umnebelte die Brustwehr und das Tor. Der Lärm heiserer Schreie und klirrender Rüstungen drang in sein Ohr. Er wartete auf die Trompetenfanfare, das Zeichen zum letzten Angriff. Er blieb in seiner Deckung, denn er hatte den kurzen Sarazenenpfeil respektieren gelernt. Die Banner flatterten im heißen Wind, er sah die erhobene Trompete funkeln und wappnete sich.

Der Ton, der ihn aus seinem Traum riß, war laut und durchdringend – doch es war keine Trompete, die zum Angriff auf die Stadt Jerusalem blies. Er saß wieder in seiner dunklen Ecke im Kapitelsaal, und jetzt sprang er auf, ebenso konsterniert und erschrocken wie die anderen. Der schrille Schrei, der ihn geweckt hatte, ging in ein herzzerreißendes Stöhnen über, das immer wieder zu einem gellenden Kreischen anschwoll und sowohl von qualvollen Schmerzen als auch von wilder Ekstase künden konnte. In der Mitte des Saales lag Bruder Columbanus auf dem Bauch, schlug um sich wie ein gestrandeter Fisch, trat mit seinen langen weißen Beinen in die Luft und stieß dieses gräßliche Gebrüll aus, umringt von hilflosen Brüdern, während Prior Robert jammernd die Hände rang.

Bruder Cadfael und Bruder Edmund, der Krankenpfleger, rannten zu dem Unglücklichen, knieten neben ihm nieder und suchten zu verhindern, daß er sich die Stirn am Steinboden blutig schlug oder sich alle Glieder brach. »Epilepsie«, sagte Bruder Edmund kurz und bündig und schob Bruder Columbanus das Ende der dicken Kordel, die ihm als Gürtel diente, zwischen die Zähne – zusammen mit einem Teil des Kuttensaums, damit sich der tobende junge Bruder nicht die Zunge abbiß.

Cadfael war nicht überzeugt von dieser Diagnose, denn dies waren nicht die grunzenden, hilflosen Laute eines Epileptikers, sondern eher die wilden Schreie einer hysterischen Frau. Aber die Behandlung dämpfte zumindest den Lärm und schien sogar die krampfhaften Zuckungen zu verringern, wenn sie auch erneut an Heftigkeit zunahmen, als Cadfael und Edmund ihren Griff lockerten.

»Der arme junge Mann!« murmelte Abt Heribert, der sich im Hintergrund hielt. »Was für ein plötzlicher, grausamer Anfall! Geht sanft mit ihm um! Bringt ihn ins Hospital! Wir müssen für seine Genesung beten.«

Das Kapitel löste sich auf, nicht so wohlgeordnet wie sonst. Mit der Hilfe Bruder Johns und einiger anderer von eher praktischer Denkungsart trugen sie Columbanus in eine kleine Kammer im Hospital. Sie hatten ihn in ein Leintuch gewickelt, damit er nicht um sich schlagen und sich verletzten konnte, und statt der Kordel, an der er womöglich erstickt wäre, hatten sie ihm ein Stück Holz zwischen die Zähne gesteckt. Sie legten ihn auf ein Bett und fesselten ihn mit Bandagen, die sie um seine Brust und seine Schenkel wickelten. Er ächzte, gurgelte, bäumte sich auf, aber mit nachlassenden Kräften. Und als sie ihm Bruder Cadfaels Mohnsaft eingeflößt hatten, wurde das Stöhnen immer leiser, der Widerstand gegen die Bande erlahmte.

»Paßt gut auf ihn auf!« befahl Prior Robert, der am Fußende des Bettes stand und besorgt die Stirn runzelte. »Ich denke, irgend jemand sollte stets bei ihm Wache halten, für den Fall, daß sich der Anfall wiederholt. Bruder Edmund, du mußt dich auch um deine anderen Kranken kümmern, also kannst du nicht Tag und Nacht an seinem Lager sitzen. Bruder Jerome, ich übergebe diesen armen Mann deiner Obhut und entbinde dich von allen deinen übrigen Pflichten, solange er dich braucht.«

»Dazu bin ich gern bereit«, erwiderte Bruder Jerome. »Ich werde für ihn beten.«

Er war der treueste Anhänger des Priors, und wann immer ein Fall eintrat, der bedingungslosen Gehorsam verlangte oder einen lückenlosen Bericht über gewisse Wahnsinnssymptome bei diesem oder jenem Bruder, wandte sich Prior Robert an Jerome.

»Bleib nachts bei ihm, denn es geschieht vor allem in der Nacht, daß die Widerstandskräfte eines Mannes nachlassen und die bösen Mächte in seinem Körper die Oberhand gewinnen. Wenn er friedlich schläft, kannst du dich ausruhen – aber bleib in seiner Nähe, falls er deine Hilfe benötigt.«

»In einer Stunde wird er tief und fest schlafen«, erklärte Cadfael zuversichtlich. »Und die Wirkung des Mohnsafts wird bald in einen natürlichen Schlaf übergehen. Wenn Gott es so will, ist er morgen wieder gesund.«

Nach seiner Ansicht mangelte es Bruder Columbanus sowohl an körperlicher als auch an geistiger Arbeit, und dafür rächte er sich mit diesen halb willentlich herbeigeführten, halb unfreiwilligen Exzessen, um bemitleidet und gleichzeitig getadelt zu werden. Doch Cadfael war vorsichtig genug, um an seinen Mutmaßungen zu zweifeln. Er war sich nicht sicher, ob er seine Mitbrüder gut genug kannte, um sie richtig beurteilen zu können. Höchstens Bruder John ... Aber innerhalb der Klostermauern und auch in der Außenwelt waren die fröhlichen, ungezwungenen, extrovertierten Brüder Johns dünn gesät.

Am nächsten Morgen erschien Bruder Jerome aufgeregt im Kapitelsaal und konnte es kaum erwarten, seine ungeheuerlichen Neuigkeiten loszuwerden. Als Abt Heribert ihm sanfte Vorwürfe machte, weil er den Patienten allein gelassen hatte, faltete er ehrerbietig die Hände und neigte den Kopf, allerdings, ohne seine Erregung zu bezähmen.

»Vater, eine andere Pflicht sandte mich hierher – eine Pflicht, die sicher dringlicher ist. Bruder Columbanus schläft – wenn auch nicht friedlich, denn er wird anscheinend von bösen Träumen heimgesucht. Aber zwei Laienbrüder halten bei ihm Wache. Falls ich ein Unrecht begangen habe, werde ich es demütig büßen.«

»Geht es unserem Bruder noch nicht besser?« fragte der Abt besorgt.

»Er leidet immer noch, und wenn er wach ist, tobt er, aber... Vater, dies ist es, was ich dir mitteilen wollte – es gibt Hoffnung für ihn! In der Nacht bekam ich einen wundersamen Besuch, und nun bin ich hier, um von der göttlichen Gnade zu berichten, die mir zuteil wurde. In den Morgenstunden nickte ich neben Bruder Columbanus' Bett ein, und da hatte ich einen großartigen Traum.«

Mittlerweile hatte er die Aufmerksamkeit aller Brüder auf sich gezogen, sogar Cadfael war hellwach.

»Also noch einer«, flüsterte ihm Bruder John spöttisch ins Ohr. »Allmählich breitet sich die Seuche aus!«

»Vater, die Wand der Kammer schien sich zu öffnen, und ein gleißendes Licht flammte auf, und in diesem Lichtstrahl kam eine schöne Jungfrau herein. Sie trat ans Bett unseres Bruders und sagte mir, daß sie Winifred heißt und daß es eine heilige Quelle in Wales gibt – dort, wo sie ihr Martyrium erlitten hat. Und dann verriet sie mir, daß Bruder Columbanus sicher genesen würde, wenn er im Wasser dieser Quelle badet. Sie segnete unser Kloster, dann verschwand sie, das Licht erlosch, und ich erwachte.«

Das ehrfürchtige Gemurmel, das diesen Worten folgte, wurde von Prior Roberts Stimme übertönt, die in ehrfürchtigem Triumph ausrief: »Vater Abt, wir wurden erleuchtet! Unsere unermüdliche Suche nach einem Heiligen hat dieses Zeichen der Gnade auf uns gelenkt, das uns Kraft gibt und uns ermutigt auszuharren!«

»Winifred«, sagte der Abt zweifelnd. »Ich erinnerte mich

nur undeutlich an die Geschichte dieser Heiligen und Märtyrerin. Es gibt ja so viele in Wales... Natürlich müssen wir Bruder Columbanus zu dieser Quelle schicken. Es wäre undankbar, ein solches Omen zu mißachten. Aber – wo ist die Quelle?«

Prior Robert wandte sich an die wenigen Waliser unter den Brüdern. Rasch glitt sein Blick über Cadfael hinweg, der nie zu seinen Favoriten gezählt hatte, vielleicht wegen dieses gewissen Funkelns in seinen Augen und seiner berüchtigten weltlichen Vergangenheit. Und dann leuchtete der Blick des Priors auf, als er auf den alten Bruder Rhys fiel, der schon etwas senil war, aber in dogmatischer Hinsicht keine Gefahr darstellte, und der die umfassenden, wenn auch teilweise kapriziösen Erinnerungen sehr alter Menschen hatte. »Bruder, kannst du uns die Geschichte dieser Heiligen erzählen und uns sagen, wo ihr Brunnen zu finden ist?«

Der alte Mann merkte erst nach einer geraumen Weile, das er zum Mittelpunkt der allgemeinen Aufmerksamkeit geworden war. Er war zusammengeschrumpft wie ein dürrer Vogel und zahnlos, und an tolerante Nichtbeachtung gewöhnt. Zögernd fing er zu sprechen an, erwärmte sich aber zusehends für das Thema, als er alle Blicke auf sich gerichtet sah. »Die heilige Winifred? Jedermann kennt die heilige Winifred. Die Quelle Holywell ist nicht weit von Chester entfernt. Aber dort werdet ihr Winifreds Grab nicht finden.«

»Erzähl uns von ihr«, bat der Prior, der vor Eifer von einem Bein aufs andere trat. »Erzähl uns ihre ganze Geschichte.«

»Die heilige Winifred«, deklamierte der Greis, der diese Stunde seines Ruhmes zu genießen begann, »war das einzige Kind eines Ritters namens Tevyth, der in jener Gegend lebte, wo die Fürsten noch Heiden waren. Aber der heilige Bueno hatte den Ritter und alle Bewohner seines Hauses bekehrt, und Tevyth baute eine Kirche für den Heiligen und nahm ihn bei sich auf. Das Mädchen liebte Bueno noch inniger als die Eltern und gelobte, Jungfrau zu bleiben und jeden Tag die heilige Messe zu hören. Doch eines Sonntags wurde sie krank und mußte zu Hause bleiben, während alle anderen zur Kirche gingen. Da kam ein Prinz zu ihr, Cradoc, ein Königssohn, der sie einmal aus der Ferne gesehen und sich sofort in sie verliebt hatte, denn sie war sehr schön. Unbeschreiblich schön!« schwärmte Bruder Rhys und leckte sich schmatzend über die Lippen. Prior Robert zuckte zusammen, verzichtete aber auf eine Ermahnung, um die Erzählung nicht zu unterbrechen. »Er erklärte, daß ihm heiß wäre und daß er nach einer mühsamen Jagd schrecklichen Durst hätte, und bat sie um ein Glas Wasser. Da ließ sie ihn ins Haus und gab ihm zu trinken. Und dann...« Bruder Rhys schlang sich die Arme, die in den voluminösen Ärmeln seiner Kutte steckten, um die Schultern und sprang auf, mit einem Temperament, das ihm niemand zugetraut hätte. »...sprach er von seiner Liebe und riß sie in die Arme! So!« Die Anstrengung war fast zu viel für ihn, und unter dem erschrockenen Blick des Priors sank er würdevoll auf seine Bank zurück. »Die unerschütterliche Jungfrau wies ihn mit sanften Worten zurück, floh in ein anderes Zimmer, kletterte aus dem Fenster und lief zur Kirche. Prinz Cradoc merkte, daß sie davongerannt war, schwang sich auf sein Pferd und ritt hinter ihr her. In der Nähe der Kirche holte er sie ein. Er fürchtete, daß sie der Gemeinde von seiner Niedertracht erzählen würde, und deshalb enthauptete er sie mit seinem Schwert.«

Er machte eine Pause, um auf ein entsetztes, mitfühlendes oder empörtes Gemurmel zu warten, was auch in reichem Maße erfolgte, untermalt von gefalteten Händen und runden Augen. Dann rief Bruder Jerome begeistert: »Und so fand die arme Märtyrerin den Tod und wurde heilig gesprochen?«

»Aber nein!« stieß Bruder Rhys hervor. Er hatte Bruder Jerome nie gemocht. »Der heilige Bueno und die fromme Gemeinde kamen aus der Kirche und sahen, was geschehen war. Der Heilige verfluchte den Mörder, der sofort zu Boden sank und zerschmolz wie Wachs – bis die Reste seines Körpers im Gras versickert waren. Der heilige Bueno setzte den Kopf der Jungfrau auf ihren Hals, das Fleisch wuchs wieder zusammen, und sie erhob sich. Und an derselben Stelle entsprang die heilige Quelle.«

Fasziniert warteten die Brüder auf das Ende der Geschichte, und er ließ sie warten. Nachdem er geschildert hatte, wie die heilige Winifred von den Toten auferstanden war, hatte er jegliches Interesse an ihr verloren.

»Und was geschah dann?« drängte Prior Robert. »Was fing sie mit ihrem neuen Leben an?«

»Sie pilgerte nach Rom«, antwortete Bruder Rhys gleichgültig, »besuchte eine große Synode von Heiligen und wurde zur Priorin eines Jungfrauenklosters in Gwytherin ernannt, bei Llanrwst. Dort lebte sie noch viele Jahre und wirkte zahlreiche Wunder. Und als sie zum zweitenmal starb, blieb es dabei.« Er zuckte mit den Schultern. Mehr gab es nicht über Winifred zu sagen. Sie hatte die Chance verpaßt, in Prinz Cradocs Armen die Liebe kennenzulernen, weil es ihre Bestimmung gewesen war, Priorin in einem Nest voller alter Jungfern zu werden. Was hätte er sonst noch über sie erzählen sollen?

Doch Prior Robert ließ nicht locker. »Ist sie in Gwytherin begraben? Sind auch nach ihrem Tod Wunder geschehen?«

»Ja, das habe ich gehört. Aber es ist schon lange her. Seither wurde ihr Name nicht mehr genannt.«

Pior Robert stand im Sonnenlicht, das zwischen den Säulen des Kapitelsaales hereinfiel, zu seiner vollen imposanten Größe aufgerichtet, und heftete seinen strahlenden, eindringlichen Blick auf Abt Heribert. »Vater, glaubst du nicht auch, daß unsere Suche nach einem mächtigen, heiligen Schirmherrn von Gott geleitet wurde? Diese wunderbare Heilige hat uns besucht, in Bruder Jeromes Traum, und uns aufgefordert, unseren kranken Bruder zu ihrer Quelle zu bringen, damit er genesen kann. Dürfen wir nicht hoffen, daß sie unsere Schritte auch weiterhin lenken wird? Wenn sie unsere Gebete erhört und Bruder Columbanus wieder gesund macht – wäre dann unsere Hoffnung vermessen, daß sie zu uns kommen und bei uns wohnen wird? Und daß wir die Erlaubnis der Heiligen Kirche erhalten könnten, ihre gesegneten Gebeine nach Shrewsbury zu holen – zu Ruhm und Ehre dieses Hauses?«

»Und zu Prior Roberts Ruhm und Ehre«, wisperte Bruder John in Cadfaels Ohr.

»Nun, es läßt sich nicht leugnen, daß sie uns ihre Gunst bewiesen hat«, gab Abt Heribert zu.

»Habe ich dann deine Erlaubnis, mein Vater, Bruder Columbanus mit einer Eskorte zur Quelle Holywell bringen zu lassen? Noch heute?«

»Tu das. Unsere Gebete werden ihn begleiten. Vielleicht wird er als Bote der heiligen Winifred zurückkehren, gesund und dankbar.«

Kurz nach dem Mittagessen wurde der geistesgestörte Mann, der in unzusammenhängenden Wortschwällen mit sich selber sprach, aus dem Kloster geführt, auf ein Maultier gesetzt, auf einen hohen Sattel mit Gurten, und festgebunden, damit er nicht herunterfallen konnte, wenn er wieder einen Anfall bekam. Links und rechts von ihm ritten Bruder Jerome und ein stämmiger Laienbruder, um ihn notfalls festzuhalten. Columbanus blickte mit großen mitleiderregenden Kinderaugen um sich und schien niemanden zu kennen, ergab sich aber widerstandslos in sein Schicksal.

»Ich würde auch gern einen kleinen Ausflug nach Wales machen«, sagte Bruder John wehmütig, nachdem sie um eine Mauerecke gebogen waren, um zur Brücke über den Severn zu reiten. »Aber vermutlich hätte ich nicht die richtigen Visionen gehabt. Jerome eignet sich viel besser dazu.«

»Mein Junge«, entgegnete Cadfael mit einem toleranten Lächeln, »du entwickelst dich zusehends zu einem Skeptiker.«

»Keineswegs! Ich glaube ebenso wie alle anderen an die Heiligkeit des Mädchens und an diese Wunder. Wir wissen, daß die Heiligen die Macht besitzen, uns segensreiche Hilfe zu gewähren, und ich glaube, daß sie auch dazu bereit sind. Aber wenn Prior Roberts getreuer Haushund solche Träume hat, dann heißt das, daß ich an seine Heiligkeit glauben soll, nicht an die der guten Winifred. Außerdem – ist es nicht ehrenvoll genug, daß sie uns ihre Gunst erwiesen hat? Warum wollen sie auch noch die Gebeine der armen Frau ausgraben? Das kommt mir so vor, als würden sie einem Leichenhaus angehören und keiner Kirche. Und du denkst genauso«, fügte Bruder John hinzu und blickte dem älteren Mann fest ins Auge.

»Wenn ich mein Echo hören will, spreche ich selbst«, erwiderte Bruder Cadfael. »So, und jetzt hol die frische Gartenerde. Wir müssen die Kohlpflänzchen einsetzen.«

Die Abordnung, die man nach Holywell gesandt hatte, war fünf Tage unterwegs und kehrte an einem regnerischen Abend glanzvoll heim. Inbrünstige Gebete auf den Lippen, ritten die drei Mönche in den Hof, in der Mitte Bruder Columbanus, der aufrecht, anmutig und triumphierend im Sattel saß – falls ein so demütiger Mann mit einem solchen Wort beschrieben werden kann. Sein Gesicht strahlte, die Augen waren erfüllt von tiefem Wunderglauben und Intelligenz. Niemand hatte je zuvor weniger wahnsinnig ausgesehen, niemandem hätte man in geringerem Maße epileptische Anfälle zugetraut. Er eilte geradewegs in die Kirche, um Gott und der heiligen Winifred auf den Knien zu danken. Die anderen folgten ihm, und dann begaben sie sich ins Arbeitszimmer des Abtes, um Heribert, dem Prior und dem Unterprior pflichtschuldigst Bericht zu erstatten.

»Vater«, sagte Bruder Columbanus in freudigem Eifer, »ich könnte dir nicht schildern, was mir widerfahren ist, denn ich weiß weniger als diese beiden, die mich während meines Deliriums pflegten. Ich weiß nur, daß ich diese Reise antrat wie ein Mann, der in einem bösen Traum gefangen ist, daß ich dorthin ritt, wohin man mich führte, ohne auch nur zu ahnen, wie ich für mich selbst sorgen oder was ich tun sollte. Und plötzlich erwachte ich aus diesem Alptraum, an einem hellen Morgen, in einer gleißenden Frühlingswelt. Ich stand nackt im Gras neben einem Brunnen, und diese guten Brüder gossen das Wasser über mich, das mich heilte. Ich erkannte mich selbst und die beiden wieder, und ich fragte, wo ich mich befand und wie ich dorthin gelangt war. Dies erzählten sie mir bereitwillig. Und dann gingen wir in eine kleine Kirche in der Nähe, gefolgt von vielen Leuten, um eine Messe zu lesen. Jetzt weiß ich, daß ich meine Genesung der heiligen Winifred zu verdanken habe. Ich lobpreise und verehre sie aus tiefstem Herzen und schicke ein Dankgebet zu Gott, der sie veranlaßt hat, mir Gnade zu erweisen. Alles andere werden dir diese Brüder sagen.«

Der Laienbruder war ein großer, einsilbiger Mann – und er war ziemlich müde, nachdem er unterwegs den Löwenanteil aller erforderlichen Arbeiten geleistet hatte. Außerdem begann ihn die ganze Sache allmählich zu langweilen. Und so machte er zwar die passenden Randbemerkungen, wann immer es erforderlich war, überließ es aber dem wortgewandten Jerome, die Geschichte zu erzählen. Und Bruder Jerome berichtete weitschweifig, wie sie ihren Patienten in das Dorf Holywell gebracht und die Einheimischen gefragt hatten, wo die Quelle wäre. Man hatte ihnen gezeigt, wo die Heilige nach ihrem Martyrium von den Toten auferstanden war. Die silbrige Quelle sprudelte jetzt aus einem Steinbecken. Sie führten den immer noch fantasierenden Columbanus hin, zogen ihm die Kutte, das Hemd und die Hosen aus und gossen das heilige Wasser über ihn. Sofort richtete er sich auf, hob die Hände im Gebet und dankte für die Genesung seines Geistes. Danach fragte er die beiden Brüder verwundert, wie er hierhergekommen und was ihm widerfahren wäre. Bestürzt beziehungsweise beglückt erfuhr er von seinem Anfall und der wunderbaren Heilung, und er war seiner Schutzheiligen, die ihn gerettet hatte, über alle Maßen dankbar.

»Die Leute sagten uns, daß die Heilige tatsächlich in Gwytherin begraben ist, ehrwürdiger Vater. Dort lebte sie als Priorin und vollbrachte viele Wunder. Jetzt wird das Grab vernachlässigt, man beachtet es kaum noch, und es ist durchaus möglich, daß sie nach Anerkennung strebt und lieber an einem Ort wäre, der von Pilgern aufgesucht wird, wo man sie so verehrt, wie sie es verdient und wo genügend Platz vorhanden wäre, so daß ihre Gnade und ihr Segen vielen Menschen zugute käme.«

»Deine Worte verraten mir, daß du von jener heiligen Quelle inspiriert wurdest«, sagte Prior Robert, hoch aufgerichtet und im Vollgefühl der Bestätigung, die sein unbeirrbarer Glaube erfahren hatte. »Und du sprichst aus, was ich fühlte, als ich dir zuhörte. Ganz gewiß wünscht die heilige Winifred, daß wir sie retten, so wie sie Bruder Columbanus gerettet hat. Viele würden ihrer Gnade bedürfen und wissen nichts von ihr. Bei uns würde sie so geschätzt werden, wie es ihr zusteht. Ich bete darum, daß wir die Aufgabe bewältigen können, die sie uns stellt. Vater Abt, erlaube mir, ein Gesuch an die Kirche zu richten und diese gebenedeite Frau hierherzubringen, damit sie hier ihre ewige Ruhe findet, zu unserem Ruhme. Denn ich glaube, dies ist ihr Wille.«

»Im Namen Gottes«, erwiderte Abt Heribert andächtig. »Ich billige dein Vorhaben. Möge dich der Segen des Himmels begleiten.«

»Er hat alles schon vorher geplant«, sagte Bruder John, über das Minzebeet gebeugt, halb neidisch, halb verächtlich. »Dieses Erstaunen war nur gespielt. Und die Frage, wer die heilige Winifred wäre und wo man sie finden könnte, war ein Täuschungsmanöver. Das alles wußte er schon längst. Er suchte aus der Schar der walisischen Heiligen eine heraus, die, wie er festgestellt hatte, vernachlässigt wurde. Und er entschied, daß sie am ehesten verfügbar wäre und ihm am besten zu Ruhm und Ehre verhelfen könnte. Doch das mußte auf wunderbare Weise ans Tageslicht gelangen. Es werden sich noch weitere Phänomene ereignen, wann immer er sie braucht, um seinen Weg zu ebnen – bis er das Mädchen hierher und in Sicherheit gebracht hat. Dies ist ein großes Unternehmen, und es wird ihn auf der Karriereleiter weiter emporsteigen lassen. Es fängt mit einer Vision an, dann erfolgt eine wunderbare Heilung, und von da an werden alle seine Schritte von göttlicher Gnade gelenkt. Das ist so offensichtlich wie diese platte Nase in deinem Gesicht.«

»Und du glaubst«, fragte Bruder Cadfael mit sanfter Stimme, »daß Bruder Columbanus und Bruder Jerome an diesem Komplott beteiligt sind? Daß auch dieser epileptische Anfall gespielt war? Ich müßte meines himmlischen Lohns sehr sicher sein, um mich zu einer solchen Tortur durchringen zu können und mit der Stirn gegen einen Steinboden zu schlagen. Ich glaube, das würde ich nicht einmal tun, um Prior Robert zu einem Wunder zu verhelfen.«

Bruder John dachte eine Weile nach, dann schüttelte er den Kopf. »Nein, das glaube ich nicht. Wir alle wissen, daß unser armes Lamm von Schreckensvisionen geplagt wird, wenn es eine Buße versäumt hat, und an Fastentagen oder bei Vigilien in Ekstase gerät. Und ein eiskalter Wasserguß in Holywell war sicher genau die richtige Behandlung, um den Burschen wieder zur Vernunft zu bringen. Genausogut hätten wir ihn hier in den Fischteich werfen können. Aber er glaubt, was man ihm einredet, und schreibt seine Genesung der Heiligen zu. So eine Chance läßt er sich natürlich nicht entgehen. Nein, ich möchte nicht behaupten, daß er in eine Verschwörung verwickelt war – zumindest hat er nicht wissentlich mitgemacht. Aber er hat ihnen eine Gelegenheit verschafft, uns allen ein Wunder vorzugaukeln. Du weißt doch, daß Jerome in jener Nacht an Columbanus' Krankenlager Wache gehalten hat. Das war genau der richtige Mann. Kein anderer hätte diese Vision gehabt...« Traurig rollte er ein paar junge Kohlblätter zwischen den Fingern. »Und es werden genau die richtigen Männer sein, die Prior Robert nach Wales begleiten. Du wirst schon sehen.«

Zweifellos sehnte sich dieser junge Mann nach der Außenwelt, nach der frischen Luft außerhalb der Klostermauern. Bruder Cadfael stellte gewisse Überlegungen an, nicht nur von Mitleid mit seinem Gehilfen erfüllt, sondern auch von ureigensten angenehmen Gefühlen. Ein so außergewöhnliches Ereignis, das das sonst so ruhige, beschauliche Mönchsleben unterbrach, durfte man nicht ungenutzt verstreichen lassen. Abgesehen von der großartigen Gelegenheit, Unsinn zu machen...

»Das stimmt«, bestätigte er nachdenklich. »Vielleicht müßten wir da ein bißchen mitmischen. Jedenfalls sollte in Wales nicht der Eindruck entstehen, daß Jerome das beste ist, was Shrewsbury zu bieten hat.«

»Du hast ebensowenig Chancen, mitgenommen zu werden, wie ich«, entgegnete Bruder John in seiner üblichen offenherzigen Art. »Jerome ist ganz bestimmt mit von der Partie, denn Prior Robert braucht seine rechte Hand. Und Columbanus, der arme Narr, das Instrument der Gnade, könnte noch einmal zu demselben Zweck verwendet werden. Den Unterprior müssen sie der Form halber auch mitschleppen. Meinst du, daß wir uns da irgendwie reinschmuggeln können? Sie werden erst in ein paar Tagen aufbrechen, denn die Tischler und Schnitzer brauchen noch eine Weile, um den kostbaren Reliquienschrein fertigzustellen, der die Gebeine der guten Winifred aufnehmen soll. Streng mal dein Gehirn an, Bruder! Wenn man Verstand hat, gibt es nichts, was man nicht zuwegebrächte – Prior hin, Prior her!«

»Hm – habe ich gesagt, daß du ein Skeptiker bist?« murmelte Bruder Cadfael, entzückt und entwaffnet von Johns Eifer. »Mir selbst könnte ich vielleicht einen Platz in der Eskorte verschaffen, aber soll ich einen ungehobelten Schurken wie dich empfehlen? Welche Fähigkeiten besitzt du, die das rechtfertigen würden?«

»Ich kann gut mit Pferden und Maultieren umgehen«, antwortete John hoffnungsvoll. »Und du glaubst doch nicht, daß Prior Robert zu Fuß gehen wird? Oder daß er selber für sein leibliches Wohl sorgen will? Sie brauchen jemanden, der sie bedient und die Tiere versorgt. Warum nicht mich?«

Dies wäre tatsächlich ein Aspekt, an den bisher offensichtlich noch niemand gedacht hatte. Und warum sollte man einen Laienbruder mitnehmen, wenn ein Klosterbruder zur Verfügung stand, der mit einer so süßen Stimme im Kirchenchor sang und bereit war, sich die Unannehmlichkeiten dieser Reise aufzubürden? Außerdem verdiente es der Junge, den Prior und seine Begleiter zu eskortieren, da er hart dafür arbeiten wollte. Und letzten Endes könnte er sich nützlich machen – nicht in Prior Roberts, aber in Bruder Cadfaels Sinne.

»Wir werden sehen«, sagte er, und dann hielt er seinen meuternden Protegé wieder zur Arbeit an. Nach dem Abendessen, als die alten Mönche schliefen und die Novizen sich mit irgendwelchen Spielen vergnügten, suchte er Abt Heribert in dessen Arbeitszimmer auf.

»Vater Abt, ich fürchte, daß diese Pilgerfahrt nach Gwytherin ohne sorgfältige Planung unternommen werden soll. Zuerst müßten wir den Bischof von Bangor verständigen, in dessen Bereich Gwytherin liegt, denn ohne seine Zustimmung können wir nichts tun. Es ist zwar nicht nötig, einen Sprecher mitzunehmen, der die walisische Sprache fließend beherrscht, da der Bischof des Lateinischen mächtig ist. Doch das trifft nicht auf alle walisischen Priester zu, und eine Unterredung mit dem Priester von Gwytherin wäre äußerst wichtig, sollte der Bischof unserem Vorhaben zustimmen. Aber vor allem liegt der Bischofssitz Bangor im Königreich Gwynedd, und wir brauchen das Wohlwollen und die Erlaubnis des Königs ebenso wie jene des Bischofs. Die Fürsten von Gwynedd sprechen nur Walisisch, wenn sie auch studierte Schreiber haben. Der Vater Prior verfügt natürlich über oberflächliche walisische Sprachkenntnisse, aber...«

»Das stimmt«, sagte Abt Heribert, leicht verstört. »Sein Walisisch ist äußerst mangelhaft. Und die Zustimmung des Königs ist unabdingbar, Bruder Cadfael. Walisisch ist doch deine Muttersprache und birgt keine Geheimnisse für dich? Könntest du nicht... Ich weiß natürlich, dein Garten... Aber wenn wir auf deine Hilfe zählen dürften, gäbe es keine Schwierigkeiten.«

»Der Garten ist in Ordnung und kann zehn Tage ohne mich auskommen. Ich würde dem Vater Prior sehr gern als Dolmetscher dienen.«

»Dann soll es so sein!« rief der Abt sichtlich erleichtert. »Geh mit ihm, erkläre den Walisern unser Anliegen. Ich gebe dir alle Vollmachten.«

Abt Heribert war alt, sehr menschlich und sanftmütig, aber

weder sonderlich ehrgeizig noch selbstgerecht noch willensstark. Es gab zwei Möglichkeiten, ihm Bruder Johns Wunsch zu unterbreiten. Bruder Cadfael entschied sich für den einfacheren, ehrlicheren Weg. »Vater, da ist ein junger Bruder, an dessen gutem Charakter ich nicht zweifle – wenn auch an der Richtigkeit seiner Berufswahl. Er steht mir nahe, und ich wünsche mir, daß er auf den rechten Weg findet, denn wenn er ihn einmal gefunden hat, wird er ihn nie mehr verlassen. Vielleicht wird dieser Weg von unserem Kloster wegführen. Nun, Vater, ich bitte dich, mir zu erlauben, daß ich ihn nach Gwytherin mitnehme. Er könnte für uns Brennholz hacken, Wasser holen, die Pferde und Maultiere versorgen, und gleichzeitig fände er genügend Zeit, um seine Zukunft zu überdenken.«

Abt Heribert sah Cadfael ein wenig bestürzt und besorgt an, aber nicht ohne Mitgefühl. Vielleicht erinnerte er sich an seine Jugend, wo auch er mit sich gerungen und an der Richtigkeit seiner Entscheidung für das Klosterleben gezweifelt hatte. »Niemals würde ich es einem Mann verübeln, wenn er glaubt, Gott anderswo besser dienen zu können als hier. Wer von uns könnte behaupten, er hätte niemals über die Schulter zurückgeblickt? Hast du vielleicht«, begann er vorsichtig das Thema anzuschneiden, das ihm vor allem am Herzen lag, wenn er auch eine gleichmütige Miene aufsetzte, »schon mit Prior Robert über diese Angelegenheit gesprochen?«

»Nein, Vater«, entgegnete Cadfael tugendhaft. »Ich wollte ihn nicht mit solchen Kleinigkeiten belästigen – wo doch eine so große Verantwortung auf ihm lastet.«

»Sehr richtig«, stimmte der Abt eifrig zu. »Es wäre nicht gut, ihn jetzt von seinen großen Plänen abzulenken. Ich werde ihm nicht verraten, warum euch der junge Mann begleiten wird. Prior Robert, in seinem unerschütterlichen Glauben, würde es nicht verstehen, daß jemand zurückblickt, nachdem er sein Gelübde getan hat.«

»Nun, Vater, wir sind nicht alle dazu geschaffen, die Mönchskutte zu tragen. Manche Leute könnten sich anderswo nützlicher machen.«

»Du hast recht.« Der Abt lächelte wehmütig und dachte an das Rätsel, das sich mit Bruder Cadfael verband – ein Rätsel, das er manchmal vergaß, an das er sich aber immer wieder erinnerte. »Ich gestehe, daß ich mich selbst oft gefragt habe ... Doch genug davon. Sag deinem jungen Bruder, daß er mit euch reisen wird.«

2.

Prior Roberts kühles aristokratisches Gesicht spiegelte Unbehagen und Mißtrauen wider, als er erfuhr, wer seiner Delegation angehören sollte. Cadfaels argloses, selbstbewußtes Auftreten irritierte ihn, ohne daß sich der Bruder ein unbotmäßiges Wort oder einen aufreizenden Blick erlaubt hätte, und schien an seiner Würde zu rütteln. Gegen Bruder John konnte er nichts vorbringen, aber allein schon die rote Haarfarbe des jungen Mannes, seine robuste Gesundheit und Fröhlichkeit, die Art, wie er mit seinem extravaganten Vortrag den alten Märtyrergeschichten neues Leben einhauchte, beleidigten das ästhetische Empfinden des Priors. Aber da Abt Heribert in seiner Naivität bestimmt hatte, daß die beiden mit der Abordnung nach Gwytherin reiten sollten, und da sich nicht leugnen ließ, daß ein Bruder, der Walisisch beherrschte, in gewissen Phasen des Unternehmens dringend gebraucht werden würde, fügte sich der Prior widerspruchslos dem Beschluß seines Herrn und machte das Beste daraus.

Bald war der schöne Reliquienschrein für die Gebeine der Heiligen fertig – ein Sarg aus kostbarer polierter Eiche, mit Silber beschlagen, ein Beweis für die hohen Ehren, die Winifred genießen würde. Sie brachen auf und gelangten in der dritten Maiwoche nach Bangor, erzählten ihre Geschichte dem Bischof David, der sich sehr verständnisvoll zeigte und der vorgeschlagenen Überführung bereitwillig zustimmte, vorausgesetzt, daß auch Prinz Owain damit einverstanden sein würde. Er war der Herrscher von Gwynedd, der die Regierungsgeschäfte von seinem alten kranken Vater, dem König, übernommen hatte. Sie trafen den Prinzen in Aber an. Er war ebenso entgegenkommend wie der Bischof und stellte ihnen sogar seinen englisch sprechenden Schreiber und Kaplan zur Verfügung, der ihnen den schnellsten und bequemsten Weg nach Gwytherin zeigen und die Delegation sowie ihr Anliegen dem Pfarrer von Gwytherin empfehlen sollte. Solcherart mit bischöflichem und königlichem Segen versehen, geleitete Prior Robert seine Untergebenen auf die letzte Etappe der Reise – ein wenig zu sicher in seiner Überzeugung, daß die göttliche Hand seinen Weg ebnen und das Unternehmen zu einem triumphalen Ende bringen würde.

In Llanrwst verließen sie das Convey Valley und den Fluß und ritten in bewaldetes Bergland. Jenseits der Wasserscheide überquerten sie den Elwy an einer Stelle, wo er – schmal und eben erst entsprungen – durch dichten Wald gemächlich nach Südosten floß. Nachdem sie einen weiteren Grat überwunden hatten, erreichten sie ein kleines Flußtal, wo sich sumpfige Wiesen an den Ufern erstreckten. Dahinter hog sich ein schmales Band von Feldern an den Hängen hinauf, von Wäldern geschützt. Die Grate zu beiden Seiten waren von tiefen Schluchten durchbrochen, hohe Bäume verdeckten vereinzelte Bauernhöfe. Und am Waldrand stand eine kleine Steinkirche, leuchtend weiß getüncht, neben einem winzigen Holzhaus.

»Hier seht ihr das Ziel eurer Pilgerfahrt«, sagte Kaplan Urien, ein großer, kräftig gebauter, gutgekleideter Mann mit glattrasiertem Gesicht, der eher wie ein Botschafter aussah als ein Schreiber.

»Ist das Gwytherin?« fragte Prior Robert.

»Dies ist die Kirche von Gwytherin, und daneben steht das Pfarrhaus. Das Pfarrgebiet reicht bis ins Flußtal hinauf, einige Meilen weit, und ist an beiden Ufern des Cledwen etwa eine Meile breit. Hier findet man gute Jagdgründe, aber wenig Ackerland. Jeder Mann wohnt dort, wo er sein Wild am besten überwachen und gleichzeitig seine Felder bestellen kann.«

»Ein herrliches Land«, sagte der Unterprior und meinte es aufrichtig, denn die bewaldeten Hügel entfalteten eine frühlingshafte Schönheit in zahlreichen Grünschattierungen, und die Sumpfwiesen reihten sich wie große Smaragde aneinander, an ein Band aus Silber und Lapislazuli geschmiegt.

»Es ist schön anzusehen, aber schwierig zu bebauen«, erwiderte der praktisch veranlagte Urien. »Seht – das Ochsengespann am anderen Ufer. Es versucht eine neue Ackerfurche zu pflügen. Schaut, wie sich die Tiere ins Zeug legen – dann könnt ihr ermessen, wie der Boden in höheren Regionen beschaffen ist.«

Auf der anderen Seite des Flusses, in einiger Entfernung, zog sich eine mehrfache Schlangenreihe von Ackerfurchen an den Hängen entlang, zwischen den bereits kultivierten Feldern und dem Waldrand, ein dunkelbraunes, gewundenes Band, an dessen oberer Grenze sich ein Ochsengespann gegen das Joch stemmte. Und hinter den Tieren versuchte der Pflüger ihnen zu helfen, so gut er konnte. Vor den Ochsen ging ein Mann rückwärts und winkte mit beiden Armen, um sie zu dirigieren. In einer Hand hielt er eine Weidenrute, die er wie einen Zauberstab schwang, und seine helle, klare Stimme drang bis ans gegenüberliegende Ufer, während er den Tieren gut zuredete. Willig folgten sie seiner Stimme, und das frisch aufgeworfene Erdreich, feucht und graubraun, zeugte von ihrer Mühe.

»Ein unwirtliches Land«, meinte Urien, und dies war eine Feststellung, keine Klage. Dann lenkte er sein Pferd zur Kirche. »Kommt! Ich werde euch mit Vater Huw bekannt machen und sehen, daß ihr freundlich empfangen werdet.«

Sie folgten ihm auf einem grasbewachsenen Pfad, der sich aus den Bergen wand, und die Aussicht auf das Tal wurde bald von blühenden Bäumen verdeckt. Ein oder zwei Holzhäuser tauchten im Wald auf, umgeben von kleinen Gärten, und verschwanden wieder.

»Hast du das gesehen?« flüsterte Bruder John, der hinter den Packeseln herging, in Cadfaels Ohr. »Hast du gesehen, wie diese Ochsen sich angestrengt haben, um diesem Burschen mit der Weidenrute zu folgen und alle seine Wünsche zu erfüllen? Wie mühelos er sie seinem Willen unterwerfen kann! So etwas würde ich auch gern lernen.«

»Für die Menschen ist der Ackerbau genauso schwer wie für die Tiere«, wandte Bruder Cadfael ein.

»Aber daß sie das freiwillig tun! Sie wollen ihm nachgeben,

wollen alles tun, was er verlangt. Bruder, könnten Schüler, die ihrem Lehrer treu ergeben sind, dies besser beweisen? Willst du behaupten, daß ihm seine Arbeit keinen Spaß macht?«

»Gott hat seinen Spaß daran, wenn seine Getreuen ihm dienen, und auch der Mensch sollte so etwas nicht empfinden«, entgegnete Bruder Cadfael vorsichtig, »aber es bedeutet wohl eine gewisse Freude... Und jetzt sei still, wir sind gleich da und wollen uns umsehen.«

Sie hatten den Waldrand erreicht. Die Steinkirche mit ihrem winzigen Turm und der noch winzigeren Glocke schimmerte blendend weiß, hob sich fast bläulich von dem üppigen Grün der Wiesen ab. Hinter einem Beet mit frisch gepflanztem Kohl im Windschatten der Holzhütte erhob sich ein untersetzter Mann in einem braunen härenen Gewand von seinen Knien. Dicke braune Beine kamen zum Vorschein, dichtes gekräuseltes braunes Haar und ein üppiger Bart verdeckten zur Hälfte ein verwundertes braunes Gesicht mit zwei großen dunkelblauen Augen. Hastig kam er herbei und wischte sich die Hände an der Kutte ab. Aus der Nähe betrachtet, wirkten seine Augen noch größer und verblüffter, glänzten in noch intensiverem Blau – Augen, die an ein scheues Reh erinnerten.

»Guten Tag, Vater Huw«, sagte Urien und zügelte sein Pferd. »Ich bringe dir vornehme Gäste aus England, die in einer wichtigen kirchlichen Angelegenheit unterwegs sind – mit dem Segen des Prinzen und des Bischofs.«

Der Priester war der einzige Mensch weit und breit gewesen, als sie auf die Lichtung geritten waren, doch nachdem Urien seine kurze Ansprache beendet hatte, tauchten plötzlich Gestalten auf, scheinbar aus dem Nichts, und bildeten vorsichtig und neugierig einen Halbkreis um ihren Pfarrer. Vater Huws geistesabwesender Blick verriet, daß er benommen überlegte, wie viele von den fremden Gästen er in seiner bescheidenen Hütte unterbringen konnte, wo er den Rest einquartieren sollte, ob er genügend Lebensmittel in seiner Speisekammer hatte, um eine Mahlzeit für so viele Leute auf den Tisch zu bringen, und wo er zusätzliche Vorräte beschaffen könnte. Aber daß er den Fremden die Tür wies, kam natürlich nicht in Frage. Gäste waren heilig und durften nicht einmal gefragt werden, wie lange sie zu bleiben gedachten, auch wenn ihr Besuch den Gastgeber zu ruinieren drohte.

»Meine ärmliche Hütte steht den verehrten Brüdern zur Verfügung«, sagte er. »Und ich werde ihnen nach besten Kräften dienen. Kommt ihr von Aber?«

Urien nickte. »Von Prinz Owain. Ich muß noch heute zu ihm zurückkehren, und ich bin nur der Herold dieser Benediktinermönche, die zu einem heiligen Zweck hierhergekommen sind. Wenn ich dir ihr Anliegen erklärt habe, werde ich sie deiner Obhut übergeben.« Er stellte alle Gäste vor, zuerst Prior Robert. »Fürchte nichts, wenn ich dich allein gelassen habe. Bruder Cadfael stammt aus Gwynedd und spricht ebensogut Walisisch wie du.«

Huws unglückliche Miene hellte sich ein wenig auf, und um ihn vollends zu beruhigen, überfiel ihn Bruder Cadfael mit einem Wortschwall in seiner Muttersprache, der ein leichtes Mißtrauen und eine gewisse Unsicherheit in Prior Roberts sonst so selbstbewußten grauen Augen hervorrief.

»Ihr seid willkommen in diesem armen Haus, das ihr beehrt«, sagte Huw, ließ seinen Blick über die Pferde und Packesel und deren Lasten schweifen und rief dann zwei Namen über die Schulter nach hinten. Ein alter Mann mit zottigem Haar und ein etwa zehnjähriger sonnengebräunter Junge traten bereitwillig vor.

»Ianto, hilf dem guten Bruder die Tiere zu tränken und führe sie auf die kleine Wiese. Dort sollen sie grasen, bis wir überlegt haben, in welchem Stall wir sie unterbringen werden. Edwin, lauf zu Marared, sag ihr, daß wir Gäste haben, und hilf ihr, Wasser und Wein herbeizutragen.«

Die beiden eilten davon, um die Aufträge zu erfüllen, und einige von den anderen, die sich versammelt hatten – braungebrannte Männer in kurzen Hosen, schlanke, dunkelhaarige Frauen und halbnackte Kinder –, tuschelten miteinander, dann rannten die Frauen zu den heimischen Herden, um zu sehen, was sie zur Gastfreundschaft von Gwytherin beitragen konnten.

»Da das Wetter so schön ist, möchtet ihr vielleicht gern im Obstgarten sitzen«, schlug Huw vor. »Dort habe ich Tische und Bänke aufgestellt. Im Sommer lebe ich praktisch im Freien. Wenn die Tage kürzer und die Nächte kälter werden, ist es immer noch Zeit genug, ins Haus zu gehen und Feuer zu machen.«

Das Anwesen war winzig klein, und der Priester schien völlig anspruchslos zu sein, aber wie Bruder Cadfael wohlwollend feststellte, war er ein fleißiger Gärtner, der liebevoll für seine Obstbäume sorgte. Im Gegensatz zu vielen Pfarrern des keltischen Glaubens lebte er im Zölibat. Trotzdem waren Haus und Garten in bester Ordnung. Er holte saubere Schneidebretter, gutes Brot, schlichte, aber presentable Trinkhörner, in denen er seinen Rotwein kredenzte. In demütiger Würde erfüllte er die Pflichten des Gastgebers.

Der kleine Edwin kam mit einer lebhaften alten Frau zurück, die etwas zu essen und weitere Getränke brachte. Und während die Gäste in der Sonne saßen, übergaben auch andere Frauen dem Pfarrer, was ihre Küchen und Keller zu bieten hatten. Neugierige Dorfbewohner schlenderten am Weidenrutenzaun vorbei und warfen verstohlene Blicke auf die Fremden. Es geschah nicht alle Tage, nicht einmal alle Jahre, daß so vornehmer Besuch nach Gwytherin kam. Noch vor dem Abend würde das ganze Dorf wissen, so weit verstreut die einzelnen Gehöfte auch liegen mochten, daß Vater Huw Mönche aus Shrewsbury beherbergte, wie viele es waren, wie sie aussahen, was für großartige Pferde und hübsche Maulesel sie hatten – und wahrscheinlich auch, warum sie gekommen waren. Doch die Leute, die am Zaun vorbeigingen, benahmen sich keineswegs aufdringlich, trotz ihrer Neugier blieben sie höflich und zurückhaltend.

»Und nun, da Master Urien nach Aber zurückreiten muß«, sagte Huw, als die Mahlzeit beendet war und sich alle behaglich zurücklehnten, »sollte er mir wohl sagen, auf welche Weise ich den Brüdern aus Shrewsbury dienen kann – damit er sicher sein kann, daß wir einander verstanden haben, bevor er aufbricht. Was immer in meinen Kräften steht, werde ich tun.«

Urien erzählte die Geschichte, die er von den Mönchen gehört hatte, und Prior Robert flocht so weitschweifige Ergänzungen ein, daß sich Bruder John zu langweilen begann. Er fing an, die Leute zu mustern, die am Zaun vorbeiwanderten – mit gespitzten Ohren und scharfen, wenn auch schüchternen Augen. Sein Interesse war nicht ganz so diskret wie das der Dorfbewohner. Was für hübsche Mädchen es hier gab! Die jetzt zum Beispiel vorbeiging, mit langsamen, anmutigen Schritten – natürlich wußte sie, daß sie beobachtet wurde... Ein dicker Zopf fiel über ihre linke Schulter, schimmernd wie poliertes Eichenholz, in einem hellen seidigen Braun, sogar mit silbrigen Strähnen, die an die Maserung der Eichen erinnerten...

»Und der Bischof hat seine Zustimmung gegeben?« fragte Huw nach einem langen Schweigen, mit einer Stimme, die Verwunderung und Zweifel verriet.

»Sowohl der Bischof als auch der Prinz sind einverstanden«, entgegnete Prior Robert etwas unbehaglich. In diesem Stadium seiner Pilgerfahrt hatte er nicht einmal mehr mit der leisen Andeutung etwaiger Hindernisse gerechnet. »Die heiligen Zeichen haben uns doch sicher nicht in die Irre geführt? Die heilige Winifred ist hier begraben, nicht wahr? Nach ihrer Auferstehung hat sie hier gelebt, bis zu ihrem Tode.«

Huw bestätigte dies in einem so merkwürdigen, vorsichtigen und widerstrebenden Ton, daß Cadfael ihn aufmerksam beobachtete. Offenbar versuchte sich der Pfarrer zu erinnern, wo die Heilige bestattet war, und er schien zu überlegen, in welchem Zustand sich das Grab befinden mochte, an das er jahrelang keinen Gedanken mehr verschwendet hatte.

»Sie liegt also hier, auf diesem Friedhof?« Der Prior blickte zu der kleinen Kirche hinüber, deren weiße Mauern herausfordernd in der Sonne leuchteten.

»Nein.« Huw war sichtlich erleichtert, weil er das Grab nicht sofort vorzeigen mußte. »Diese Kirche wurde erst nach ihrem Tod gebaut. Sie wurde auf dem alten Friedhof bei der Holzkirche am Hügel zur letzten Ruhe gebettet, etwa eine Meile von hier entfernt. Er wird schon lange nicht mehr benutzt... Ja, sicher sind all diese Zeichen günstig für deine Pläne, Prior, und es steht zweifellos fest, daß die Heilige hier in Gwytherin begraben ist, aber...«

»Aber?« wiederholte Prior Robert mißvergnügt. »Der Bischof und der Prinz haben uns ihren Segen gegeben und dir unser Anliegen ans Herz gelegt. Außerdem haben wir gehört, daß die Heilige hier bei euch vernachlässigt wird. Sicher wünscht sie eine andere Grabstätte zu finden, wo man sie zu würdigen weiß.«

»Meinem Glaubensbekenntnis zufolge streben die Heiligen nicht nach persönlicher Ehre«, erwiderte Huw sanft, »sondern dienen nur der Ehre Gottes. Deshalb kann ich nicht wissen, was die heilige Winifred wünscht. Natürlich will ich nicht bestreiten, daß sie in deinem Kloster die allergrößte Hochachtung erfahren würde, aber... Diese gesegnete Jungfrau verbrachte ihr Leben, das Gott ihr auf so sonderbare Weise wiedergeschenkt hatte, an diesem Ort – und an keinem anderen. Hier starb sie zum zweitenmal, hier wurde sie begraben, und wenn die Leute sie auch vernachlässigt haben – sie sind nun einmal Menschen und deshalb nicht unfehlbar –, so wissen sie trotzdem, daß Winifreds Seele unter ihnen lebt und daß sie sich auf sie verlassen können. Und das will viel heißen bei einer walisischen Heiligen! Der Prinz und der Bischof – so sehr ich die beiden auch verehre – wissen wahrscheinlich nicht, wie meinen Pfarrkindern zumute wäre, wenn man ihr allerheiligstes Mädchen ausgraben und nach England bringen würde. Für die Krone und den Bischofsstab spielt das vielleicht keine Rolle – eine Heilige ist dort heilig, wo ihre Gebeine ruhen. Aber ich versichere euch – den Bewohnern von Gwytherin wird das gar nicht gefallen!«

Bruder Cadfael – von Huws schlichten, aber herzbewegenden Worten zu einer lange nicht mehr empfundenen Begeisterung für seine walisische Heimat inspiriert – ließ Urien, der die Initiative ergreifen wollte, nicht zu Wort kommen. Im deklamatorischen Ton eines Barden übersetzte er die Ansprache des Pfarrers.

Inmitten seines Wortschwalls wandte er den Blick von den Gesichtern, die ihn ablenkten, zu einem, das ihn mehr interessierte. Die junge Frau mit dem silberbraunen Haar war wieder am Zaun vorbeigegangen und hatte Huws Worte gehört. Fasziniert war sie stehengeblieben, und nun lauschte sie mit strahlenden Augen und lächelnden Rosenlippen den emphatischen Worten Cadfaels, die sie nicht verstand. Entzückt beobachtete sie ihn – und wurde ebenso entzückt von Bruder John angestarrt. Cadfael musterte beide – und war verwirrt. Aber im nächsten Augenblick wurde ihr bewußt, daß sie hier nichts zu suchen hatte. Eine zauberhafte Röte stieg in ihre Wangen, und sie eilte davon. Bruder John schaute noch lange in die Richtung, in der sie verschwunden war.

»Das ist doch völlig unwichtig, oder?« wandte Prior Robert mit trügerisch freundlicher Stimme ein. »Der Bischof und der Prinz haben ihren Standpunkt klar zum Ausdruck gebracht. Deine Pfarrkinder müssen nicht gefragt werden.«

Auch das übersetzte Cadfael. Urien beschloß, stumm und neutral zu bleiben. »Unmöglich!« widersprach Huw im Brustton der Überzeugung. »In einer so wichtigen Angelegenheit kann nichts unternommen werden, solange ich die Freien von Gwytherin nicht zusammengerufen und ihnen den Fall erklärt habe. Der Wille des Bischofs und des Prinzen hat sicher Vorrang, aber die Leute müssen trotzdem gehört werden. Morgen wird eine Versammlung stattfinden. Euer Wunsch kann nur erfüllt werden, wenn die Gemeinde einverstanden ist.«

»Er hat recht«, bestätigte Urien und hielt dem halb strengen, halb beleidigten Blick des Priors stand. »Ihr seid auf den guten Willen dieser Leute angewiesen, auch wenn ihr bereits den allerhöchsten Segen habt. Aber die Dorfbewohner respektieren den Bischof und sind sehr zufrieden mit dem König und seinen Söhnen. Also werden sie euch wohl kaum Steine in den Weg legen.«

Prior Robert fügte sich in sein Schicksal und erkannte, daß er nun eine Ruhepause brauchte, um über seine weitere Strategie nachzudenken. Als Urien sich erhob, um seinen Heimweg anzutreten, stand auch der Prior auf. Die anderen, die er um einen halben Kopf überragte, folgten seinem Beispiel. In demütiger Resignation faltete er die langen weißen Hände.

»Bis zur Vesper haben wir noch zwei Stunden Zeit. Ich würde jetzt gerne in deine Kirche gehen, Vater Huw, um zu meditieren und um göttlichen Rat zu bitten. Bruder Cadfael, du bleibst besser bei Vater Huw und hilfst ihm bei allen nötigen Vorbereitungen. Bruder John, du kümmerst dich um die Pferde und bringst sie in die Ställe, die Vater Huw dir zeigen wird. Die anderen werden mit mir um ein glückliches Ende unserer Pilgerfahrt beten.«

Mit hocherhobenem silbergrauem Haupt und majestätischen Schritten entfernte er sich. Er mußte sich bücken, um durch die niedere Rundbogentür der Kirche zu gehen. Bruder Richard, Bruder Jerome und Bruder Columbanus verschwanden hinter ihm in dem kleinen Gebäude. Es war anzunehmen, daß sie nicht nur beten, sondern auch besprechen würden, mit welchen Argumenten und kirchlichen Drohungen man die Dorfbewohner – falls sie Widerstand leisten sollten – überzeugen könnte.

Bruder John blickte auf den stolzen Silberkopf, bis dieser sich würdevoll geneigt hatte, um mit dem dunklen Kircheninneren zu verschmelzen, dann seufzte er und ließ dem Gelächter, das er so lange unterdrückt hatte, freien Lauf. Und seine Fröhlichkeit erweckte den Anschein, als habe er um ein Hindernis auf Prior Roberts Pilgerfahrt gebetet... Die Sonne hatte seine Wangen rot gefärbt, und nach den vielen Stunden, die er im Freien verbracht hatte, oft mit anstrengender körperlicher Arbeit, sah er gesünder und kräftiger aus denn je. »Ich habe schon die ganze Zeit auf eine Gelegenheit gewartet, diesen Apfelschimmel zu reiten. Richard hängt wie ein Mehlsack auf dem armen Tier. Hoffentlich sind Vater Huws Ställe weit weg.«

Huw hatte die Ställe von zwei wohlhabenden Gemeindemitgliedern ins Auge gefaßt, die in der Nähe lebten, und das bedeutete nach walisischen Maßstäben, daß der eine Hof weit unten im Tal lag und der andere im Wald.

»Ich werde dem Prior und dem Unterprior mein Haus zur Verfügung stellen«, verkündete der Gastgeber, »und auf dem Heuboden schlafen, über meiner Kuh. Für eure Tiere ist meine Weide zu klein, und ich habe keinen Pferdestall. Aber Bened, der Schmied, hat eine große Weidefläche oberhalb der Sumpfwiesen und einen Pferdestall mit Heuboden. Dort kann der junge Bruder schlafen, wenn es ihm nichts ausmacht, fast eine Meile von seinen Gefährten entfernt zu nächtigen. Und was dich und deine beiden Mitbrüder betrifft, Bruder Cadfael – Cadwallon, der eines der größten Gehöfte in dieser Gegend besitzt, wird euch gastfreundlich aufnehmen.«

Bruder Cadfael fand es nicht sonderlich erstrebenswert, die Nacht mit Jerome und Columbanus unter einem Dach zu verbringen. »Da ich der einzige von unserer Truppe bin, der fließend Walisisch spricht«, erwiderte er diplomatisch, »sollte ich bei unserem Prior bleiben. Wenn es dir nichts ausmacht, möchte ich den Heuboden mit dir teilen, Vater Huw. Sicher hast du's dort oben sehr gemütlich.«

»Wie du willst. Ich freue mich über deine Gesellschaft. Und nun werde ich dem jungen Mann den Weg zum Schmied zeigen.«

»Und ich werde Urien ein Stück des Weges begleiten. Du wirst mich nicht brauchen, denn Bruder John kann sich in jeder Sprache verständigen. Wenn ich unterwegs Bekanntschaft mit einigen von deinen Pfarrkindern schließen kann – um so besser. Sie sehen nett aus, und sie gefallen mir genausogut wie ihr Tal.«

Bruder John kam von der kleinen Weide zurück und führte die beiden großen Pferde und die Maulesel an den Zügeln mit sich. Huws Augen glänzten fast ebenso entzückt wie die des jungen Mannes, als er den Hals des schönen Apfelschimmels streichelte. »Wie lange ist es schon her, daß ich auf einem Rassepferd gesessen bin!« sagte er wehmütig.

»Komm doch mit, Vater!« schlug John vor. Er konnte die Worte zwar nicht verstehen, wußte aber den sehnsüchtigen Blick des Pfarrers richtig zu deuten. »Reite den Rotschimmel und weise mir den Weg.« Er formte mit beiden Händen einen Steigbügel für den Priester, der beglückt in den Sattel stieg. Dann schwang er sich auf den Apfelschimmel und blieb an Huws Seite, um dem alten Mann notfalls beizustehen. Doch die braunen Knie des Pfarrers preßten sich kraftvoll in die Pferdeflanken. Er hatte seine Reitkünste nicht verlernt.

»Großartig!« rief John lachend. »Wart's nur ab – bald nehmen wir an Wettrennen teil und werden berühmt!«

Urien prüfte den Sitz seines Sattelgurts und blickte den beiden nach, die in flottem Trab aus der grünen Senke ritten. »Zwei Glückspilze«, meinte er nachdenklich.

»Ich frage mich immer wieder, wieso der Junge Mönch geworden ist«, sagte Cadfael.

»Frag dich lieber, warum du selber einer geworden bist«, entgegnete Urien, einen Fuß im Steigbügel. »Komm! Wir machen einen kleinen Umweg, und ich zeige dir das Tal, bevor ich in die Berge reite.«

Sie trennten sich auf einem bewaldeten Grat. Zwischen den Baumstämmen konnten sie das Ochsengespann sehen, das nun mühsam die zweite Ackerfurche aufpflügte, parallel zur ersten. Es kostete eine ungeheure Anstrengung, zwei solche Furchen an einem Tag zu schaffen.

»Dein Prior wäre gut beraten, wenn er sich ein Beispiel an diesem jungen Burschen nehmen würde«, meinte Urien, bevor er sich verabschiedete. »In dieser Gegend kommt man mit Freundlichkeit schneller ans Ziel als mit autoritärem Hochmut. Aber das brauche ich dir, einem Waliser, wohl nicht zu sagen.«

Cadfael schaute ihm nach, als er davonritt. Er wartete, bis Urien zwischen den Bäumen verschwunden war, dann machte er sich auf den Rückweg, sprengte einen Steilhang zum Fluß hinab und zügelte das Maultier am Waldrand, im grünen Schatten einer Eiche. Versonnen blickte er auf die sonnenhellen Wiesen, das Silberband des Flusses und das Ochsengespann am anderen Ufer. Er war jetzt so nahe an den Acker herangekommen, daß er den glänzenden Schweiß auf dem Fell der Tiere und den feuchten Schimmer des aufgeworfenen Erdreichs hinter der Pflugschar erkennen konnte. Der Pflüger war ein dunkelhäutiger, untersetzter kräftiger Mann mit grauem gekraustem Haar, der Ochsenführer dagegen groß und schlank. Sein flachsblondes Haar hing ihm tief in den Nacken hinab und klebte an der Stirn. Er dirigierte das Gespann, indem er rückwärts ging, ohne einen Blick nach hinten zu werfen, und bewegte sich anmutig und sicher, als hätte er Augen am Hinterkopf. Seine Stimme war jetzt heiser und müde, da er sie schon den ganzen Tag beanspruchte, klang aber immer noch fröhlich. Er feuerte die Tiere an und lobte sie, sagte ihnen immer wieder, wie tüchtig sie wären und daß sie sich bald ausruhen dürften, daß er sie liebte und stolz auf sie war. Er hörte sich an, als würde er mit Menschen reden. Und die Ochsen legten sich mit aller Kraft ins Zeug, wandten kein Auge von ihm, und es war offensichtlich, daß sie alles getan hätten, um ihn zufriedenzustellen. Als der Pflug am Ende der Furche angelangt war und anhielt, standen die dampfenden Tiere mit gesenkten Köpfen da, und der junge Mann kam zu ihnen, legte einem Ochsen den Arm um den Hals, kraulte einen anderen an der Stirn. Und Cadfael murmelte: »Brav, mein Freund! Aber wie hat es dich nach Wales verschlagen?«

Etwas Kleines, Rundes, Hartes fiel raschelnd durch die Blätter und traf ihn unsanft auf der Tonsur. Er schlug sich auf den Kopf und sagte etwas, das nicht zu seiner Mönchskutte paßte. Es war eine Eichel vom letzten Jahr, während der Wintermonate vertrocknet und hart wie ein Kieselstein. Cadfael blickte nach oben in das dichte Laub, dessen gelbliche Frühlingsfarbe stellenweise schon in ein sattes dunkles Grün überging. Irgendwie hatte er das Gefühl, daß das Zittern der Blätter, nachdem es völlig windstill war, eine andere Ursache haben mußte als den zufälligen Absturz eines Überbleibsels vom Vorjahr. Und dann hörte das Laub auf, sich zu bewegen

– doch es war eine angespannte Stille, als würde irgend etwas da oben den Atem anhalten. Cadfael setzte das Maultier in Bewegung und tat so, als wollte er weiterreiten, aber hinter dem nächsten Gebüsch hielt er wieder an und spähte zwischen den Zweigen hindurch zu der Eiche zurück, um zu sehen, ob seine Taktik die gewünschte Wirkung erzielte.

Ein kleiner nackter Fuß, mit Moos und Rinde befleckt, glitt aus dem Laub herab, um am Stamm der Eiche Halt zu suchen, dann baumelte der andere herunter, und der Junge sprang ins Gras. Cadfael, der eben noch fasziniert zugeschaut hatte, wandte hastig den Blick ab und drehte sich um, aber er lächelte. Und dann glitt er hinter dem Strauch hervor, um mit unschuldiger Miene im Blickfeld des Vogels aufzutauchen, der soeben aus dem Eichenlaub herabgeflogen war. Es war kein Junge, wie er zuerst angenommen hatte, sondern ein Mädchen – ein sehr hübsches Mädchen, das nun anmutig im Gras stand. Der weite Rock reichte züchtig bis zum Boden und verdeckte sogar die kleinen nackten Füße.

Neugierig und ohne jede Scheu blickte sie ihn an. Sie mochte achtzehn oder neunzehn Jahre alt sein und strahlte eine Selbstsicherheit aus, die ihr Würde und Reife verlieh – auch wenn sie eben erst von einem Baum heruntergeklettert war. Trotz der bloßen Füße und der ungeflochtenen Haare war sie kein Dorfmädchen, denn ihre Haltung verriet, daß sie sich ihres Wertes wohl bewußt war. Ihr Kleid war aus schönem hellblauem Wollstoff, am Halsausschnitt und an den Ärmeln bestickt. In dem schwarzen Haar, das in wilden Locken auf die Schultern fiel, funkelten rötliche Lichter, und die Augen mit den schwarzen Wimpern, die Bruder Cadfael mit so unverhohlenem Interesse musterten, waren von derselben Farbe, dunkel wie reife Pflaumen, und glänzten wie der Glimmer von Flußkieseln.

»Du bist einer von den Mönchen aus Shrewsbury.« Es war keine Frage, sondern eine Feststellung. Zu seiner Überraschung sprach sie fließendes Englisch.

»Das stimmt«, bestätigte er und schwang sich aus dem Sattel. »Aber wieso weißt du das? Du bist nicht mit den anderen an Huws Gartenzaun vorbeigegangen, als wir dort gesessen und uns unterhalten haben. Da war zwar auch ein hübsches Mädchen – doch sie hatte helleres Haar als du.«

Sie lächelte. Es war ein reizendes Lächeln, unvermittelt und strahlend. »Oh, das muß Annest gewesen sein. Aber inzwischen weiß ganz Gwytherin, wer ihr seid und was euch hierhergeführt hat. Vater Huw hat recht«, fügte sie mit einem warnenden Unterton hinzu. »Das gefällt uns nicht. Warum wollt ihr uns die heilige Winifred wegnehmen! Wo sie doch schon so lange hier ist – und wo sich bis jetzt niemand für sie interessiert hat? Ich finde das nicht richtig, und es zeugt nicht von christlicher Nächstenliebe.«

Sie weiß sich hervorragend auszudrücken, dachte Cadfael und überlegte, warum diese junge Waliserin so gut Englisch sprechen konnte, fast so, als wäre dies ihre Muttersprache – oder eine Sprache, die ihr die Liebe beigebracht hatte...

»Um ehrlich zu sein, ich bin ganz deiner Meinung. Und als Vater Huw für seine Gemeinde eintrat, stand ich ganz auf seiner Seite.«

Ihre Augen verengten sich, und mißtrauisch runzelte sie die Stirn. Wer immer sie informiert hatte, mußte alles genau geschildert haben, was sich im Obstgarten abgespielt hatte, denn nun sagte sie nach kurzem Zögern auf walisisch: »Du mußt der Mönch sein, der unsere Sprache beherrscht und alles übersetzt hat, was Vater Huw sagte.« Das schien sie seltsamerweise zu beunruhigen. »Du verstehst doch, was ich sage?«

»Nun, ich bin ebenso in Wales geboren wie du, mein Kind, und erst vor wenigen Jahren Benediktinermönch geworden. Natürlich habe ich meine Muttersprache nicht vergessen. Aber es erscheint mir viel verwunderlicher, daß du so gut Englisch kannst – ein Mädchen, das im Herzen von Rhos lebt...«

»Ich spreche diese Sprache nur unvollkommen«, entgegnete sie hastig, »und weil ich dachte, du seist Engländer, habe ich versucht, mich verständlich zu machen... Ich konnte ja nicht wissen, daß du der Dolmetscher bist.«

Warum bereitet es ihr Unbehagen, daß ich zwei Sprachen beherrsche, fragte er sich. Und warum schaute sie immer wieder verstohlen zum Fluß hinunter, der silbern zwischen den Bäumen glitzerte? Rasch warf er einen Blick in dieselbe Richtung und entdeckte den großen blonden jungen Mann, der gewiß kein Waliser und sicher der beste Ochsenführer von Gwynedd war. Er hatte die Tiere verlassen, die friedlich am anderen Ufer standen und ihren Durst stillten, watete durch das knietiefe Wasser und kam auf die Eiche zu, von funkelnder Gischt umgeben. Und das Mädchen hatte auf einem Ast des hohen Baumes gesessen, um zu dem Acker hinüberzuschauen, und war herabgeklettert, sobald der junge Mann seine Arbeit beendet hatte... »Ich schäme mich für mein schlechtes Englisch«, sagte sie und sah flehend zu Cadfael auf. »Bitte, erzähl es niemandem!«

Dann sah sie wieder zum Fluß hinab, und er spürte, daß ihr seine Anwesenheit sehr unangenehm war.

»Mir ist es auch so ergangen, als ich Englisch gelernt habe«, entgegnete er. »Und ich verspreche dir, daß ich nichts verraten werde. Jetzt muß ich aber zurückreiten, sonst komme ich zu spät zur Vesper.«

Sie lächelte erleichtert. »Gott sei mit dir, Vater.«

»Und mit dir, mein Kind.«

Er stieg in den Sattel und ritt davon, auf einer sorgfältig gewählten Route, die den Weg des jungen Mannes nicht kreuzte. Sie sah ihm noch eine Weile nach, bevor sie dem Ochsenführer entgegenrannte, der gerade die Uferböschung heraufstieg. Cadfael sagte sich, daß sie wissen mußte, was er beobachtet und sich zusammengereimt hatte, und daß sie sicher sehr froh über seine Diskretion war. Eine junge Waliserin von Stand, die ein besticktes Kleid trug, hatte allen Grund zur Vorsicht, wenn sie sich mit einem Ausländer traf, der kein eigenes Land besaß und wurzellos in einer Clan-Gesellschaft lebte, wo eine möglichst vielköpfige Verwandtschaft geradezu lebenswichtig war. Und doch – er war ein netter, tüchtiger junger Mann, der ein Herz für Tiere hatte. Cadfael drehte sich um, als er sicher sein konnte, daß die Büsche ihn verbargen. Und da sah er die beiden aufeinander zugehen. Sie berührten sich nicht, blieben fast scheu voreinander stehen. Danach wandte er sich nicht mehr um.

Was ich hier brauche, dachte er, während er zur Kirche ritt, ist die Bekanntschaft eines Gleichgesinnten, der alle Männer, Frauen und Kinder in dieser Gemeinde kennt, ohne die Bürde ihrer Seelengeheimnisse ertragen zu müssen, wie Vater Huw. Einen netten Saufkumpan mit Verstand...

3.

Nach der abendlichen Komplet in der kleinen Kirche fand Cadfael nicht nur einen Gleichgesinnten, sondern gleich drei, als er mit Bruder John zur Schmiede am Rand der Felder ging. Prior Robert und Bruder Richard hatten sich bereits in Huws Haus zur Ruhe begeben, Jerome und Columbanus wanderten durch den Wald zu Cadwallons Gehöft. Wer würde schon danach fragen, ob Bruder Cadfael auf den Heuboden des Pfarrers gekrochen war oder sich unter die Klatschmäuler von Gwytherin mischte? Die Arrangements der diversen Unterkünfte waren äußerst vorteilhaft. Nie zuvor hatte er weniger Lust verspürt, schlafen zu gehen, als in dieser milden Abendstunde – noch dazu, wo niemand von ihm verlangen würde, daß er um Mitternacht aufstand und an der Morgenliturgie teilnahm. Bruder John machte ihn freudestrahlend mit der Familie des Schmieds bekannt, und Bruder Cadfael genoß diese Begegnung aus ganz persönlichen Gründen. Es war wünschenswert, daß außer ihm selbst noch andere für die Gemeinde eintraten, und Bened, der Schmied, war ein hochgeschätzter Mann, wie alle, die dieses Handwerk ausübten. Sein Wort würde Gewicht haben.

Drei Männer saßen auf der Bank vor Beneds Tür. Immer wieder machten der Metkrug und das Trinkhorn die Runde, während sie sich lebhaft unterhielten. Alle Köpfe hoben sich, als die Schritte der Mönche näher kamen, und das augenblickliche Schweigen verriet die Solidarität unter den Dorfbewohnern. Aber Bruder John hatte sich offenbar schon beliebt gemacht, und Bruder Cadfael begrüßte die Männer auf walisisch und wurde viel herzlicher aufgenommen, als es den englischen Mönchen widerfahren wäre. Annest mit ihrem hellbraunen, silbrig gefleckten Haar hatte bereits überall erzählt, daß er Walisisch sprach. Eine zweite Bank wurde herbeigetragen, die Runde des Metkrugs erweitert. Über dem

Fluß verblaßte das Tageslicht, und das Grün der Wiesen und Wälder, vom Silberband des Wassers durchzogen, verdunkelte sich.

Bened war ein vierschrötiger, muskulöser Mann um die Fünfzig, mit braunem Haar und Bart. Einer seiner beiden Gefährten war der Pflüger, der dem Ochsengespann gefolgt war. Kein Wunder, daß er nach der harten Arbeit Durst hatte. Der andere war ein älterer grauhaariger Mann mit langem, glattgekämmtem Bart und schönen sehnigen Händen. Er trug ein Wollhemd, das sicher schon bessere Tage und vielleicht auch einen anderen Besitzer gesehen hatte, und seine Haltung verriet, daß er ein Recht auf Respekt hatte und daß man ihm diesen auch entgegenbrachte.

»Padrig ist ein guter Poet und Harfenspieler«, erklärte Bened, »und Gwytherin ist glücklich, weil er eine Zeitlang hierbleibt, in Rhisiarts Haus drüben hinter Cadwallons Hof, auf einer Lichtung im Wald. Aber Rhisiart besitzt auch hier viele Felder, zu beiden Seiten des Flusses. Er ist der größte Grundbesitzer in dieser Region. Hier gibt es nicht viele Leute, die eine Harfe haben, sonst würden Barden wie Padrig öfter bei uns Rast machen. Auch ich genieße das Privileg, eine kleine Harfe mein eigen zu nennen – aber Rhisiarts Instrument ist viel kostbarer und wird auch regelmäßig benutzt. Manchmal habe ich seine Tochter darauf spielen hören.«

»Frauen sind keine Barden«, sagte Padrig mit duldsamer Verachtung. »Aber sie weiß, wie man das Instrument stimmt und pflegt, das muß ich ihr zugestehen. Und ihr Vater ist ein großzügiger Freund der schönen Künste. Kein Barde hat Rhisiarts Halle jemals enttäuscht verlassen, und keiner geht, ohne daß man ihn bittet, noch länger zu bleiben. Ein vorbildliches Haus!«

»Und dies ist Cai, Rhisiarts Pflüger. Zweifellos habt ihr heute das Ochsengespann gesehen, das einen neuen Acker gepflügt hat, als ihr über den Grat geritten seid.«

»O ja«, bestätigte Cadfael, »und ich habe die beiden Männer sehr bewundert. Ein großartiges Gespann hast du da, Cai – und einen hervorragenden Ochsenführer.«

»Den besten, den man sich wünschen kann«, entgegnete Cai, ohne zu zögern. »Ich habe schon mit vielen Leuten zusammengearbeitet, aber keiner kann so gut mit den Tieren umgehen wie Engelard. Sie würden für ihn sterben. Und er ist uns auch eine große Hilfe im Kuhstall, zum Beispiel, wenn ein Tier krank wird oder kalbt. Rhisiart wäre zu bedauern, wenn er ihn je verlieren würde. Ja, heute haben wir gute Arbeit geleistet.«

»Sicher habt ihr von Vater Huw gehört, daß morgen nach der Frühmesse alle Freien in die Kirche kommen sollen«, sagte Cadfael, »um zu vernehmen, was ihnen unser Prior mitzuteilen hat. Zweifellos werden wir dort auch Rhisiart sehen.«

»... und hören«, ergänzte Cai grinsend. »Er hält mit seiner Meinung nicht hinterm Berge – ein offenherziger, temperamentvoller Mann. Und wenn er sich etwas in den Kopf gesetzt hat, läßt er sich von nichts und niemandem davon abbringen.«

»Nun, ein Mann soll zu seinen Überzeugungen stehen«, bemerkte Cadfael, »und dafür muß ihn sogar sein Gegner achten. Interessieren sich seine Söhne nicht für die Harfe? Überlassen sie das Instrument ihrer Schwester?«

»Er hat keine Söhne«, erwiderte Bened. »Seine Frau ist tot, und er will nicht mehr heiraten. Das Mädchen ist seine Alleinerbin.«

»Gibt es in seiner Verwandtschaft keinen männlichen Erben? Es ist seltsam, daß er alles seiner Tochter vermachen will.«

»Er hat keine männlichen Blutsverwandten«, entgegnete Cai, »und das ist bedauerlich. Sein nächster Verwandter ist der Bruder seiner verstorbenen Frau, aber der hat keine Ansprüche und ist auch zu alt, um die Ländereien zu übernehmen. Sioned ist die beste Partie in dieser Gegend, und die jungen Männer umschwärmen sie wie die Motten das Licht. Hoffen wir, daß sie bald heiraten und einen Sohn auf den Knien schaukeln wird – noch bevor Rhisiart zu seinen Vätern heimkehrt.«

»Ein Enkel, gezeugt von einem braven Mann – was könnte sich ein Grundbesitzer Besseres wünschen?« Padrig nahm einen Schluck Met, dann fuhr er fort: »Versteht mich recht, ich bin nicht aus Gwytherin, und ich habe nicht das Recht, meine Meinung zu äußern – aber wenn ich etwas sagen darf, was meine Freunde niemals aussprechen werden – liebe Brüder, ihr seid eurem Prior ebenso verpflichtet wie Cai seinem Herrn, wie ich meiner Kunst und meinen Gönnern. Sucht nicht nach einem Ausweg, und seid nicht gekränkt, wenn euch der Weg versperrt wird. Das hat nichts mit euch persönlich zu tun. Aber wenn die freien Waliser merken, daß sie ungerecht behandelt werden – dann wehren sie sich.«

»Ich würde es bedauern, wenn sie das nicht täten«, antwortete Cadfael. »Was mich betrifft, so wünsche ich mir, daß die Sache ein gerechtes Ende nimmt und daß keiner darunter zu leiden hat. Und was ist mit den anderen Herren, die wir in der Kirche sehen werden? Von Cadwallon haben wir schon gehört, zwei von unseren Brüdern genießen seine Gastfreundschaft. Grenzt sein Land an den Grundbesitz von Rhisiart?«

»Es reicht bis in den Wald hinein, ist aber weit entfernt von Rhisiarts Haus. Doch sie sind Nachbarn, denn ihre Ländereien grenzen aneinander. Und sie sind seit ihrer Kindheit befreundet. Cadwallon ist ein friedfertiger Mann, er liebt seine Bequemlichkeit und geht gern auf die Jagd. Und er würde zu allem ja und amen sagen, was der Bischof und der Prinz auch immer empfehlen mögen. Aber normalerweise schließt er sich Rhisiarts Meinung an. Nun, was das betrifft«, fügte Bened hinzu und leerte das Trinkhorn, »ich weiß nicht, wie die beiden zu dieser Angelegenheit stehen. Wahrscheinlich werden sie die göttlichen Zeichen, die euch zuteil wurden, anerkennen und auch ihren Segen geben. Wenn die Freien den Plan eures Priors billigen, wird euch die heilige Winifred nach Shrewsbury begleiten, und damit wäre die Sache erledigt.«

Auch die abendliche Zusammenkunft war beendet.

»Bleib über Nacht bei mir«, sagte Bened zu Padrig, als sich

die Gäste erhoben, um nach Hause zu gehen. »Wir könnten noch ein wenig musizieren. Meine kleine Harfe muß gespielt werden. Nur für deinen Besuch habe ich sie gehegt und gepflegt.«

»Nun, da du mich so freundlich einlädst, will ich bleiben.« Padrig ging ins Haus seines Gastgebers, der sich von Cai und Bruder Cadfael verabschiedete.

Cadfael begleitete Cai noch ein Stück durch den Wald, auf dem Weg, der zu Rhisiarts Hof führte.

»Vor Bened wollte ich nicht offener sprechen«, sagte Cai in vertraulichem Ton, »auch nicht vor Padrig, obwohl er ein braver Mann ist. Aber er ist ein Fremder, kein Einheimischer. Diese Sioned, Rhisiarts Tochter... Ich denke, Bened würde selbst gern um sie werben, und er ist sicher ein guter, anständiger Mann. Ein Mädchen könnte es schlechter treffen, als seine Frau zu werden. Aber er ist Witwer und viel älter als Sioned. Er hat keine Chancen... Nun, du hast das Mädchen noch nicht gesehen...«

Bruder Cadfael begann zu glauben, daß er Sioned bereits begegnet war und viel mehr gesehen hatte, als es ihr lieb sein konnte, aber er schwieg.

»Sie ist wie ein Eichkätzchen«, fuhr Cai fort, »behende und flink, und sie hat schwarzrotes Haar. Auch wenn sie arm wäre wie eine Kirchenmaus, würden die jungen Männer von weither kommen, um ihr den Hof zu machen. Aber der arme Bened gibt die Hoffnung nicht auf. Immerhin – ein Schmied wird in jeder Gemeinde respektiert. Und um ihm Gerechtigkeit widerfahren zu lassen – er hat es gewiß nicht auf ihr Erbe abgesehen, sondern nur auf das Mädchen selber. Wenn du sie kennenlernst, wirst du das verstehen.« Cai seufzte tief auf, voller Mitleid mit seinem Freund. »Außerdem gibt es da einen Mann, den ihr Vater gern als Schwiegersohn hätte. Cadwallons Sohn geht in Rhisiarts Haus ein und aus. Seit er laufen kann, verfügt er frei über Rhisiarts Diener und Pferde und Habichte. Er ist zusammen mit dem Mädchen aufgewachsen und der einzige Erbe des Nachbargrundstücks. Was könnte den beiden Vätern besser gefallen als eine Ehe zwischen ihren Kindern? Sie haben das schon vor Jahren besprochen. Und die Kinder passen auch sehr gut zusammen, sie kennen sich wie Bruder und Schwester.«

»Ich finde nicht, daß das eine ideale Verbindung wäre«, entgegnete Bruder Cadfael.

»Sioned scheint das auch nicht zu glauben«, sagte Cai trokken. »Sie weigert sich standhaft, Peredur das Jawort zu geben. Und dabei ist er ein hübscher, fröhlicher Bursche – wenn auch ein bißchen verwöhnt, weil er Cadwallons einziges Kind ist. Zeig mir mal ein Mädchen in dieser Gegend, das nicht sofort angelaufen käme, wenn er nur den kleinen Finger hebt! Alle schwärmen für ihn – alle außer Sioned. Sie mag ihn recht gern, das ist aber auch schon alles. Von einer Ehe mit ihm will sie nichts wissen.«

»Und was sagt Rhisiart dazu?«

»Er liebt sie sehr, ebenso wie sie ihn, und er will sie zu nichts zwingen. Natürlich läßt er keine Gelegenheit aus, um ihr einzureden, wie gut Peredur zu ihr passen würde, und das streitet sie auch gar nicht ab. Er hofft, daß sie sich eines Tages doch noch seinen Wünschen fügen wird, wenn er ihr genügend Zeit läßt.«

»Wird sie das tun?« fragte Bruder Cadfael, dem ein vielsagender Unterton in der Stimme des Pflügers nicht entgangen war.

»Ich habe keine Ahnung, was im Kopf dieses Mädchens vorgeht«, antwortete Cai langsam. »Sie mag andere Pläne haben, denn sie ist kühn und tapfer – und klug und geduldig genug, um ihren Willen durchzusetzen. Aber wie soll ich wissen, was sie will? Weißt du es? Weiß das irgend jemand?«

»Es mag einen Mann geben, der es weiß«, entgegnete Cadfael beiläufig.

Hätte Cai nicht nach diesem Köder geschnappt – Cadfael hätte die Sache auf sich beruhen lassen, denn es stand ihm nicht zu, die Geheimnisse des Mädchens zu verraten, nachdem er selbst nur rein zufällig dahintergekommen war. Aber er war keineswegs überrascht, als der Pflüger näher an ihn heranrückte und ihm bedeutungsvoll den Ellbogen in die

Rippen drückte. Einem Mann, der so eng mit dem jungen Ochsenführer zusammenarbeitete, mußte wohl oder übel einiges aufgefallen sein. Allein schon die Tatsache, daß der junge Bursche heute nachmittag den Fluß durchwatet hatte und zielstrebig auf eine gewisse Eiche zugegangen war, mußte einem scharfsinnigen Menschen zu denken geben. Und da Cai den Mund hielt, war es offensichtlich, daß er mit seinem Arbeitskameraden sympathisierte.

»Bruder Cadfael, du bist bestimmt kein Klatschmaul, und du hast nichts zu tun mit unseren kleinen Schwierigkeiten. Also gibt es keinen Grund, warum du es nicht wissen solltest. Unter uns gesagt, sie hat tatsächlich ein Auge auf einen Mann geworfen – auf einen, der sie noch viel leidenschaftlicher begehrt als Bened und noch viel weniger Chancen hat, sie jemals zu bekommen. Du erinnerst dich doch, daß wir von meinem Gefährten Engelard gesprochen haben, dem tüchtigen Ochsenführer? Rhisiart weiß ihn sehr zu schätzen, aber er ist ein *alltud* – ein Ausländer.«

»Ein Sachse?«

»Du meinst, wegen des blonden Haares? Natürlich, du hast ihn heute gesehen. Auch seine Größe und der schlanke Körperbau verraten, daß er ein Angelsachse ist. Er stammt aus Cheshire, aus dem Grenzland von Maelor, und er ist auf der Flucht vor den Amtmännern des Grafen Ranulf von Chester. Nicht, weil er einen Mord oder sonst ein Verbrechen begangen hätte. Er war nur der kühnste Wilderer von der ganzen Grafschaft. Engelard ist ein meisterhafter Bogenschütze. Er hat sich immer ganz allein an das Wild herangepirscht. Und die Amtmänner waren ganz versessen drauf, ihn zu schnappen. Sie trieben ihn in die Enge, und schließlich blieb ihm nichts anderes übrig, als nach Gwynedd zu fliehen. Er wagt nicht, nach Hause zurückzukehren – noch nicht. Und du weißt ja, was es heißt, als Ausländer in Wales zu leben.«

Das wußte Cadfael in der Tat. In einem Land, wo jeder Einheimische seinen festen, gesicherten Platz im Clan und sein Auskommen hatte, entweder als Freier oder als Leibeigener, war ein Ausländer, der hier kein Grundstück besaß, chancenlos. Er konnte nur vorankommen, wenn er einen Grundbesitzer fand, der ihm eine Unterkunft bot, ihm ein Stück Land zur Verfügung stellte und sich seine Fähigkeiten zunutze machte. Ein solcher Vertrag konnte drei Generationen lang jederzeit gekündigt werden, und der Ausländer konnte wegziehen, wenn er seine Rinderherde mit dem Herrn teilte, der es ihm ermöglicht hatte, sie zu züchten.

»Ja, ich weiß. Rhisiart hat den jungen Mann also in seine Dienste genommen und ihm einen kleinen Hof überantwortet?«

Cai nickte. »Das ist jetzt über zwei Jahre her. Und keiner von den beiden hat es bedauert. Rhisiart ist ein gerechter Herr, und er respektiert Engelard. Aber kannst du dir vorstellen, daß ein walisischer Großgrundbesitzer seine einzige Tochter einem *alltud* geben würde?«

»Nein, niemals. Das würde allen seinen Gesetzen, seinen Sitten und seinem Gewissen widersprechen. Und seine Verwandtschaft würde ihm das nie verzeihen.«

»Das stimmt, so wahr ich lebe.« Cai seufzte wehmütig. »Aber versuch doch mal, das einem stolzen, sturen jungen Burschen wie Engelard klarzumachen, der seine eigenen Gesetze hat und sich nach den Rechten eines anderen Landes richtet, wo sein Vater große Ländereien besitzt und in seinem Feudalsystem ebensoviel gilt wie Rhisiart hier.«

»Soll das heißen, daß er tatsächlich um Sioneds Hand angehalten hat?« fragte Cadfael erstaunt und voller Bewunderung.

»Ja, das hat er getan, und du kannst dir denken, was für eine Antwort er bekommen hat. Rhisiart war ihm nicht böse, aber er hat ihm auch keine Hoffnungen gemacht. Aber Engelard gibt nicht auf. Wann immer er Rhisiart über den Weg läuft, sagt er ihm, daß er um Sioned kämpfen wird. Die beiden sind einander ebenbürtig – denn sie sind alle zwei heißblütig, halsstarrig und so ehrlich und offen, daß man seine Freude dran haben kann. Und sie respektieren einander. Deshalb ist es auch noch nicht zum Bruch gekommen. Aber wann immer sie sich begegnen, sprühen die Funken. Als

Engelard seinen Herrn einmal zu dicht auf den Pelz gerückt ist, hat Rhisiart ihn geschlagen – und der Bursche hätte beinahe zurückgeschlagen. Was hätte da geschehen müssen? Ich habe noch nie zuvor erlebt, daß ein Ausländer so was gemacht hat – aber wenn ein Leibeigener die Hand gegen einen Freien erhebt, wird sie ihm abgehackt. Engelard hat sich im rechten Augenblick noch zurückgehalten – sicher nicht, weil er Angst hatte, sondern weil er wußte, daß er drauf und dran war, ein Unrecht zu begehen. Und was tat Rhisiart eine halbe Stunde später? Er ging zu Engelard und bat ihn um Verzeihung. Er erklärte, er wäre ein unvernünftiger und unverschämter walisischer Schurke, und er hätte Engelard nicht schlagen dürfen. Unaufhörlich tobt der Kampf zwischen den beiden, und keiner gibt Ruhe. Aber wenn jemand in Engelards Gegenwart was gegen Rhisiart sagt, wird ihm sein Wort von einer beinharten Faust in den Schlund zurückgeschoben. Und wenn ein Diener schlecht über Engelard redet, um sich lieb Kind bei Rhisiart zu machen, kriegt er zu hören, daß der *alltud* ein ehrlicher Mann ist und ein guter Arbeiter und zehnmal mehr wert als die Leute, die ihn verleumden. Und so geht es immer weiter. Ich glaube nicht, daß das ein gutes Ende nehmen wird.«

»Was sagt denn das Mädchen dazu?« fragte Cadfael.

»Wenig – und wenn sie was dazu sagt, dann nur ganz leise. Vielleicht hat sie am Anfang versucht, ihren Vater umzustimmen – aber nur, wenn sie mit ihm allein war. Jetzt wartet sie ab und bemüht sich, die beiden Streithähne voneinander fernzuhalten.«

Und sie trifft ihren Liebsten unter der Eiche, dachte Cadfael, vielleicht auch noch an anderen geheimen Orten. So hat sie also Englisch gelernt, und sie hatte dem Jungen Walisisch beigebracht. Und nun fürchtete sie, daß der Fremde, dem sie ihre Sprachkenntnisse verraten hatte, das im Dorf ausplaudern könnte. Natürlich wollte sie nicht, daß man erfuhr, wie oft sie sich mit Engelard traf, wenn sie erst mal abwartete und Begegnungen zwischen ihrem Vater und ihrem Liebhaber verhinderte – bis der rechte Zeitpunkt gekommen war, wo sie ihren Willen durchsetzen konnte. Wer konnte schon wissen, wer von den dreien zuerst nachgeben würde – wo sie doch alle so dickköpfig waren?

»Offenbar habt ihr schon genug Probleme hier in Gwytherin«, meinte Cadfael, bevor er sich von Cai trennte. »Und jetzt bringen wir euch auch noch welche mit.«

»Gott wird einen Ausweg finden«, entgegnete Cai philosophisch und verschwand in der Dunkelheit. Cadfael ging den Weg durch den Wald zurück und überlegte unbehaglich, daß Gott in seinem Wirken manchmal auch menschliche Unterstützung brauchte. Doch statt dessen wurde er von den Menschen eher behindert.

Am nächsten Tag kamen alle freien Männer von Gwytherin zu der Versammlung. Vorher waren die Frauen und die Leibeigenen zur Messe gegangen. Vater Huw flüsterte Cadfael die Namen der wichtigsten Persönlichkeiten zu, als sie den Weg zur Kirche heraufstiegen.

»Das ist Rhisiart mit seiner Tochter, seinem Verwalter und der Zofe des Mädchens.«

Rhisiart war ein großer starker Mann von etwa fünfzig Jahren mit einem runden, freundlichen Gesicht, dunklem Haar und einem kurzen grauen Bart. Seine markanten Züge konnten in raschem Wechsel fröhlich oder cholerisch, wütend oder jovial wirken – und sie waren so ausdrucksvoll, daß es ihm niemals gelungen wäre, irgend etwas zu verheimlichen oder hinterhältige Pläne zu verfolgen. Mit langen, ungestümen Schritten eilte er herbei und lächelte strahlend, als er begrüßt wurde. Seine Kleidung unterschied ihn kaum von den anderen Grundbesitzern. Sie war schlicht, wenn auch aus gutem Wollstoff. Seine offenherzige Miene verriet, daß er vorurteilsfrei und bereit war, sich anzuhören, was die fremden Mönche zu sagen hatten. Trotz seiner komplizierten familiären Situation sah er glücklich aus und war sichtlich stolz auf seine schöne Tochter.

Das Mädchen folgte ihm mit hocherhobenem Kopf und leuchtenden Augen. Diesmal trug sie Schuhe, ihr Haar war zu einer Zopfkrone geflochten und mit einem Leinentuch bedeckt, doch sie war es zweifellos, die am vergangenen Nachmittag auf die Eiche geklettert war – Sioned, die reichste Erbin, die begehrteste junge Frau weit und breit.

Der Verwalter war ein alter Mann mit schütterem grauen Haar und einem sanften, gutmütigen Gesicht. »Er ist ein angeheirateter Verwandter von Rhisiart«, wisperte Huw, »der ältere Bruder seiner Frau.«

»Und das andere Mädchen?« Nach dem Namen brauchte Cadfael nicht zu fragen. Den kannte er bereits. Lächelnd, mit Grübchen in den Wangen und züchtigen kleinen Trippelschritten folgte Annest ihrer Freundin in die Kirche. Sonnenstrahlen spiegelten sich in ihrem silberbraunen Haar.

»Sie ist die Nichte des Schmieds«, erklärte Vater Huw. »Ein braves Mädchen. Sie besucht ihn oft, seit seine Frau gestorben ist, und bäckt für ihn.«

»Beneds Nichte?« Bruder John spitzte die Ohren, starrte fasziniert auf Annests schmale Taille und das glänzende Haar und hoffte, daß ein Backtag auf dem Programm stand, bevor er Gwytherin und das Haus des Schmiedes verlassen mußte. Ganz bestimmt war es ein Wink des Schicksals, daß er bei Bened wohnte – doch ob ein Engel oder ein Kobold seine Hand im Spiel hatte, mußte sich erst noch zeigen.

»Senke deinen Blick, Bruder«, ermahnte ihn Jerome. »Es ziemt sich nicht, Frauen anzusehen.«

»Und wieso weißt du dann überhaupt, daß Frauen hier sind«, erwiderte Bruder John rebellisch, »wenn du so pflichtbewußt weggeschaut hast?«

Zumindest Bruder Columbanus nahm die Haltung ein, die in Gegenwart von Frauen vorgeschrieben war – mit gefalteten Händen und gesenkten Lidern, den Blick auf das Gras zu seinen Füßen gerichtet.

»Und da kommt Cadwallon«, verkündete Huw, »mit seiner Frau und seinem Sohn.«

Dieser junge Mann, der seinen Eltern mit dem federnden Gang eines Rehbock-Jährlings folgte, war also dazu ausersehen, Sioned heimzuführen – der Bursche, den sie mochte und ihr Leben lang kannte, aber nicht heiraten wollte. In diesem Augenblick kam es Cadfael zu Bewußtsein, daß er noch gar nicht gefragt hatte, was eigentlich der Bräutigam von der ganzen Sache hielt. Aber ein Blick in das Gesicht Peredurs, der bei Sioneds Anblick abwechselnd rot und blaß wurde, genügte ihm, um Bescheid zu wissen.

Die Eltern sahen eher unscheinbar aus – wohlhabende Leute, rundlich geworden vom guten Leben und offenbar überzeugt, daß die kommenden Jahre ebenso störungsfrei verlaufen werden wie die vergangenen. Cadwallon hatte ein freundliches Mondgesicht, seine dicke blonde Frau sah ziemlich verdrossen aus. Offenbar war Peredur nach einem attraktiveren Ahnherrn geraten. Es war eine reine Freude, seine anmutigen Bewegungen zu beobachten. Er war nur mittelgroß, aber so gut proportioniert, daß er hochgewachsen wirkte. Sein dunkles Kraushaar war kurzgeschnitten, sein Kinn glattrasiert, sein feingezeichnetes Gesicht mit den hohen Wangenknochen und den vollen, eigenwilligen Lippen sonnengebräunt. Ein so hübscher Bursche könnte es sicher kaum ertragen, daß ihm ein anderer, noch dazu ein Fremder, vorgezogen würde. Alle seine Gesten und Blicke verkündeten, daß er es gewöhnt war, sämtliche Mitmenschen – außer Sioned – mit seinem Charme zu bezaubern.

Als die Kirchenbänke voll besetzt waren, kam Prior Robert, hoch aufgerichtet, imposant und sorgfältig frisiert, aus der kleinen Sakristei. Die Mönche nahmen hinter ihm Aufstellung, und die Messe begann.

An der Versammlung nahmen die Frauen natürlich nicht teil, auch nicht die Leibeigenen, obwohl sie durch ihre freien Freunde indirekt Einfluß auf die Beschlüsse ausübten, die gefaßt werden sollten. Und während die freien Männer nach der Messe vor der Kirche stehenblieben, entfernten sich die anderen – weit genug, um außer Hörweite zu sein, aber nicht so weit, daß ihnen das Ergebnis der Diskussion entgehen konnte, sobald es feststand.

Die Freien versammelten sich auf dem Kirchenplatz, und

Vater Huw klärte sie über die Angelegenheit auf, die besprochen werden sollte. Er war der Hirte seiner Herde, und er war es den Leuten schuldig, ihnen die Wahrheit zu sagen, doch genauso war er zur Treue gegenüber seiner Kirche verpflichtet. Er berichtete also, was der Bischof und der Prinz auf die Anfrage aus Shrewsbury geantwortet hatten, die so ehrerbietig und auf viele Beweise gestützt vorgebracht worden war. Die Erklärung, welche Bewandtnis es mit diesen Beweisen hatte, überließ er Robert.

Nie zuvor hatte der Prior heiliger ausgesehen oder sicherer in seiner Überzeugung, einst selbst zu den Heiligen zu zählen. Er hatte es schon immer verstanden, sich in Szene zu setzen, und es war zweifellos seine Idee gewesen, die Versammlung hier im Freien abzuhalten, wo die Sonnenstrahlen seine überirdische Erscheinung vergoldeten. Trotzdem wirkte er zu Cadfaels Überraschung nicht so anmaßend wie gewöhnlich, und er fand – im Gegensatz zu seinen sonstigen Übertreibungen – genau den richtigen Ton.

»Sie sind gar nicht glücklich«, wisperte Bruder John in Cadfaels Ohr, und das schien ihn nicht im mindesten zu betrüben. Es gab Zeiten, wo er seine Schadenfreude nicht unterdrücken konnte, und die walisischen Gesichter ringsum verrieten in der Tat keinerlei Begeisterung für die Wunder, die eine walisische Heilige in England vollbracht hatte. Robert bemühte sich vergeblich, sein Publikum mitzureißen.

Sie begannen zu murmeln, schauten sich an, dann wandten sie sich wieder ihm zu.

»Wenn es Owain von Griffith so will, und wenn der Bischof euch seinen Segen gegeben hat«, begann Cadwallon zögernd, »dann können wir als treue Söhne der Kirche und aufrechte Männer von Gwynedd wohl kaum...«

»Ja, sowohl der Bischof als auch der Prinz haben uns ihren Segen erteilt«, bestätigte der Prior salbungsvoll.

»Aber das Mädchen gehört hierher, nach Gwytherin«, meldete sich Rhisiart zu Wort. Er hatte genau die Stimme, die man von ihm erwartete – voll, melodiös und tief, eine Stimme, die ausdrückte, was er fühlte, und erklang, bevor er seine Gedanken zu Rate gezogen hatte. Doch im nachhinein stellte er meist fest, daß seine Gefühle bereits alle erforderlichen Gedanken beinhaltet hatten. »Winifred ist nicht Bischof Davids und auch nicht Owain von Griffiths Heilige, sondern die unsere. Hier hat sie gelebt und nie zum Ausdruck gebracht, daß sie uns verlassen will. Wie kann ich glauben, daß sie jetzt, nach so langer Zeit, fort will? Warum hat sie es uns dann nie gesagt?«

»Durch ihre Erscheinung hat sie es *uns* kundgetan«, erwiderte der Prior.

»Aber uns nicht!« schrie Rhisiart erregt. »Was erwartet ihr von uns? Sollen wir das von einer heiligen Jungfrau glauben, die beschlossen hat, bei uns zu *leben*?«

Die anderen waren auf seiner Seite, seine unerschütterliche Überzeugung entflammte sie, und nun kam aus einem Dutzend Kehlen der Ruf, daß die heilige Winifred nach Gwytherin gehörte und an keinen anderen Ort.

»Wollt ihr etwa behaupten, daß ihr euch stets um sie gekümmert habt?« fragte Prior Robert mit seiner hohen, klaren Stimme. »Habt ihr zu ihr gebetet? Habt ihr die gesegnete Jungfrau um Hilfe angefleht und ihr die Ehre erwiesen, die ihr zusteht? Könnt ihr irgendeinen Grund angeben, warum es ihr Wunsch sein sollte, bei euch zu bleiben? Habt ihr niemals ihr Grab vernachlässigt?«

»Und wenn wir das getan haben«, entgegnete Rhisiart selbstbewußt, »glaubst du, das Mädchen nimmt uns das übel? Ihr habt nicht hier gelebt – so wie sie. Ihr seid Engländer, sie war Waliserin, und sie hat uns niemals so gezürnt, daß sie sich von uns zurückgezogen oder sich beklagt hätte. Wir wissen, daß sie hier ist, und es ist nicht nötig, daß wir ein großes Aufheben davon machen. Wenn wir Hilfe brauchen, dann weiß sie das, und sie verlangt nicht, daß wir mit Gebeten und Tränen zu ihr laufen und uns auf die Knie werfen. Und wenn sie ein paar Blumen haben wollte, würde sie Mittel und Wege finden, uns das mitzuteilen. Uns – und keinem fernen Benediktinerkloster in England!«

Nun schrien sie alle aus voller Kehle, inspiriert von

Rhisiarts temperamentvollen Worten. Der Mann war ein Poet und ein Prediger, jedem Engländer ebenbürtig. Bruder Cadfael unterdrückte die Wallung nicht, in die sein bardisches Blut geraten war, und genoß die Szene in stillem Entzücken. Nicht einmal so sehr, weil es Prior Robert war, der in kalter Wut diese walisischen Angriffe ertragen mußte – sondern weil eine walisische Stimme das Kriegsgeschrei ertönen ließ.

»Und wollt ihr etwa leugnen«, donnerte Robert, während er seine asketische Gestalt zu ihrer vollen Größe aufrichtete, »daß eine tiefe Wahrheit in den Wundern liegt, die ich geschildert habe – daß es bedeutsame Omen waren, die uns hierherführten?«

»Nein«, gab Rhisiart zu. »Ich habe nie bezweifelt, daß ihr diese Wunder erlebt habt und daran glaubt. Aber Wunder können sowohl von Engeln als auch von Dämonen verübt werden. Wenn diese Wunder vom Himmel kamen – warum wußten wir dann nichts davon? Die kleine Heilige ist hier – nicht in England. Also hätte sie ihre Wunder hier bei uns wirken müssen. Das wäre sie uns schuldig gewesen. Wagst du etwa zu behaupten, daß sie uns verraten hat? Gibt es in Wales keine Kirche – keine keltische Kirche –, der sie treu verbunden war? Was wußte sie denn von eurer Kirche? Ich glaube nicht, daß sie mit euch spricht und nicht mit uns. Ihr seid von Teufeln getäuscht worden! Winifred hat niemals auch nur ein Wort zu euch gesagt!«

Jubelnd applaudierten die anderen ihrem Sprecher, der sich besser auszudrücken wußte als sie und seinen Finger auf den Puls ihres Widerwillens gelegt hatte. Das bischöfliche System erbitterte die treuen Anhänger der alten heiligen keltischen Kirche, die keine weltlichen Attribute besaß und keine Throne verehrte, sondern sich lieber von der Welt zurückzog, in die gesegnete Einsamkeit der Gedanken und Gebete. Immer lauter klangen die Stimmen auf, und Prior Robert entschloß sich unklugerweise, sie zu überschreien.

»Sie hat nicht zu euch gesprochen, weil ihr sie vergessen und nicht so geehrt habt, wie es ihr gebührt hätte! Und sie hat sich an uns gewandt, um die Wertschätzung zu erlangen, die ihr von eurer Seite versagt blieb!«

»Das ist nicht wahr«, erwiderte Rhisiart, »obwohl du dir das in deiner Unwissenheit vielleicht einbildest. Die Heilige ist eine gute Waliserin und kennt ihre Landsleute. Wir katzbuckeln nicht vor den reichen und vornehmen Leuten, wir kriechen nicht im Staub, wenn sich einer vor uns aufspielt. Wir sind einfach und offen, auch im Gebet. Was wir verehren, das verehren wir in unserem Herzen, und dieses walisische Mädchen weiß das. Sie würde uns niemals im Stich lassen, auch wenn wir es versäumt haben, ihr Grab zu schmükken. Es ist der Geist unseres Fühlens und Denkens, auf den es ankommt, und den spürt sie. Und diese Gebeine, die ihr haben wollt – die gehören ihr allein, nicht uns und auch nicht euch. Solange sie uns nicht sagt, daß sie uns verlassen will, bleibt sie hier, oder wir wollen verdammt sein!«

Es war der bitterste Schicksalsschlag in Prior Roberts Leben, daß er erkennen mußte, einen ebenbürtigen oder sogar überlegenen Gegner gefunden zu haben, was seine Beredsamkeit und Argumentationskunst betraf – noch dazu in einem halb barbarischen walisischen Grundbesitzer, keinem großen Herrn, sondern einem einfachen Gutsbesitzer, der sich im Kreise der Seinen zu einem Status aufgeschwungen hatte, der ihm nicht zukam, zumindest nicht in normannischen Augen. Dies war der Unterschied zwischen den beiden, daß Robert hierarchisch dachte, während sich Rhisiart an Blutsbanden orientierte, die alle umschlossen, mochten sie von hohem oder niedrigem Stand sein, die keinem das Gefühl gaben, untergeordnet zu sein, und jedem seinen Platz im Gefüge der Gemeinde zuerkannten.

Das Geschrei kam aus vielen Kehlen, fordernd, selbstsicher, aber es war nur ein Mann, der es entfesselt hatte. Prior Robert, wohl wissend, daß er nur einen einzigen Feind hatte, bezähmte seinen Zorn, dämpfte seine Stimme und entschied sich für die Weisheit der Taube und subtilere Waffen. Er hob seine langen eleganten Arme, so daß die weiten Ärmel seiner Kutte zurückfielen, und lächelte die Versammlung väterlich an.

»Bruder Cadfael, sag Lord Rhisiart, es sei nicht verwunderlich, daß wir, wenn wir auch die gleiche Neigung im Herzen tragen, geteilter Meinung sind. Es ist besser, ruhig zu sprechen, von Mann zu Mann, und sich nicht von der Wut hinreißen zu lassen. Ich möchte mit ihm allein sprechen und diese Angelegenheit in aller Ruhe erörtern. Wir wollen beide unsere Ansichten kundtun, und danach werde ich nichts mehr vorbringen gegen das, was er seinen Leuten sagen wird.«

»Das ist gerecht und großzügig«, entgegnete Rhisiart prompt, nachdem ihm dieses Angebot unterbreitet worden war, und trat vor.

»Wir wollen nicht einmal den Schatten der Uneinigkeit in die Kirche Gottes tagen«, sagte Prior Robert. »Würdest du uns in Vater Huws Haus begleiten?« Zornige Blicke folgten ihnen, als sie in dem kleinen Holzhaus verschwanden. Die Männer blieben auf dem Kirchenplatz stehen, um das Ergebnis der Unterredung abzuwarten. Sie vertrauten der Stimme, die bisher für sie gesprochen hatte.

In dem kleinen Raum, der nach Holz duftete, war es dunkel nach dem gleißenden Sonnenlicht. Prior Robert saß seinem Gegner mit gelassener Miene gegenüber. »Du hast deine Meinung überzeugend zum Ausdruck gebracht, und ich weiß deinen Glauben an die heilige Winifred zu schätzen, denn wir glauben ebenso unerschütterlich an sie. Und wir sind nur hierhergekommen, um ihr zu dienen – auf ihren Wunsch, da sind wir völlig sicher. Die Kirche und der Staat stehen auf unserer Seite, und du weißt besser als ich, was ein walisischer Edelmann beiden schuldig ist. Natürlich möchte ich Gwytherin nicht mit schlechtem Gewissen verlassen, denn mir ist bewußt, daß die Gemeinde einen schweren Verlust erleidet, wenn sie sich von der heiligen Winifred trennt. Deshalb will ich sie entschädigen.«

»Du willst Gwytherin entschädigen?« fragte Rhisiart, nachdem Cadfael die Worte des Priors übersetzt hatte. »Ich verstehe nicht...«

»Und auch dich will ich entschädigen«, fuhr Robert in freundlichem und beiläufigem Ton fort, »wenn du deinen

Widerstand aufgibst, denn ich bin überzeugt, daß alle anderen deinem Beispiel folgen und vernünftig genug sein werden, den Wunsch des Bischofs und des Prinzen zu respektieren.«

Cadfael erkannte, noch während er dies übersetzte, noch bevor die schmale, wohlgeformte Hand des Priors in die Brusttasche seiner Kutte griff, daß Robert den verhängnisvollsten Fehler seines Lebens beging. Rhisiarts Miene blieb verständnislos, auch als der Prior einen weichen Lederbeutel mit einer Kordel hervorzog und über den Tisch schob. Der Inhalt des Beutels klirrte, und Rhisiart starrte ihn argwöhnisch an. Dann blickte er verwirrt zu Robert. »Ich begreife nicht... Was soll das?«

»Dies gehört dir, wenn du die Gemeinde dazu überredest, auf die Heilige zu verzichten«, erwiderte Robert.

Zu spät spürte er die Spannung, die in der Luft lag, zu spät erkannte er seinen schweren Mißgriff. Hastig versuchte er den verlorenen Boden zurückzugewinnen. »Dies soll ganz Gwytherin zugute kommen – verwende es so, wie du es für richtig hältst – es ist eine große Summe...« Es war sinnlos, und Cadfael unterließ es, diese Worte zu übersetzen.

»Geld!« sagte Rhisiart in einem Ton, der zugleich neugierig, spöttisch und angewidert klang. Natürlich wußte er, daß es Geld gab, und auch, wozu es diente, hielt es aber für eine Störung aller zwischenmenschlichen Beziehungen. In den ländlichen Teilen von Wales, und fast ganz Wales bestand aus solchen, wurde kaum Geld verwendet und auch kaum gebraucht. Waren und Dienstleistungen wurden ausgetauscht, wann immer es notwendig war. Niemand war so arm, daß er nicht sein Auskommen fand, Bettler waren unbekannt. Die Verwandtschaft kümmerte sich um hilflose Clan-Mitglieder, jedes Haus stand jedem offen. Die geprägten Münzen, die hin und wieder über die Sümpfe ins Land sikkerten, stellten eine sinnlose Exzentrizität dar. Erst nachdem er minutenlang nichts als verächtliches Staunen empfunden hatte, erkannte er, daß dieses Angebot eine ungeheuerliche Beleidigung war. Blitzschnell zog er seine Hand von dem

Beutel zurück. Das Blut stieg ihm ins Gesicht und durchdrang sogar das Weiße seiner Augen.

»Geld? Du wagst es, mir einen solchen Vorschlag zu machen? Du willst unsere Heilige kaufen? Du willst *mich* kaufen? Es war mir nicht ganz klar, was ich von dir halten und was ich tun sollte, aber jetzt weiß ich es, bei Gott! Du hattest deine Zeichen, die dir den Weg gewiesen haben. Nun habe ich meine.«

»Du mißverstehst mich!« rief der Prior, eifrig bestrebt, seinen Fehler wiedergutzumachen. »Man kann nicht kaufen, was heilig ist. Ich biete Gwytherin ein Geschenk an, aus Dankbarkeit und als Entschädigung für das Opfer, das die Gemeinde bringen wird...«

»Du hast gesagt, daß es mir gehören soll«, erinnerte ihn Rhisiart, der seine Würde auch im Zorn nicht verlor. »Es soll mir gehören, wenn ich die anderen überrede. Das ist kein Geschenk – du willst mich bestechen! Glaub nur ja nicht, daß du mit diesem schnöden Geld, das dir offenbar mehr bedeutet als dein guter Ruf, mein Gewissen kaufen kannst. Nun weiß ich, daß ich mit Recht an dir gezweifelt habe. Du hast gesagt, was du zu sagen hattest, und nun werde ich meinen Leuten mitteilen, was ich darüber denke – ohne von dir daran gehindert zu werden, wie du es versprochen hast.«

»Nein, warte!« Der Prior war so erregt, daß er tatsächlich eine Hand ausstreckte, um seinen Gegner am Ärmel festzuhalten. »Überstürze nichts! Du hast mich wirklich mißverstanden, und wenn es falsch von mir war, Gwytherin eine Spende anzubieten, so bedaure ich das, aber geh noch nicht...«

Ärgerlich riß sich Rhisiart los, unterbrach Roberts Protest und wandte sich an Cadfael. »Sag ihm, er braucht nichts zu befürchten. Es würde mich beschämen, den Leuten zu erzählen, daß der Prior von Shrewsbury mich bestechen wollte. Aber wo ich stehe – das sollen sie ebenso wissen wie ihr.« Und mit diesen Worten ging er hinaus. Warnend hob Vater Huw eine Hand, um zu verhindern, daß die beiden Mönche ihm folgten.

»Jetzt nicht! Er ist wütend. Morgen könnt ihr vielleicht noch einmal an ihn herantreten. Nun müßt ihr ihm seinen Willen lassen.«

»Dann wollen wir uns zumindest zeigen.« In bewundernswerter Haltung sammelte der Prior die Trümmer der Ruine ein, die seine unüberlegte Handlungsweise hinterlassen hatte, schritt ins Sonnenlicht hinaus und bezog Stellung bei der Kirchentür, umringt von seinen pflichtbewußten Mönchen. Mit hoch erhobenem Kopf und gefalteten Händen stand er da, während Rhisiart mit donnernder Stimme kundtat, wozu die Unterredung geführt hatte.

»Ich habe mir angehört, was diese Männer aus Shrewsbury zu sagen hatten, und danach meinen Entschluß gefaßt, den ich euch jetzt mitteile. Nun erkenne ich noch klarer als zuvor, daß ich recht hatte, mich dem Sakrileg zu widersetzen, das sie begehen wollen. Ich sage, daß die heilige Winifred hierhergehört, wo sie immer war, und daß es eine Sünde wäre, sie in ein fernes Land gehen zu lassen, wo sie nicht einmal die Gebete verstehen würde, da man dort eine andere Sprache spricht, wo sie von Fremden umringt wäre, die es nicht wert sind, ihr in die Nähe zu kommen. Nur über meine Leiche wird man ihre Gebeine von hier forttragen, und ich bitte euch, sie ebenso entschlossen zu schützen wie ich. Damit ist die Versammlung beendet.«

Dies waren seine Worte und dabei blieb es. Prior Robert sah sich gezwungen, mit steinerner Miene und ruhig gefalteten Händen stehenzubleiben, während Rhisiart zum Waldweg ging und die Versammlung sich auflöste. Schweigend eilten sie davon, und innerhalb weniger Sekunden war der grasbewachsene Kirchenplatz leer.

4.

»Du hättest mir sagen sollen, was du vorhattest«, bemerkte Vater Huw schüchtern, aber mit leisem Vorwurf. »Dann hätte ich dir klargemacht, daß das eine riesengroße Dummheit war. Was glaubst du wohl, was man bei einem Mann wie Rhisiart mit Geld ausrichten kann? Selbst wenn er käuflich wäre – und das ist er nicht –, hättest du andere Mittel und Wege finden müssen, um ihn zu beeindrucken. Ich dachte, du hättest seinen Charakter erkannt und wolltest ihm von der schlimmen Lage der englischen Mönche erzählen, die keine mächtigen Schutzheiligen haben und der heiligen Winifred dringend bedürfen. Hättest du an seine Großzügigkeit appelliert, wäre er eher bereit gewesen, dein Anliegen in Erwägung zu ziehen.«

»Ich bin mit dem Segen der Kirche und des Staatsoberhauptes hierhergekommen«, entgegnete der Prior erbost, obwohl es auch ihm allmählich bewußt wurde, daß er stets dieselben Worte wiederholte. »Und der Wille eines kleinen Grundbesitzers wird mich nicht daran hindern, meine Pläne zu verwirklichen. Hat mein Orden keine Rechte hier in Wales?«

»Nur wenige«, erklärte Cadfael ohne Umschweife. »Mein Volk verehrt die Männer, die ihr Leben Gott weihen, doch sie bewundern eher die Einsiedler, nicht die Klöster.«

Die hitzige Diskussion wurde bis zur Abendandacht fortgesetzt, ja sie vergiftete sogar die Messe mit ihrer Bitterkeit, denn Prior Robert hielt eine angsterregende Predigt, sprach ausführlich über die heiligen Zeichen, die angeblich bewiesen, daß Winifred nach Shrewsbury zu übersiedeln wünschte, und prophezeite, daß sich ihr Zorn gegen alle richten würde, die sich ihrem Willen widersetzten. Auf diese Weise leitete der Prior die erforderliche Versöhnung mit Rhisiart ein. Und obwohl Cadfael bei der Übersetzung die Drohung milderte, wurde sie so verstanden, wie sie gemeint war, denn es gab einige Gemeindemitglieder, die hinreichend Englisch konnten. Das sah er ihren verschlossenen Gesichtern an. Bald würden sie auch jenen, die der Messe nicht beiwohnten, ausführlich erzählen, der Prior hätte sie gebeten, sich an Prinz Cradocs Schicksal zu erinnern, dessen Körper wie Regen ins Erdreich gesickert und ausgelöscht worden war – und was seiner Seele widerfahren war, wagte man sich erst gar nicht vorzustellen. Und genau dies könnte mit all jenen geschehen, die sich erkühnten, die heilige Winifred zu beleidigen.

Der besorgte Vater Huw bemühte sich, die Wogen zu glätten, und es dauerte den ganzen Abend, bis er den Prior dazu brachte, ihn anzuhören. Aus reiner Erschöpfung war Robert endlich etwas ruhiger geworden.

»Rhisiart ist kein gottloser Mann...«, begann Huw.

»Kein gottloser Mann!« rief Bruder Jerome und verdrehte die Augen gen Himmel. »Manche Menschen wurden schon wegen geringerer Vergehen exkommuniziert.«

»Dann wurden sie völlig grundlos exkommuniziert«, erwiderte Huw in energischem Ton, »und ich glaube, das ist nur allzu wahr. Nein, ich sage, er ist ein anständiger, frommer Mann, offenherzig und gerecht, und es ist nicht verwunderlich, daß er gekränkt war, als er sich so schrecklich mißverstanden fühlte. Wenn er seine Position jemals aufgeben soll, dann mußt du den ersten Schritt tun, Prior Robert, und auf andere Weise an ihn herantreten als heute. Allerdings würde ich dir raten, ihm vorerst nicht persönlich zu begegnen. Aber wenn ich zu ihm ginge, vielleicht zusammen mit Bruder Cadfael, der sich als guter Waliser eingeführt hat, wenn ich ihn bäte, alles zu vergessen, was gesagt und getan wurde, und noch einmal vorurteilsfrei über die Sache zu diskutieren – dann wird er sich bestimmt nicht weigern. Außerdem – daß wir uns die Mühe machen, ihn aufzusuchen, würde ihn entwaffnen, denn er hat ein großzügiges Herz. Ich will nicht behaupten, daß er sich umstimmen lassen wird – das würde davon abhängen, wie man ihn diesmal behandelt. Aber er wird dir zumindest zuhören.«

»Natürlich habe ich nichts dagegen, wenn eine Seele vor der Verdammnis gerettet wird«, erwiderte Prior Robert hochmütig. »Ich wünsche dem Mann nichts Böses – solange er keine neuen Beleidigungen ausspricht. Und es ist keineswegs demütigend, einem reuigen Sünder zu verzeihen.«

»O wundersame Milde!« deklamierte Bruder Jerome. »O heilige Großzügigkeit, die dem Übeltäter vergibt!«

Bruder John warf ihm einen Blick aus schmalen Augen zu und verlagerte sein Gewicht von einem Fuß auf den anderen, als müßte er den Impuls unterdrücken, Jerome gegen das Schienbein zu treten. Vater Huw – verzweifelt bemüht, sich sowohl die Gunst des Bischofs, des Prinzen und des Priors als auch der Gemeinde zu erhalten – sah ihn warnend an und sagte hastig: »Ich will noch heute zu Rhisiart gehen und ihn bitten, morgen mittag bei mir zu speisen. Wenn wir unter uns einig sind, könnten wir eine weitere Versammlung einberufen, um alle wissen zu lassen, daß wieder Frieden herrscht.«

»Gut«, entgegnete der Prior, nachdem er eine Weile nachgedacht hatte. Auf diese Weise würde er seine Schuld weder zugeben noch sich entschuldigen müssen, außerdem brauchte er sich nicht allzugenau danach zu erkundigen, was Vater Huw mit Rhisiart besprechen würde. »Sehr gut. Hoffentlich hast du Erfolg.«

»Es würde deinen Status und die Wichtigkeit dieser Geste hervorheben«, meinte Bruder Cadfael mit ernsthafter Miene, »wenn deine Abgesandten beritten wären. Noch ist es nicht dunkel, und den Pferden würde die Bewegung guttun.«

»Das stimmt«, bestätigte der Prior und nickte zufrieden. »Es käme unserer Würde zugute und könnte unserem Anliegen mehr Gewicht verleihen. Bruder John soll die Pferde holen.«

»Das nenne ich einen Freund!« rief John beglückt, als sie alle drei im Sattel saßen und in der Abenddämmerung zwischen den Bäumen verschwunden waren. Vater Huw und John auf den beiden großen Pferden, Cadfael auf dem besten Maultier. »Noch zehn Minuten – und ich hätte mir eine Buße von mindestens einem Monat eingehandelt. Und jetzt genieße ich in bester Gesellschaft die abendliche Stille und darf mich an einem wichtigen Unternehmen beteiligen.«

»Habe ich gesagt, daß du mitkommen sollst?« fragte Cadfael spöttisch. »Ich habe nur erklärt, daß die *Pferde* den Botengang aufwerten würden. Von dir war gar keine Rede.«

»Ich gehöre zu den Pferden. Hast du jemals einen Botschafter ohne Pferdeknecht reiten sehen? Während ihr mit Rhisiart konferiert, will ich mich fernhalten und den pflichtbewußten Diener spielen. Übrigens, Bened wird sich heute abend in Rhisiarts Haus betrinken. Sie wechseln sich regelmäßig in der Rolle des Gastgebers ab, und heute ist Cai an der Reihe.«

»Wie hast du das herausgefunden?« fragte Cadfael verwundert. »Wo du doch kein Wort Walisisch kannst!«

»Oh, sie haben mir das irgendwie beigebracht. Außerdem kann ich schon ein paar Wörter Walisisch, und wenn wir noch eine Zeitlang hier festgehalten werden, lerne ich sicher noch mehr. Ich könnte auch das Schmiedehandwerk erlernen. Heute morgen habe ich Cadwallon bei der Arbeit geholfen.«

»Das war aber eine große Ehre für dich. In Wales darf sich nicht jeder als Schmied betätigen.«

Huw zeigte auf den Zaun, der sich zur Rechten des Weges entlangzog. »Das ist Cadwallons Land. Wir müssen noch eine Meile durch den Wald reiten, dann werden wir Rhisiarts Haus erreichen.«

Es war noch immer nicht völlig dunkel, als sie zu einer großen Lichtung mit abgezäunten gepflügten Feldern kamen. Rauch stieg in die Luft, Fackeln erhellten die offene Haustür. Neben dem großen Gebäude lagen Ställe und Scheunen. Frauen und Männer eilten geschäftig umher, um ihren abendlichen Pflichten nachzugehen.

»Sieh mal einer an!« Die Stimme des Pflügers Cai drang von einer Bank herüber, die unter der Dachrinne eines Kuhstalls stand. »Deine gute Nase hat dich also an den Ort geführt, wo heute abend der Met ausgeschenkt wird, Bruder Cadfael.« Er rückte näher an Bened heran, um Platz auf der Bank zu machen. »Padrig musiziert drinnen, und nach allem, was man so hören kann, macht er offenbar Kriegsmusik. Aber er wird sich bald zu uns gesellen. Seid willkommen und setzt euch. Ihr werdet hier nicht als Feinde betrachtet.«

Ein dritter Mann saß neben Cai und Bened im dunkleren Schatten, die langen Beine ausgestreckt. Trotz der Finsternis leuchtete sein Haar hell wie Primelblüten. Engelard, der junge Ausländer, rückte bereitwillig beiseite, um ebenfalls Platz für die Neuankömmlinge zu machen. Mit einem freimütigen Lächeln entblößte er strahlend weiße Zähne.

»Wir sind gekommen, um den Krieg zu verhindern«, erklärte Cadfael, während sie sich aus den Sätteln schwangen und ein Reitknecht herbeieilte, um die Tiere zu übernehmen. »Vater Huw hält die Friedenstaube in der Hand, und ich begleite ihn, um ihm beizustehen. Leider werden wir im Pfarrhaus erwartet und müssen zurückreiten, sobald wir mit eurem Herrn gesprochen haben. Aber wenn ihr euch um Bruder John kümmern würdet, während wir verhandeln, wäre er euch dankbar. Er könnte mit Engelard Englisch sprechen. Ein Mann sollte seine Muttersprache üben, wann immer er eine Gelegenheit findet.«

Aber offenbar hatte es Bruder John zunächst die Sprache verschlagen, sowohl die walisische als auch die englische, denn er stand da wie ein Träumer und ließ sich die Zügel aus der schlaffen Hand nehmen. Er schaute zur offenen Haustür, wo ein Mädchen erschienen war und auf die Zecher unter der Dachrinne zukam, einen großen Krug in beiden Händen. Der Blick der lebhaften braunen Augen glitt über die Besucher hinweg, musterte Vater Huw und Cadfael freundlich und wohlwollend und fiel dann mit allen Anzeichen der Verblüffung auf John, der zu einer Salzsäule mit zerzaustem roten Haar, braunen Wangen und bewunderndem Lächeln erstarrt war. Auch Cadfael betrachtete den jungen Bruder, der vielleicht drei Jahre älter war als das Mädchen. John hatte die Benediktinerkutte hochgeschürzt, bevor er aufs Pferd gestiegen war, und danach vergessen, sie wieder herunterzulassen. Jetzt sah sie aus wie ein Waliser Arbeitskittel. Und der rote Haarschopf verdeckte die Tonsur – wenn dem Mädchen auch sicher bewußt war, daß sie existierte.

»Oh, da sind ja noch mehr Durstige gekommen!« rief Annest, ohne Bruder John aus den Augen zu lassen. Sie stellte den Krug neben Cai auf die Bank. Dann ließ sie sich daneben nieder, mit flatternden Röcken und wehenden hellbraunen Haaren, und nahm das Trinkhorn entgegen, das Bened ihr reichte. Bruder John stand immer noch reglos da, stumm und fasziniert.

»Komm schon, mein Junge!« Bened klopfte auf den Platz zwischen sich und Cai. Wie ein Schlafwandler – wenn auch mit deutlicher empfundenen Absichten – ging John zu der Bank und setzte sich.

Nun gut, dachte Bruder Cadfael, überließ es Gott dem Herrn, der immer einen Ausweg wußte, etwaige Probleme zu lösen, und folgte Huw ins Haus.

»Ich werde kommen«, verkündete Rhisiart, der sich mit seinen Besuchern in eine kleine Kammer zurückgezogen hatte. »Natürlich werde ich kommen. Kein Mann sollte einem anderen die Gelegenheit verwehren, seinen Standpunkt zu erläutern. Kein Mann kann sicher sein, daß er richtig gehandelt hat, und da sei Gott vor, daß ich irgend jemandem eine zweite Chance verweigern würde. Auch ich habe gesprochen, ohne nachzudenken, und im nachhinein tat es mir leid – so wie euer Prior sein Bedauern ausgesprochen hat.«

Das hatte Prior Robert natürlich nicht getan, und Vater Huw hatte es auch gar nicht behauptet. Er hatte nur seine eigene Bestürzung in Worte gefaßt. Aber wenn Rhisiart diese Gefühle dem Prior zuschrieb – Huw war verzweifelt genug, um es dabei bewenden zu lassen.

»Eins muß ich euch allerdings sagen«, fuhr Rhisiart fort. »Ich verspreche mir wenig von einer zweiten Unterredung. Die Kluft zwischen uns ist zu tief. Dir, Vater Huw, kann ich verraten, was ich den anderen verschwieg, weil ich mich schämte. Der Mann hat mir Geld angeboten. Später erklärte er, das Geld wäre für Gwytherin bestimmt gewesen. Aber wie ist das möglich? Bin ich Gwytherin? Ich bin ein Mann wie alle anderen, ich erfülle meine Pflicht, so gut ich kann – aber ich bin nun einmal ein ganz bestimmter Mann. Und er hat den Beutel *mir* angeboten, damit ich mich für sein Anliegen einsetze, damit ich die anderen dazu überrede, seinen Wunsch zu erfüllen. Ich akzeptiere es, daß er noch einmal mit mir sprechen und mir klarmachen will, wie er die Sache sieht. Aber ich kann nicht vergessen, daß er dachte, er könnte mich kaufen. Wenn er möchte, daß ich meinen Standpunkt ändere, dann muß er auch seine Meinung über mich ändern. Und was seine Drohungen betrifft – ich danke dir, weil du sie getreulich wiedergegeben hast, alter Huw, doch sie berühren mich nicht. Ich verehre unsere kleine Heilige ebenso wie der Prior oder sonstwer. Glaubst du, daß sie das nicht weiß?«

»Sicher weiß sie es«, antwortete Huw.

»Und wenn die Mönche aus Shrewsbury sie ehren wollen – warum können sie das nicht hier tun, wo sie zu Hause ist? Sie könnten auch ihr Grab schmücken, wenn es sie so empfindlich stört, daß wir es vernachlässigt haben.«

»Das ist ein gutes Argument, daran habe ich auch schon gedacht«, sagte Bruder Cadfael. »Der letzte Schlaf einer Heiligen sollte sakrosankt sein.«

Rhisiart sah ihn mit seinen ausdrucksvollen und herausfordernden Augen an, die um eine Schattierung heller waren, als die seiner Tochter, und lächelte. »Nun, ich werde kommen – und vielen Dank für eure Mühe. Ich werde mit euch essen und mir anhören, was immer er zu sagen hat. Um die Mittagsstunde werde ich bei euch sein.«

Gelächter war von der Bank unter der Dachrinne zu hören, und es war zu verlockend, den Zechern Gesellschaft zu leisten – zumindest ein paarmal am Trinkhorn zu nippen, wie Cai vorschlug. Bened war aufgestanden, um nachzuschenken, und Bruder John saß schweigend und mit hochroten Wangen, aber überglücklich, direkt neben dem Mädchen.

Ihre Ärmel berührten sich, als sie sich neugierig zu ihm neigte, und ihr Haar fiel auf seine Schulter.

»Nun, wie ist es euch ergangen?« fragte Bened, während er das Trinkhorn füllte. »Wird er euch besuchen und mit dem Prior verhandeln?«

»Ja«, erwiderte Cadfael, »aber er wird sich wohl kaum umstimmen lassen, denn er wurde zu schwer gekränkt. Doch er wird zum Essen kommen – und das ist immerhin etwas.«

»Die ganze Gemeinde wird es wissen, bevor ihr zur Pfarrei zurückgekehrt seid«, meinte Cai. »In dieser Gegend verbreiten sich die Neuigkeiten wie ein Lauffeuer. Sie stehen alle hinter Rhisiart. Wenn er den Plänen eures Priors zustimmt, werden die anderen auch einverstanden sein. Nicht aufgrund eigener Überzeugungen, sondern weil sie ihm vertrauen. Er hat seinen Standpunkt vertreten, und sie wissen, daß er sich niemals anders besinnen würde, wenn er keinen stichhaltigen Grund hat. Redet ihm gut zu – dann wird er sich nicht mehr gegen eure Wünsche sträuben.«

»Meine Wünsche sind das nicht«, entgegnete Cadfael. »Ich werde nie und nimmer einsehen, warum ein Mann seine Lieblingsheilige nicht verehren kann, ohne ihre Gebeine zu tätscheln. Aber heutzutage raufen sich die Klöster um solche Reliquien... Ein guter Met ist das, Cai.«

»Den hat unsere Annest gebraut«, verkündete Bened, sichtlich stolz auf seine Nichte, und strich liebevoll über ihre Schulter. »Und das ist nur eine von ihren Fähigkeiten. Der Mann, der sie mal heiratet, bekommt einen Schatz, und für mich wird das ein schwerer Verlust sein.«

»Vielleicht bringe ich dir einen tüchtigen Schmied ins Haus«, sagte das Mädchen lächelnd. »Das wäre doch kein Verlust für dich, oder?«

Inzwischen war es dunkler geworden, und die Geistlichen mußten aufbrechen, so gerne sie auch noch geblieben wären. Huw wurde immer unruhiger, weil er an Prior Roberts vermutlich rasch wachsende Ungeduld dachte und sich vorstellte, wie die hochgewachsene Gestalt im Garten auf und ab ging und nach den heimkehrenden Boten Ausschau hielt.

»Wir sollten jetzt zurückreiten. Er wird schon auf uns warten. Kommt, Brüder, verabschiedet euch.«

Widerwillig aber pflichtbewußt erhob sich Bruder John. Der Reitknecht brachte die Pferde und das Maultier. Mit gefaßter Miene aber glänzenden Augen sagte John der kleinen Gesellschaft gute Nacht – mit sorgfältig prononcierten walisischen Worten.

Gelächter und gute Wünsche begleiteten die Reiter bis zum Hoftor. Deutlich war die helle, fröhliche Stimme des Mädchens herauszuhören, und Engelards englischer Gruß: »Gott mit euch!«

»Wer hat dir denn diese Grußformel beigebracht – zwischen dem Abend und der Nacht?« fragte Bruder Cadfael interessiert, als sie die dunkelgrünen Schatten zwischen den Bäumen erreicht hatten. »Bened oder Cai?«

»Keiner von beiden«, entgegnete Bruder John mit einem tiefen Seufzer der Zufriedenheit.

Es war wohl sinnlos, ihn zu fragen, wie sie das geschafft hatten, wo sie doch kein Englisch sprach und er nur ein paar Wörter Walisisch. Doch sie hatten sich wohl in einer Sprache unterhalten, die keiner Übersetzung bedurfte.

»Nun, man kann nicht behaupten, daß dieser Tag vergeudet war – wo du soviel Neues lernen konntest«, meinte Cadfael großmütig. »Hast du sonst noch etwas in Erfahrung gebracht?«

»Ja«, antwortete Bruder John versonnen. »Übermorgen ist Backtag bei Bened.«

»Geh schlafen, Prior Robert«, schlug Vater Huw vor und blickte auf die bleiche, gefurchte Stirn des großen Mannes, neben dem der ängstlich besorgte Unterprior Richard stand. »Rhisiart hat gesagt, daß er kommen und dich anhören wird. Er war sehr höflich und vernünftig.«

Prior Robert unterdrückte einen Seufzer der Erleichterung. Doch bevor er sie alle entließ, wollte er noch etwas wissen. »Hat er eingesehen, daß sein Widerstand nicht richtig ist? Wird er sich unseren Wünschen fügen?«

Die Brüder Jerome und Columbanus standen zitternd und hoffnungsvoll in einer Ecke des Raumes, die das schwache Kerzenlicht nicht erreichte. Solange die Situation noch zweifelhaft war, hatte man ihnen nicht erlaubt, in Cadwallons Haus zu gehen und sich zur Ruhe zu begeben.

Vater Huw zögerte. Auch er war müde und sehnte sich nach seinem Lager. »Er zeigte freundliches Interesse und hat versprochen, sich die Sache gründlich zu überlegen. Mehr habe ich nicht von ihm verlangt.«

»Jedenfalls mußt du deine ganze Überredungskunst einsetzen, Prior«, warf Cadfael ein. »Und du mußt ebenso aufrichtig sein wie er. Ich glaube nicht, daß er sich so leicht umstimmen lassen wird.« Er war es leid, verletzte Eitelkeiten zu hätscheln, und er sprach aus, was er dachte. »Du hast heute einen schweren Fehler begangen, Prior Robert, und du wirst die Gesinnung eines Herzens ändern müssen, seine oder deine, wenn du das wiedergutmachen willst.«

Am nächsten Vormittag, nach der Messe, traf Prior Robert sorgsam seine Vorbereitungen. »Nur der Bruder Unterprior und ich sowie Vater Huw und Bruder Cadfael als Dolmetscher werden am Tisch sitzen. Du wirst dich in der Küche nützlich machen, Bruder John. Außerdem kannst du dich um Vater Huws Rinder und Hühner kümmern. Für euch, Bruder Jerome und Bruder Columbanus, habe ich einen besonderen Auftrag. Da wir heute über die Gebeine der heiligen Winifred verhandeln wollen, sollt ihr diese Stunden im Gebet verbringen, damit sie uns hilft, den Widerstand der Gemeinde zu besiegen, und unsere Mission zu einem erfolgreichen Abschluß zu bringen. Betet nicht hier in der Kirche, sondern in der Kapelle der Heiligen auf dem Friedhof, wo sie begraben ist. Nehmt euch Essen und Wein mit. Der kleine Edwin wird euch den Weg zeigen. Wenn wir mit Rhisiart einig sind – was mit Winifreds Beistand sicher nicht lange dauern wird – gebe ich euch Bescheid, und ihr könnt zurückkommen. Aber bis dahin dürft ihr eure Gebete nicht unterbrechen.«

Pflichtschuldigst enteilten sie. Bruder John machte ein

Feuer für Marared und brachte ihr alles, was sie brauchte. Die alte Frau, die schon lange verwitwet war und erwachsene Söhne hatte, freute sich sehr, weil ihr ein so netter junger Mann Gesellschaft leistete, und Cadfael vermutete, daß sicher die besten Bissen für Bruder John abfallen würden, bevor sie das Essen servierte. Er sah Jerome und Columbanus mit dem kleinen Jungen aufbrechen, die in Tücher gewickelte Mahlzeit in den Brusttaschen ihrer Kutten verstaut. Columbanus trug eine Flasche Wein und eine kleinere, gefüllt mit Quellwasser, für sich selbst. »Es ist zwar nur ein geringes Opfer«, hatte er demütig erklärt, »aber ich werde nichts anderes als Wasser trinken, solange die heilige Winifred nicht unsere Schutzheilige ist.«

»So ein Narr!« meinte Bruder John. »Wahrscheinlich hat er soeben gelobt, bis an sein Lebensende keinen Tropfen Alkohol mehr anzurühren.«

Der Frühlingsvormittag war schön, aber auch so kapriziös, wie es im Mai zu erwarten war. Prior Robert und seine Gefährten saßen im Obstgarten, bis sie von einem heftigen Regenschauer ins Haus getrieben wurden, der fast eine halbe Stunde dauerte. Die Mittagsstunde, zu der Rhisiart eintreffen würde, rückte immer näher. Er würde einen ziemlich feuchten Spaziergang durch den Wald machen. Oder vielleicht wartete er in Cadwallons Haus, das an seinem Weg lag, auf die Rückkehr der Sonne. Da sie mit dieser Möglichkeit rechneten, dachten sie sich nichts dabei, als eine halbe Stunde nach der vereinbarten Zeit verstrich und Rhisiart noch immer nicht aufgetaucht war. Doch nach einer Stunde nahmen Prior Roberts Züge einen sowohl grimmigen als auch triumphierenden Ausdruck an. »Er hat gehört, welche Warnung ich allen erteilt habe, die dieselbe Sünde begehen wir er. Und nun fürchtet er sich viel zu sehr, um mir gegenüberzutreten.«

»Sicher, er hat von der Warnung gehört«, bestätigte Vater Huw seufzend. »Aber ich hatte gestern abend nicht den Eindruck, daß er sich fürchtet. Er sprach mit ruhiger, fester Stimme, und er ist ein Mann, der sein Wort zu halten pflegt.

Ich verstehe nicht, warum er auf sich warten läßt. Das sieht ihm gar nicht ähnlich.«

»Wir werden essen, aber nur ein wenig«, sagte der Prior, »und ihm Gelegenheit geben, sein Versprechen zu halten – falls ihm irgend etwas dazwischengekommen ist. Das kann jedem widerfahren. Wir wollen noch bis zur Abendandacht warten.«

»Ich werde zu Cadwallons Haus gehen«, erbot sich Bruder Richard. »Bis dahin kann ich ihn nicht verfehlen. Vielleicht begegne ich ihm – oder man wird mir sagen können, was ihn aufgehalten hat.«

Nach anderthalb Stunden kehrte er zurück – allein. »Ich bin noch ein ganzes Stück auf dem Weg weitergegangen, der am Anwesen des Schmieds vorbeigeht, aber ich konnte Rhisiart nirgends entdecken. Ich erkundigte mich bei Cadwallons Leuten, doch die haben ihn auch nicht gesehen.«

»Wir warten noch bis zur Abendandacht.« Aus der Stimme des Priors klang schadenfrohe Zuversicht, denn er bezweifelte, daß der Gast noch erscheinen würde. Nun hatte sich sein Gegner selbst ins Unrecht gesetzt, und das konnte für Prior Robert nur vorteilhaft sein. Sie würden bis zur Messe ausharren – das waren fünf Stunden nach der vereinbarten Zeit. Die Leute von Gwytherin konnten also nicht behaupten, man hätte keine Geduld bewiesen.

»Nun denn!« Der Prior erhob sich und schüttelte seine Kutte aus, als wollte er die letzten Zweifel und einen Inkubus beseitigen. »Er war zu feige, um mit mir zu sprechen. Jetzt wird sein Widerstand die anderen nicht mehr beeinflussen. Gehen wir!«

Die Sonne schien immer noch auf die kleine Kirche herab, vor der sich einige Dorfbewohner eingefunden hatten, um an der Abendandacht teilzunehmen. Aus dem dunkelgrünen Schatten des Waldes trat nicht Rhisiart, aber seine Tochter, in einem grünen Kleid, das widerspenstige Haar sorgfältig geflochten und mit einem Leinentuch bedeckt. Peredur folgte ihr auf den Fersen, die Hand besitzergreifend um ihren Ellbogen gelegt, aber sie schien ihn kaum zu beachten. Sie beobachtete die schweigende Prozession der Mönche, die sich von Huws Gartentor entfernte. Sekundenlang ruhte ihr Blick auf Cadfael, dann wandte sie sich um und blickte mit gerunzelter Stirn in den Wald, als würde sie auf jemanden warten.

»Wo ist mein Vater?« fragte sie – leicht verwundert, aber noch nicht besorgt. »Ist er nicht mehr bei euch? Habe ich ihn unterwegs verpaßt? Ich ritt zu Cadwallons Haus und ließ mein Pferd dort im Stall stehen. Er war zu Fuß – und wenn er vor etwa einer Stunde von hier aufgebrochen wäre, müßte er längst daheim sein... Ich wollte die Messe besuchen und dann mit ihm nach Hause gehen.«

Prior Robert hob erstaunt und ein wenig unbehaglich die Brauen. »Was sagt sie da? Soll das heißen, daß Rhisiart seinen Hof verlassen hat, um uns zu besuchen?«

»Natürlich!« rief Sioned verständnislos. »Zumindest hatte er das vor.«

»Er ist aber nicht gekommen. Wir haben seit der Mittagsstunde auf ihn gewartet. Bruder Richard wollte ihm entgegengehen – leider vergeblich.«

Das verstand sie ohne die Hilfe Cadfaels, des Dolmetschers. Ihr Blick wanderte von einem Gesicht zum anderen, mißtrauisch und ärgerlich. »Sagt ihr auch die Wahrheit? Oder habt ihr ihn eingesperrt, damit er euch nicht daran hindern kann, die heilige Winifred aus ihrem Grab zu holen und nach Shrewsbury zu bringen? Er war der einzige, der euch im Weg stand. Und – ihr habt ihm gedroht!«

Bestürzt umklammerte Peredur ihren Arm und zog sie näher zu sich heran. »Sei still, so etwas darfst du nicht sagen! Diese Mönche belügen dich sicher nicht.«

»Wann ist dein Vater heute morgen von zu Hause weggegangen, mein Kind?« fragte Cadfael.

Sie sah ihn an, und ihr Mißtrauen begann zu schwinden. Die schweigenden Zuhörer traten näher und lauschten aufmerksam – bereit, Sioneds Partei zu ergreifen, falls sie Unterstützung brauchte.

»Eine gute Stunde vor zwölf. Er ging auf die Felder, denn er wollte eine Abkürzung benutzen, die etwa eine Meile von der Lichtung entfernt auf den Hauptweg stößt. Engelard begleitete ihn ein Stück. Er hatte in den Ställen auf der anderen Seite des Hügels von Byrn zu tun. Dort sind zwei trächtige Kühe. Wahrscheinlich haben sie heute gekalbt.«

»Wir sagen dir die Wahrheit, mein Kind«, versicherte Vater Huw. »Wir haben auf ihn gewartet – und er ist nicht gekommen.«

»Was kann ihm nur zugestoßen sein? Wo ist er?«

»Zu Hause«, sagte Peredur ohne Überzeugungskraft. »Wahrscheinlich hat er den Weg wieder abgekürzt, und deshalb hast du ihn verpaßt. Komm, gehen wir zurück.«

»Nein! Warum sollte er nach Hause zurückkehren – ohne mit dem Prior zu sprechen? Und falls er das doch getan hat – warum so spät? Er hätte schon längst da sein müssen, bevor ich angefangen habe, mein Haar zu flechten. Wenn er sich tatsächlich anders besonnen hat. Und das hat er sicher nicht getan.«

»Ich denke, diese Sache betrifft die ganze Gemeinde«, sagte Vater Huw, »und wir sollten alles andere zunächst hintanstellen – sogar die Abendmesse, solange wir Rhisiart nicht gefunden und uns überzeugt haben, daß es ihm gutgeht. Vermutlich handelt es sich nur um eine Kette von Mißverständnissen – doch damit können wir uns später immer noch befassen. Wir wollen uns trennen und alle Wege und Straßen absuchen, die er benutzt haben könnte. Sioned wird uns die Abkürzung zeigen. In diesen Wäldern wird er wohl kaum einem gefährlichen wilden Tier begegnet sein – aber vielleicht ist er gestürzt und hat sich verletzt. Womöglich liegt er irgendwo hilflos am Wegrand. Wirst du uns begleiten, Prior Robert?«

»Selbstverständlich. Auch die anderen Brüder werden mitkommen.«

Die älteren Leute suchten den Waldrand ab, während die jungen, kräftigen den Weg hinaufeilten, der an Cadwallons Grundstück vorbeiführte. Hier standen die Bäume noch nicht zu dicht, und dazwischen wuchs kaum Unterholz, sondern weiches hellgrünes Gras. Sie bildeten einen Halbkreis, als sie den Hang hinaufstiegen, jeweils durch wenige Schritte voneinander getrennt. Sioned blieb auf dem Weg, lief mit zusammengepreßten Lippen hinauf, und ihr Blick durchdrang jedes Gebüsch, an dem sie vorbeikam. Peredur folgte ihr, sprach liebevoll und tröstend auf sie ein, doch sie ignorierte ihn. Ob er seinen eigenen zuversichtlichen Worten glaubte oder nicht – seine Gefühle waren über jeden Zweifel erhaben. Sein ganzes Herz gehörte Sioned, und er wollte alles tun, um ihr Kummer zu ersparen und sie zu beschützen, während sie in ihm nur den lästigen Nachbarjungen sah.

Cadwallons Anwesen lag bereits eine halbe Meile hinter ihnen, als Vater Huw plötzlich nach Bruder Cadfaels Ärmel griff. »Wir haben Bruder Jerome und Bruder Columbanus vergessen! Der Hügel, wo die Friedhofskapelle steht, liegt gleich da drüben. Es ist nicht weit. Frag doch Prior Robert, ob wir jemanden hinüberschicken sollen, der die beiden hierherbringen könnte.«

»Das habe ich in der Tat vergessen«, gab der Prior zu. »Ja, um Himmels willen, schick jemanden hinüber! Am besten eins von deinen Pfarrkindern, das den Weg kennt.«

Ein junger Mann verschwand gehorsam zwischen den Bäumen, während der Suchtrupp weiter bergan eilte.

Sioned blieb stehen. »Hier ist die Abkürzung, die zur Lichtung hinaufführt. Es ist kein richtiger Weg – und deshalb sollten wir uns verteilen wie zuvor.«

Der Hang stieg immer steiler an, die Bäume standen immer dichter beisammen. Das Unterholz wuchs so hoch empor, daß sie einander bald aus den Augen verloren. Plötzlich stürzte Bened aus den Büschen rechts von Cadfael und schrie entsetzt auf. Die anderen blieben stehen. Cadfael folgte dem Schmied durch ein Dornengestrüpp auf eine kleine ovale Lichtung, umgeben von Dickicht, das nur an den Stellen, wo die Abkürzung hindurchführte, unterbrochen war. Und mitten auf der Lichtung lag Rhisiart mit ausgebreiteten Armen und angezogenen Knien. Die Beine waren zur Seite gedreht, das linke kreuzte das rechte. Sein kurzer Bart wies zum Himmel empor, ebenso wie der gefiederte Pfeilschaft, der aus seiner Brust ragte.

5.

Sie kamen von beiden Seiten auf die Lichtung, herbeigerufen vom Aufschrei des Schmiedes, brachen aus dem Gebüsch wie eine Herde verschreckter Rehe und starrten entsetzt auf die reglose Gestalt. Cadfael kniete nieder und versuchte den Hauch eines Atemzugs zwischen den verzerrten Lippen oder einen Pulsschlag am Hals zu spüren. Er sah nach, ob sich die Brust hob und senkte – vergeblich. Er war der einzige auf der kleinen Lichtung, der sich bewegte, und was er tat, geschah in einer seltsamen, viel zu intensiven Stille, als würden die Menschen ringsum die Luft anhalten.

Und dann erwachten sie plötzlich alle zum Leben. Sioned bahnte sich einen Weg durch die erstarrte Schar, sah ihren Vater und wollte zu ihm stürzen, mit einem schrillen Schrei, der mehr wütend als verzweifelt klang. Peredur hielt sie am Handgelenk fest, drückte sie an seine Brust und preßte ihren Kopf an seine Schulter, doch da schrie sie noch gellender, wehrte sich mit aller Kraft, riß sich los, warf sich neben Cadfael auf die Knie und wollte Rhisiart umarmen. Aber der Mönch hob abwehrend eine Hand, mit der anderen ins Gras neben der rechten Achselhöhle des Toten gestützt.

»Nein! Rühr ihn nicht an! Noch nicht! Er hat uns noch einiges zu sagen.«

Ihre intuitive Geistesgegenwart, die sie nicht einmal in diesem Augenblick verließ, bewog sie zu gehorchen. Und den Sinn seiner Warnung verstand sie unmittelbar danach. Fragend sah sie ihn an und setzte sich langsam ins Gras, die Hände im Schoß gefaltet. Lautlos formten ihre Lippen seine Worte – ›er hat uns noch einiges zu sagen‹. Von seinem Gesicht blickte sie auf die verzerrten Züge ihres Vaters. Sie hatte längst erkannt, daß er tot war. Und sie wußte auch, daß die Toten sprachen – manchmal mit Donnerstimme. Und sie stammte aus einem stolzen walisischen Geschlecht, dem die

Blutrache heilig war – eine Pflicht, die sogar die Trauer verdrängte.

Als die anderen näher kamen und einer die Hand ausstreckte, um Rhisiart zu berühren, war sie es, die schützend die Hände über den Toten hielt. »Nein!« befahl sie. »Laßt ihn...«

Cadfael hatte seinen Arm gesenkt und fragte sich, warum sich die Hand so seltsam anfühlte, die in das Gras neben Rhisiarts Brust gegriffen hatte. Und dann wußte er es. Das Gras, auf dem er kniete, war noch naß vom Regen des Vormittags, er spürte, wie die feuchte Kälte durch seine Kutte drang. Aber neben Rhisiarts ausgestrecktem rechten Arm war der Boden trocken. Kein Tropfen hing an der Hand, die Cadfael jetzt hochhob. Er berührte das Gras noch einmal, strich an den Rippen des Toten entlang, an den Hüften vorbei. Erst neben den Knien waren die frischen grünen Halme vom Regen benetzt. In einiger Entfernung vom Körper traf er die gleichen Feststellungen. Seltsam, zwischen dem Arm und der Brust war das Gras staubtrocken, auf gleicher Höhe mit den Knien feucht. Seltsam, sehr seltsam... Er beschloß jedoch, erst später darüber nachzudenken, denn jetzt gab es andere Dinge zu tun.

Der hoch aufragende Schatten hinter ihm konnte nur Prior Robert sein. Er befand sich in einem merkwürdigen Zustand exaltierter Erregung, der beinahe mit Bruder Columbanus' ekstatischem Anfall zu vergleichen war. Seine hohe, gepreßte Stimme mischte sich in Sioneds tränenloses Schluchzen. »Ist er tot?«

»Ja«, bestätigte Cadfael und schaute in Sioneds große trokkene Augen, hielt ihren Blick fest, gab ihr ein stummes, noch unklares Versprechen. Was immer er ihr mitzuteilen versuchte, sie verstand es und war beruhigt, denn auch er war ein Waliser und wußte Bescheid über die Blutrache. Sie würde Hilfe brauchen, denn sie war die einzige Erbin, die einzige nahe Verwandte eines Ermordeten, und mußte eine Aufgabe erfüllen, die wichtiger war als ihr Kummer.

Ehrfürchtig sah der Prior zum Himmel auf. »Hütet euch

vor der Vergeltung der heiligen Winifred! Habe ich nicht angekündigt, daß ihr Zorn alle treffen wird, die sich ihr in den Weg stellen? Sag es ihnen, Bruder Cadfael! Sag ihnen, daß sich meine Prophezeiung erfüllt hat und daß sie sich die Warnung zu Herzen nehmen sollen! Die heilige Winifred hat ihre Macht bewiesen und ihren Unmut gezeigt!«

Es war kaum nötig, diese Worte zu übersetzen, denn deren Sinn hatten die Männer längst begriffen. Ängstlich wichen sie zurück und versicherten hastig, daß sie sich den Wünschen der Heiligen nicht mehr widersetzen würden.

»Der Gottlose erntet, was er sät«, deklamierte Robert. »Rhisiart war gewarnt – doch er hat die Weissagung mißachtet!«

Die furchtsameren Dorfbewohner waren bereits auf die Knie gesunken und falteten beklommen die Hände. Die heilige Winifred hatte ihnen nicht sonderlich viel bedeutet, bis jemand anderer sein Interesse an ihr bezeugt und Rhisiart den älteren Anspruch der Gemeinde geltend gemacht hatte. Und jetzt war er eines gewaltsamen Todes gestorben, in seinen eigenen Wäldern...

Sioned sah noch immer in Cadfaels Augen, über das durchbohrte Herz ihres Vaters hinweg. Sie war ein tapferes Mädchen und schwieg, obwohl ihr genug wütende Worte auf der Zunge lagen, die sie am liebsten in das bleiche, hochmütige aristokratische Gesicht des Priors geschleudert hätte. Es war nicht sie, die plötzlich zu sprechen begann, sondern Peredur.

»Das glaube ich nicht!« stieß er hervor. »Warum sollte die sanftmütige heilige Jungfrau so schreckliche Rache an einem braven Mann üben? Ja, er war ein braver, guter Mann, auch wenn er einen Fehler begangen hat. Und selbst wenn sich Winifred hätte rächen wollen – was ich stark bezweifle –, wieso hätte sie eines Pfeils bedurft? Flammen, die vom Himmel herablodern, hätten ihr ebenso gedient und ihre Macht eindrucksvoller bewiesen. Nein, Vater Prior, dieser Mann wurde ermordet. Menschenhände haben den Bogen gespannt und diesen Pfeil abgeschossen, getrieben von menschlichen Motiven. Offenbar grollen ihm noch andere – nicht nur Winifred –, andere Leute, deren Plänen er im Wege stand. Warum willst du die Heilige für diesen Mord verantwortlich machen?«

Cadfael übersetzte diese Worte, deren protestierenden Ton der Prior zwar gehört, deren Sinn er aber nicht verstanden hatte, ins Englische. »Der junge Mann hat recht«, fügte Cadfael hinzu. »Dieser Pfeil ist nicht vom Himmel herabgeflogen, er kam aus irdischen Gefilden. Sieh doch, in welchem Winkel er aus Rhisiarts Brust ragt! Der Schütze muß sich im Gebüsch versteckt haben.«

»Rächende Heilige benützen auch irdische Instrumente«, wandte Prior Robert in kühlem Ton ein.

»Dann ist das Instrument trotzdem ein Mörder«, erwiderte Cadfael. »Auch in Wales gibt es Gesetze. Wir müssen den Amtmann des Prinzen verständigen.«

Bened hatte die ganze Zeit mit düsterer Miene auf die Leiche gestarrt, auf das Blut, das die Wunde umgab, den Schaft mit den gestutzten Federn. Langsam sagte er: »Ich kenne diesen Pfeil. Ich kenne auch seinen Besitzer – oder zumindest den Mann, dessen Zeichen der Schaft trägt. Wenn mehrere junge Männer in einem Haus zusammenleben, markieren sie ihre Pfeile, so daß kein Streit darum aufkommen kann. Seht ihr die Spitzen der Federn auf der einen Seite? Sie sind blau gefärbt.« Einige Dorfbewohner traten näher und hielten den Atem an – denn sie erkannten das Zeichen ebenso wie Bened. »Es ist Engelards Pfeil...«, fuhr der Schmied fort, dann brachten ihn vier oder fünf gedämpfte Stimmen zum Schweigen.

Sioned hob den Kopf. Ihr Gesicht war wie erstarrt vor Entsetzen – dann verzerrten sich ihre Züge in plötzlichem Zorn. Ihr Vater war tot, sie konnte nichts anderes für ihn tun als trauern und auf Rache sinnen. Aber Engelard lebte und war so verletzlich – ein Ausländer, für den sich keine Verwandtschaft einsetzte... Sie sprang auf und schaute mit blitzenden Augen in die Runde. »Engelard ist der vertrauenswürdigste von den Männern, die meinem Vater gedient haben. Eher würde er sich die rechte Hand abhacken, als sie in mörderischer Absicht gegen meinen Vater zu erheben. Wer wagt zu behaupten, daß dies sein Werk ist?«

»Das habe ich ja gar nicht gesagt«, wandte Bened begütigend ein. »Ich habe nur festgestellt, daß dies sein Pfeil ist. Und Engelard ist der beste Bogenschütze weit und breit.«

Nun meldete sich eine andere Stimme zu Wort, keineswegs anklagend, sondern ganz sachlich. »Wir wissen, daß Engelard oft mit Rhisiart gestritten hat – wegen einer gewissen Sache.«

»Meinetwegen!« rief Sioned erbost. »Sprich nur aus, was du denkst! Ich kenne die Wahrheit besser als ihr alle! Ja, es kam oft zu Auseinandersetzungen wegen dieser Angelegenheit – und nur deswegen! Trotzdem haben sie sich gut verstanden, und keiner wollte dem anderen etwas Böses. Wenn auch nur die geringste Gefahr bestanden hätte – glaubt ihr, der Zankapfel hätte das nicht rechtzeitig erkannt? Sicher, sie haben gestritten – aber sie haben einander mehr respektiert als irgendeinen von euch, und das mit gutem Grund!«

»Wer kann schon sagen, wie weit sich ein Mann um der Liebe willen von seinem Charakter entfernen kann?« fragte Peredur leise.

Verächtlich wandte sie sich zu ihm. »Ich dachte, du wärst sein Freund.«

»Das bin ich auch.« Peredur war blaß geworden, aber seine Stimme klang fest und unbeirrt. »Und was ich angedeutet habe, traue ich mir selbst genauso zu wie ihm.«

»Was ist mit diesem Engelard?« wollte Robert wissen. »Was haben sie gesagt?« Nachdem Cadfael den Wortwechsel wiedergegeben hatte, meinte der Prior im Vollgefühl seiner Autorität, auf die er hier keinen Anspruch hatte: »Nun, es sieht so aus, als müßte der junge Mann erklären, was er heute gemacht hat. Vielleicht waren andere mit ihm zusammen und können den Verdacht entkräften. Und wenn nicht...«

Bedrückt schaute Vater Huw in das trotzige Gesicht des Mädchens. »Er ist heute morgen mit deinem Vater weggegangen. Das hast du uns erzählt. Er hat Rhisiart über die Felder begleitet. Dann bog dein Vater in den Wald ab, und Engelard setzte seinen Weg zu den Kuhställen fort. Wir müssen die Leute befragen und herausfinden, ob irgend jemand deinen Vater sah, nachdem er sich von Engelard getrennt hatte. Ist jemand hier, der etwas dazu sagen kann?«

Niemand meldete sich. Die Schar auf der ovalen Lichtung wurde immer größer. Einige Leute, die sich auf ihrer Suche weiter entfernt hatten, waren erst jetzt eingetroffen und starrten erschrocken auf den Toten. Andere, die von Rhisiarts mysteriösem Verschwinden gehört hatten, waren vom Dorf heraufgeeilt. Vater Huws Abgesandter kam mit Jerome und Columbanus von der Kapelle zurück. Keiner ergriff das Wort, um zu berichten, er hätte Rhisiart oder Engelard gesehen.

»Er muß verhört werden«, erklärte Prior Robert. »Und wenn er nicht zufriedenstellend antworten kann, muß man ihn festnehmen und dem Amtmann übergeben. Offenbar hatte dieser Bursche allen Grund, Rhisiart aus dem Weg zu räumen.«

»Allen Grund?« platzte Sioned heraus. Dann wurde sie feuerrot und sprach hastig auf walisisch weiter, obwohl sie schon zuvor verraten hatte, daß sie alles verstand, was hier auf englisch gesagt wurde – und obwohl die Ursache, um deretwillen sie ihr Geheimnis gehütet hatte, auf so grausame Weise ausgeschaltet worden war. »Er hatte keinen so triftigen Grund wie du, Vater Prior! Alle Leute in dieser Gemeinde wissen, wie versessen du auf die heilige Winifred bist, die deinem Kloster und vor allem dir persönlich zu Ruhm und Glanz verhelfen soll. Wer außer meinem Vater stand dir im Wege? *Dir* – und nicht der Heiligen! Nenne mir doch ein besseres Mordmotiv. In all diesen Jahren hätte keiner auch nur im Traum daran gedacht, ihm etwas anzutun – bis du kamst, um Winifreds Reliquien zu beanspruchen. Engelards Meinungsverschiedenheit mit meinem Vater bestand schon eine ganze Weile, war allgemein bekannt und wurde verstanden – deine war neu und viel akuter. Unsere Angelegenheit konnte warten, denn wir sind beide noch jung. Aber dein Anliegen konnte nicht warten. Und wer wußte besser als du, wann mein Vater durch den Wald nach Gwytherin gehen würde? Oder daß er sich niemals anders besonnen hätte?«

Vergeblich hatte der entsetzte Vater Huw versucht, sie zum Schweigen zu bringen. »Kind, Kind – du darfst den verehrten Prior nicht einer so furchtbaren Tat beschuldigen – das ist eine schwere Sünde.«

»Ich stelle nur Tatsachen fest, und die sprechen für sich«, entgegnete Sioned. »Was soll daran sündhaft sein? Prior Robert mag Tatsachen hervorheben, die ihm Vorteile verschaffen, ich weise auf andere hin, die ihn weniger begünstigen. Mein Vater war das einzige Hindernis auf dem Weg des Priors – und er wurde beiseite geräumt.«

»Mein Kind, alle in diesem Tal wußten, daß dein Vater heute mittag bei mir eingeladen war, und den Wald, durch den er ging, kennen sie viel besser als diese guten Brüder aus Shrewsbury. Es ist immerhin möglich, daß noch jemand einen Groll gegen Rhisiart hegte und die Gelegenheit nutzte. Außerdem muß ich dir sagen, daß ich seit der Morgenmesse mit Prior Robert, Bruder Richard und Bruder Cadfael zusammen bin.« Händeringend wandte sich Huw an Robert. »Verehrter Prior, ich flehe dich an, zürne dem Mädchen nicht. Sioned weiß nicht, was sie sagt. Sie hat ihren Vater verloren und ist verzweifelt... Kein Wunder, daß sie uns alle angreift...«

»Ich mache ihr keinen Vorwurf«, entgegnete Robert kühl. »Vermutlich hat sie einen Verdacht gegen mich und meine Gefährten geäußert, aber ich nehme an, daß du sie zurechtgewiesen hast. Sag ihr, daß du für mich Zeugnis ablegen kannst, da du dich den ganzen Tag in meiner Gesellschaft befunden hast.«

Huw wandte sich wieder zu Sioned, aber sie ließ ihn nicht zu Wort kommen. Erfüllt von dem unwiderstehlichen Drang, den Prior direkt zu konfrontieren, ohne die störende Intervention eines Dolmetschers, vergaß sie alle Zurückhaltung und rief in fehlerfreiem Englisch: »Da magst du recht haben, Vater Prior, und ich kann mir auch nicht vorstellen, daß du ein guter Bogenschütze bist! Aber einem Mann, der die Fügsamkeit meines Vaters kaufen wollte, wäre auch zuzutrauen, daß er jemanden gekauft hat, der bereit war, ihm die schmutzige Arbeit abzunehmen. Du hattest immer noch den Beutel, den Rhisiart zurückgewiesen hat!«

»Vorsicht, mein Kind!« donnerte Robert, an die Grenzen seiner Geduld getrieben. »Willst du dein Seelenheil verwirken? Bis jetzt war ich gewillt, Nachsicht zu üben, weil du einen so schweren Verlust erlitten hast – aber das geht wirklich zu weit!«

Feindselig starrten sie sich an – der große hochmütige bleiche Mönch und das schöne Mädchen mit den blitzenden Augen, das sein Kopftuch längst verloren hatte. Aus ihrer Zopfkrone hatten sich einige Strähnen gelöst und fielen nun auf die schmalen Schultern. Bevor Sioned neue Beschuldigungen hervorstoßen oder Robert die ewige Verdammnis ihrer Seele prophezeien konnte, näherten sich Stimmen im Wald oberhalb der Lichtung, eine weibliche und eine männliche Stimme, in erregtem Wortwechsel. Zweige knackten unter eiligen Schritten. Offenbar hatten die beiden die Geräusche der vielen Menschen gehört, die sich auf der Lichtung versammelt hatten, und rannten nun herbei, um zu sehen, was hier geschah.

Sioned erkannte die Stimmen. Angst und Verzweiflung überschatteten ihr Gesicht. Hastig sah sie sich um, aber es gab keine Rettung. Ein Mädchen teilte die Büsche am Rand der Lichtung, an dem schmalen Durchgang, durch den die Abkürzung führte, und dann tauchte Annest auf und starrte verwirrt auf die dichtgedrängte Schar. Sioned nutzte die Verblüffung des Mädchens. »Geh nach Hause zurück, Annest. Ich komme gleich nach mit unseren Gästen. Bereite alles vor – schnell, du wirst nicht viel Zeit haben.« Ihre Stimme klang schrill und drängend. Noch hatte Annest den Blick nicht gesenkt, noch hatte sie den Toten nicht entdeckt, der von hohen Grashalmen und abendlichen Schatten halb verborgen wurde.

Doch die Mühe war vergebens. Eine große Hand legte sich auf Annests Schulter, während sie noch zögerte, und schob sie zur Seite. »Eure Besprechung klang so laut und wütend, Sioned«, sagte eine klare Männerstimme. »Deshalb gehen wir lieber alle zusammen nach Hause – wenn du es erlaubst, Sioned.«

Engelard drängte sich an dem Mädchen vorbei, ungezwungen wie ein Bruder, und betrat die Lichtung. Er hatte nur Augen für Sioned, ging auf sie zu, stolz und selbstsicher. Erst als er näher kam, sah er die Verzweiflung in ihren Augen, und sein Gesicht spiegelte sofort alles wider, was er in ihren Zügen las. Seine Brauen zogen sich zusammen, sein Lächeln erlosch, die kornblumenblauen Augen verengten sich. Er stürmte an Bruder Robert vorbei, als würde der gar nicht existieren oder als wäre er ein lebloser Gegenstand, ein Strauch, ein abgestorbener Baumstamm, streckte die Hände aus, und Sioned legte die ihren hinein. Sie konnte nichts mehr tun, konnte ihn nicht mehr fernhalten. Er war hier, inmitten des Geschehens, den anderen schutzlos ausgeliefert. Der Kreis der Männer – nicht feindselig, aber undurchdringlich – schloß sich immer enger um ihn.

Er hielt immer noch ihre Hände, als sein Blick auf die Leiche fiel.

Das Entsetzen durchfuhr ihn so blitzschnell, wie der Pfeil die Brust Rhisiarts durchbohrt haben mußte. Cadfael beobachtete, wie sich Engelards Lippen teilten und er fast lautlos flüsterte: »Allmächtiger Gott!« Und was sich dann ereignete, sprach für sich. Der junge Angelsachse umschloß die beiden Hände Sioneds mit seiner linken, mit der rechten strich er sanft über ihr Haar, über die Schläfe, das Kinn und den Hals, so liebevoll, daß sie sich beruhigte, wie er es wünschte – während er immer noch vor Erregung zitterte.

Er legte einen Arm um ihre Schultern und drückte sie an sich, dann schaute er langsam in die Runde, von einem Gesicht zum anderen. Schließlich starrte er wieder auf seinen toten Herrn hinab. »Wer hat das getan?« Wieder sah er sich um, suchte den Mann, der von Rechts wegen als Sprecher fungieren müßte, schwankte zwischen Prior Robert, der überall, wohin er auch kam, Autorität ausstrahlte, und Vater Huw, den er kannte, dem er vertraute. Engelard wiederholte seine Frage auf englisch, aber keiner der beiden antwortete – und es dauerte sehr lange, bis jemand anderer zu sprechen begann. Zögernd, mit einem warnenden Unterton, sagte Sioned: »Einige Leute glauben, daß du es warst.«

»Ich?« rief er, mehr erstaunt und verächtlich als erschrokken. Prüfend sah er in ihr angstvolles Gesicht.

Lautlos formten ihre Lippen: Lauf weg! Sie beschuldigen dich! Mehr konnte sie nicht tun, und er verstand sie, denn sie waren so innig miteinander verbunden, daß sie sich auch stumm verständigen konnten, mit Blicken. Er schätzte die Anzahl seiner möglichen Feinde ab, die Entfernung von ihnen, aber er rührte sich nicht von der Stelle. »Wer beschuldigt mich? Warum? Ich habe eher das Gefühl, daß ich die Männer befragen müßte, die ich hier vor meinem toten Herrn stehen sehe, nachdem ich den ganzen Tag bei den Kühen war. Als ich nach Hause kam, machte sich Annest Sorgen, weil Sioned noch nicht von der Kirche zurückgekehrt war. Ein Schafhirte erzählte mir, daß gar keine Abendandacht stattgefunden hätte. Wir brachen auf, um Sioned zu suchen, und im Wald hörten wir eure Stimmen. Und jetzt frage ich noch einmal, und ich will es wissen – wer hat das getan?«

»Das fragen wir uns alle, mein Sohn«, erwiderte Huw. »Niemand hat dich beschuldigt. Aber es gibt da gewisse Dinge, die uns dazu berechtigen, dich ins Verhör zu nehmen. Und ein Mann, der ein reines Gewissen hat, wird sich nicht scheuen, uns Antwort zu geben. Hast du dir schon den Pfeil angeschaut, der Rhisiart getötet hat?«

Mit gerunzelter Stirn trat Engelard näher an die Leiche heran, blickte in tiefer Trauer auf das Gesicht seines Herrn – und erst dann auf den Pfeil. Er sah die blauen Federspitzen und hielt den Atem an. »Das ist einer von meinen.« Mißtrauisch hob er den Kopf. »Oder jemand hat mein Zeichen nachgemacht... Nein, ich kenne den Schaft. Ich habe ihn erst letzte Woche geschnitzt.«

»Gibt er zu, daß ihm der Pfeil gehört?« fragte Robert, der das Geschehen verfolgte, so gut er konnte.

»Was brauche ich da zuzugeben?« stieß Engelard auf englisch hervor. »Ich sage, daß es mein Pfeil ist, aber ich habe keine Ahnung, wer ihn abgeschossen hat. Großer Gott, glaubt ihr, ich hätte ein so deutliches Zeichen in der Wunde stecken lassen, wenn ich der Schurke wäre, der das getan hat? Ich bin zwar ein Ausländer – aber muß ich deshalb ein Narr sein? Und glaubt ihr ernsthaft, ich hätte Rhisiart getötet – den Mann, der mein Freund war und es mir ermöglicht hat, meinen Lebensunterhalt zu verdienen, nachdem ich aus Cheshire geflohen war?«

»Nun, er wollte dir seine Tochter nicht geben«, wandte Bened fast widerstrebend ein, »was immer er auch sonst für dich getan hat.«

»Das stimmt, und von seinem Standpunkt aus betrachtet hatte er recht. Ich habe die walisischen Sitten kennengelernt – und so sehr ich auch darunter litt, ich habe stets verstanden, daß Rhisiart seinen Anschauungen treu bleiben mußte. Er hat mich niemals ungerecht behandelt und sogar meine Arroganz und Ungeduld ertragen. Es gibt keinen Mann in Gwynedd, den ich mehr lieben und respektieren könnte. Lieber hätte ich meine eigene Kehle durchschnitten, als Rhisiart ein Leid anzutun!«

»Er wußte es«, flüsterte Sioned. »Und ich weiß es auch.«

»Trotzdem – der Pfeil gehört dir«, sagte Huw unglücklich. »Und was deinen Einwand angeht, daß du ihn als der Mörder nicht hättest stecken lassen – vielleicht erschien es dir wichtiger, sofort nach der Tat die Flucht zu ergreifen.«

»Wenn ich ein solches Verbrechen geplant hätte – und Gott weiß, daß mir nichts ferner lag –, hätte ich leicht den Pfeil eines anderen Mannes benutzen können.«

»Es würde deinem Wesen eher entsprechen, eine solche Tat zu begehen, ohne dich darauf vorzubereiten, mein Sohn«, erwiderte der Priester traurig. »In diesem Fall hättest du nur deine eigenen Pfeile bei dir gehabt. Vielleicht kam es zu einem Streit, du warst außer dir vor Wut... Niemand nimmt an, daß der Mord geplant war.«

»Heute habe ich meinen Bogen und die Pfeile gar nicht mitgenommen. Ich war mit den Kühen beschäftigt. Wozu hätte ich da meine Pfeile gebraucht?«

»Nun, der königliche Amtmann wird den Fall genau untersuchen«, sagte Prior Robert, um seine Autorität erneut zu betonen. »Zuerst sollte man den jungen Mann fragen, wo er den ganzen Tag war, was er gemacht und in wessen Gesellschaft er sich befunden hat.«

»Ich war allein«, erklärte Engelard. »Die Ställe hinter Bryn liegen sehr einsam. Das Weideland dort ist gut, aber weit entfernt von Straßen und Wegen. Heute haben zwei Kühe gekalbt, eine gegen Mittag, die andere am späten Nachmittag. Bei der letzten Geburt gab es Schwierigkeiten, und ich hatte eine ganze Menge zu tun. Jetzt sind die beiden Kälber wohlauf und können bezeugen, was ich gemacht habe.«

»Und auf den Feldern hast du dich von Rhisiart getrennt?«

»Ja, und dann machte ich mich sofort an die Arbeit. Seither habe ich ihn nicht mehr gesehen.«

»Hast du in den Ställen mit irgend jemandem gesprochen? Kann jemand bezeugen, daß du den ganzen Tag dort warst?« Offenbar wagte niemand, dem Prior das Heft aus der Hand zu nehmen. Rasch sah sich Engelard um und erwog seine Chancen. Annest trat vor und stellte sich neben Sioned. Bruder John betrachtete sie teilnahmsvoll und bewunderte ihre Loyalität, die keine andere Möglichkeit fand, sich auszudrücken. »Engelard kam erst vor einer halben Stunde nach Hause«, sagte sie.

»Mein Kind«, entgegnete Vater Huw bedrückt, »wenn er behauptet, daß er den ganzen Tag in den Ställen hinter Bryn war, so muß das nicht stimmen. Vielleicht hat er den beiden Kälbern viel schneller, als er es angibt, ans Licht der Welt verholfen. Wie können wir das wissen, nachdem wir nicht dabei waren. Er hätte genug Zeit gefunden, hierherzulaufen, die Tat zu begehen und zu seinen Kühen zurückzukehren, ohne daß es irgend jemand bemerkt hätte. Solange wir niemanden finden, der Engelard woanders gesehen hat – wann immer der Mord geschehen sein mag –, müssen wir ihn leider festhalten, bis der Amtmann des Prinzen die Verantwortung für ihn übernimmt.«

Die Männer von Gwytherin steckten die Köpfe zusammen und begannen zu murmeln, manche zustimmend, andere wütend und bekümmert, denn Rhisiart war sehr beliebt gewesen. Einige zögerten, doch schließlich waren sich alle einig, daß der Ausländer hinter Schloß und Riegel sitzen müßte, solange seine Unschuld nicht erwiesen war.

»Das ist nur recht und billig«, meinte Bened, und die anderen nickten.

»Ein einsamer Engländer – mit dem Rücken zur Wand«, wisperte Bruder John ärgerlich in Cadfaels Ohr. »Welche Chance hat er schon, wenn niemand für ihn eintritt und ihm glaubt – obwohl er ganz sicher die Wahrheit sagt? Benimmt er sich vielleicht wie ein Mörder?«

Peredur hatte die ganze Zeit stocksteif dagestanden und Engelard nur aus den Augen gelassen, um Sioned traurige Blicke zuzuwerfen. Als Prior Robert den Arm ausstreckte, mit herrischer Geste auf Engelard wies und die anderen langsam vortraten, um Hand an ihn zu legen, zog sich Peredur zum Rand der Lichtung zurück. Cadfael beobachtete, wie er Sioneds Aufmerksamkeit auf sich lenkte und den Kopf bewegte, um ihr irgend etwas zu bedeuten. Sie antwortete mit einem kurzen Blick, dann neigte sie sich zu Engelard, um ihm etwas ins Ohr zu flüstern.

»Tut eure Pflicht«, befahl Robert, »eure Pflicht gegenüber dem Gesetz, dem Prinzen und der Kirche und nehmt diesen Mann fest.«

Die Bewohner von Gwytherin zögerten nur kurz, dann schloß sich ihr Kreis immer enger um Engelard und wies nur dort eine Lücke auf, wo Peredur zum Rand der Lichtung zurückgewichen war. Engelard entfernte sich mit einem großen Schritt von Sioneds Seite, als wollte er sich ins Dickicht stürzen und fliehen, doch statt dessen hob er einen langen Zweig auf, der im Gras lag, schwang ihn um sich herum und warf zwei ältere Männer zu Boden. Die anderen taumelten nach hinten, und bevor sie sich neu formieren konnten, sprang er über einen der Gestürzten hinweg zu der Lücke, die Peredur hinterlassen hatte. Aufgeregt rief Vater Huw dem Sohn Cadwallons zu, er möge Engelard aufhalten, und Peredur trat vor, um dem Angelsachsen den Weg abzuschneiden. Wie es geschah, wußte später niemand zu sagen, wenn Bruder Cadfael auch eine vage Ahnung hatte. Jedenfalls, als Peredur einen Arm hob, um nach Engelard zu greifen, stieg er auf einen morschen Ast, der unter seinem Fuß zerbrach, stolperte und fiel in die Büsche. Die dichten Zweige raubten ihm die Sicht, und er war wohl auch außer Atem, denn er richtete sich erst auf, als Engelard an ihm vorbeigestürmt war, zum Gestrüpp, das die Lichtung säumte.

Zwei Männer nahmen die Verfolgung auf und rannten in den Wald, um dem Flüchtigen den Weg abzuschneiden. Von links kam ein langbeiniger Leibeigener Cadwallons, mit weitgreifenden Schritten wie ein Windhund, von rechts Bruder John mit wehender Kutte. Seine Sandalen trommelten blitzschnell auf den Waldboden, und es war vielleicht das erstenmal, daß John das Wohlwollen des Priors genoß. Ganz sicher war es das letztemal.

So schnell Engelard auch durch den Wald lief, es sah so aus, als würde ihn der Bursche einholen, bevor er sich in Sicherheit bringen konnte. Alle drei stürmten aufeinander zu, um zusammenzuprallen – zumindest hatte es diesen Anschein. Der Leibeigene streckte seine Arme aus, die fast ebenso lang waren wie seine Beine, auf der anderen Seite folgte Bruder John seinem Beispiel. Kräftige Finger schlossen sich um eine dünne Falte von Engelards Kittel, auch Bruder John griff danach. Erleichtert seufzte der Prior auf. Bald würden die beiden den Gefangenen auf die Lichtung zurückschleppen. Doch da warf sich Bruder John zu Boden, umfaßte die Knie des Leibeigenen und brachte ihn zu Fall. Engelard riß seinen Kittel aus der Hand des Gegners und verschwand im Unterholz. Eine Zeitlang hörte man noch Zweige knacken, dann senkte sich Stille auf den Fluchtweg herab.

Die Hälfte der Schar rannte in den Wald, mehr von Erregung getrieben als von echter Feindseligkeit, um den Angelsachsen zu verfolgen, doch die Männer waren jetzt nur mehr mit halben Herzen bei der Sache. Es war fast unmöglich, ihn noch einzuholen. Wahrscheinlich hatten sie auch keine große Lust, ihn einzufangen, obwohl sie Jagdhunden glichen, die auf der Spur blieben, sobald sie die Witterung aufgenommen hatten. Das eigentliche Drama spielte sich auf der Lichtung ab, wo die Macht der Gerechtigkeit zumindest einen Schurken gefunden hatte, den sie strafen konnte.

Bruder John ließ die Knie seines Opfers los, setzte sich im Gras auf und wehrte einen ohnehin kraftlosen Schlag des Leibeigenen ab. »Schon gut, mein Junge«, sagte er in verständnislosem Englisch. »Was hat er dir getan? Tut mir leid, daß ich so grob mit dir umspringen mußte. Falls dich das tröstet – mir wird es viel schlimmer ergehen als dir.«

Gelassen blickte er sich um, während er aufstand und die Blätter und Zweige wegwischte, die an seiner Kutte hängengeblieben waren. Da stand Prior Robert, immer noch starr vor Entsetzen und ungläubiger Enttäuschung, und begann zu erwägen, welche schreckliche Strafe den Verräter treffen sollte. Da stand auch Sioned, erschöpft und unglücklich, aber mit einem winzigen Hoffnungsschimmer in den Augen. Und da war Annest, die schützend einen Arm um die Taille des Mädchens gelegt, aber nur Augen für Bruder John hatte. Und Prior Roberts heiliger Zorn verfehlte jede Wirkung, während sie strahlend lächelte, voll Bewunderung und Dankbarkeit.

Bruder Richard und Bruder Jerome flankierten John wie Sendboten der Verdammnis. »Bruder John, du bist festgenommen, denn du hast ein großes Unrecht begangen.«

Resigniert ging er mit ihnen. Trotz aller drohenden Blitze und Donnerschläge hatte er sich nie zuvor in seinem Leben freier gefühlt. Und da er nichts zu verlieren hatte außer seiner Selbstachtung, war er fest entschlossen, sie nicht zu opfern.

»Treuloser, nichtswürdiger Bruder!« zischte Prior Robert in heller Empörung. »Was hast du getan? Leugne nicht, was wir alle gesehen haben! Du hast nicht nur einem Verbrecher zur Flucht verholfen, sondern auch noch einen braven Mann behindert, der ihn greifen wollte. Du hast diesen guten Jungen absichtlich zu Fall gebracht, damit Engelard fliehen konnte. Nachdem du die Kirche und das Gesetz verlassen hast, verdienst du den Schutz deines Ordens nicht mehr. Wenn du etwas zu deiner Verteidigung vorzubringen hast, dann sag es jetzt!«

»Ich fand es unvernünftig, dem Burschen so zuzusetzen, nur aufgrund haltloser Verdachtsmomente«, entgegnete Bruder John kühn. »Ich habe mich mit Engelard unterhalten und mir meine eigene Meinung über ihn gebildet. Er ist ein anständiger, ehrlicher Mensch, der niemandem etwas antun würde – schon gar nicht Rhisiart, den er bewunderte und verehrte. Ich glaube nicht, daß er die Schuld am Tod seines Herrn trägt – und ich glaube auch nicht, daß er Gwytherin verlassen wird, bevor er herausgefunden hat, wer es war – und dann gnade Gott dem Mörder! Deshalb habe ich ihm diese Chance gegeben – und ich wünsche ihm viel Glück.«

Die beiden Mädchen steckten die Köpfe zusammen, und Sioned übersetzte ihrer Freundin Johns Worte. Nun lächelte Sioned den jungen Mönch ebenso strahlend an wie Annest. Prior Robert war hilflos, wenn er es auch nicht wußte. Doch Bruder Cadfael wußte es.

»Was für eine Unverschämtheit!« donnerte der Prior mit messerscharfer Stimme. »Du hast dich soeben selbst verdammt, und du bringst schreckliche Schande über unseren Orden. Hier in Wales habe ich nicht die Befugnis zu richten. Der Amtmann des Prinzen muß diesen Mord ahnden, der nach Rache schreit. Aber wenn einer meiner Untergebenen das Gesetz eines Landes gebrochen hat, in dem wir zu Gast sind, wird er von zwei Instanzen bedroht, Bruder John. Für die Oberhoheit von Gwynedd kann ich nicht sprechen – aber im Namen meiner Autorität! Mit ekklesiastischen Mitteln allein kann dein Verbrechen nicht gesühnt werden. Du wirst in meinem Gewahrsam bleiben, bis ich mich mit den weltlichen Behörden beraten kann. In der Zwischenzeit verweigere ich dir alle Tröstungen der Kirche.« Er blickte sich um und begegnete nachdenklichen, düsteren Blicken. Vater Huw runzelte verzweifelt die Stirn, überwältigt von diesen ungeheuerlichen Anklagen und Drohungen. »Bruder Cadfael, frag Vater Huw, wo wir ihn einsperren können.«

Damit hatte Bruder John nicht gerechnet, doch er bereute nichts, sah sich um und sondierte die Möglichkeiten, den Konsequenzen seiner Tat zu entrinnen. Wie zuvor Engelard suchte er nach Lücken im Kreis der Männer, stemmte die kräftigen Beine fest ins Gras, straffte probeweise die Schultern, als wollte er Bruder Richard den Ellbogen in den Bauch rammen und Bruder Jerome mit einem Tritt gegen die Knie niederstrecken, um sich dann ins Gebüsch zu stürzen. Aber er hielt sich gerade noch rechtzeitig zurück, als er hörte, wie Cadfael mit ruhiger Stimme berichtete: »Vater Huw meint, daß es nur ein einziges sicheres Gefängnis gibt. Wenn Sioned ihren Hof zur Verfügung stellt, kann der Häftling nicht entkommen.«

In diesem Augenblick vergaß Bruder John alle Fluchtgedanken.

»Ich bin dem Prior gern zu Diensten«, sagte Sioned auf walisisch. Jetzt hatte sie sich in der Hand und gestattete sich nicht mehr, ihren Emotionen und Englischkenntnissen freien Lauf zu lassen. »Es gibt genügend Lagerhäuser und Ställe, ihr könnt euch einen passenden Raum aussuchen. Ich verspreche, daß ich nicht in die Nähe des Gefangenen gehen werde, und ich werde auch den Schlüssel nicht verwahren. Prior Robert mag einen Wachtposten unter meinen Leuten auswählen, der ihm geeignet erscheint. Der Häftling soll von uns verköstigt werden, aber diese Aufgabe werde ich nicht selbst übernehmen, sondern jemand anderen damit betrauen. Wenn ich mich selbst darum kümmern würde, könnte man nach allem, was geschehen ist, an meiner Unparteilichkeit zweifeln.«

Ein braves Mädchen, dachte Cadfael, während er diese Worte weniger um des Priors als um Johns willen übersetzte. Klug genug, um Lügen auszuweichen, obwohl sie von so schweren Schicksalsschlägen getroffen worden war – und großzügig, um an die Bedürfnisse und Wünsche anderer zu denken. Der ›jemand‹, der für Bruder Johns leibliches Wohl sorgen würde, stand ganz nah bei Sioned, den hellbraunen Kopf an den dunklen gelegt. Ein großartiges Paar! Doch die beiden hätten sicher nicht so unerwartete und vielversprechende Möglichkeiten gefunden, wäre der Gemeindepfarrer weniger naiv gewesen.

»Ein guter Plan«, entgegnete Prior Robert mit eisiger Höflichkeit. »Ich danke dir für dein pflichtbewußtes Angebot, meine Tochter. Bitte, sorge dafür, daß er alles erhält, was er zum Leben braucht, aber nicht mehr. Seine Seele hat eine große Schuld auf sich geladen, und dafür mag sein Körper sühnen. Wenn du es erlaubst, werden wir nun aufbrechen, ihn hinter Schloß und Riegel bringen und deinem Onkel mitteilen, was geschehen ist, damit er jemanden hier herunterschicken kann, der dich heimgeleiten wird. Ich werde deinem Trauerhaushalt nicht länger als unbedingt nötig zur Last fallen.«

»Ich zeige euch den Weg«, erbot sich Annest.

»Haltet ihn fest!« mahnte der Prior, während sie dem Mädchen durch den Wald folgten. Allerdings wäre ihm, hätte er genauer hingeschaut, sicher nicht entgangen, daß sich die Resignation des Missetäters in stille Zufriedenheit verwandelt hatte. Doch Robert schritt zügig aus, und sein Interesse galt vor allem der schlanken Taille und den schmalen Schultern des Mädchens, das er nicht aus den Augen verlieren wollte, und erst in zweiter Linie etwaigen Fluchtgedanken seines Gefangenen.

Nun, dachte Cadfael, der auf der Lichtung zurückblieb und Sioneds Blick suchte. Gott wird – wie immer – alle Probleme lösen.

Die Männer von Gwytherin brachen biegsame junge Äste ab und fertigten eine grüne Bahre an, damit Rhisiarts Leiche nach Hause getragen werden konnte. Als sie den schweren Körper hochhoben, entdeckten sie, daß darunter mehr Blut den Boden tränkte als die Tunika über der Wunde auf der Brust, obwohl die Pfeilspitze die Haut am Rücken kaum durchdrungen hatte. Cadfael hätte die Tunika und die Wunde gern genauer untersucht, doch er verzichtete darauf, weil Sioned hoch aufgerichtet neben ihm stand, wie versteinert vor Verzweiflung, und in ihrer Gegenwart war kein Wort gestattet, das nicht dem Zeremoniell entsprach, auch keine Handlungsweise. Außerdem – bald würde die Dienerschaft Rhisiarts zu der Lichtung herabeilen, um den toten Herrn heimzugeleiten, während der Verwalter mit trauernden Frauen und Barden am Hoftor wartete, um ihn ein letztesmal willkommen zu heißen. Dies war nicht der rechte Zeitpunkt, um nach den Spuren des Mörders zu fahnden. An diesem Abend konnte Cadfael nicht mehr hoffen, Nachforschungen anstellen zu können. Sogar Prior Robert hatte angekündigt, daß er sich möglichst bald entfernen würde, um das Trauerhaus nicht zu stören, in dem er keine Rechte hatte.

Die Männer betteten den Toten auf die Bahre, streckten seine angezogenen, überkreuzten Beine aus und legten die Hände neben seine Schenkel. Und als es an der Zeit war, die Bahre mit der traurigen Last hochzuheben, blickte sich Sioned um und hielt nach einem weiteren Mann Ausschau, den sie mit dieser ehrenvollen Aufgabe betrauen wollte. Doch sie fand ihn nicht.

»Wo ist Peredur?«

Niemand hatte ihn gehen sehen – aber er war verschwunden. Niemand hatte auf ihn geachtet, nachdem das Werk, das er begonnen hatte, von Bruder John vollendet worden war. Wortlos hatte er sich davongemacht, als hätte er etwas getan, wofür er sich schämen müßte, wofür er eher eine Strafe als Dank erwartete. Trotz ihrer namenlosen Trauer kränkte sich Sioned ein wenig, weil er sie im Stich gelassen hatte.

»Ich dachte, er würde mir helfen, meinen Vater nach Hause zu bringen – wo er doch stets Rhisiarts Liebling war und ihn so gern mochte. Schon als Kind ist er in unserem Haus ein und aus gegangen wie in seinem eigenen.«

»Vielleicht glaubt er, daß er nicht willkommen ist«, meinte Cadfael, »weil er etwas über Engelard sagte, das dein Mißfallen erregte.«

»Aber danach hat er es wiedergutgemacht«, erwiderte sie so leise, daß nur Cadfael es hören konnte. Es war auch nicht nötig, vor allen anderen auszusprechen, was sie sehr wohl wußte – daß Peredur ihrem Liebsten zur Flucht verholfen hatte. »Nein, ich begreife nicht, warum er einfach davongelaufen ist, ohne ein Wort.« Mehr sagte sie nicht, bat Cadfael nur mit einem kurzen Blick, sie zu begleiten, als sie hinter die Bahre trat. Eine Weile gingen sie schweigend nebeneinander her. Dann fragte sie, ohne ihn anzusehen: »Hat mein Vater euch alles gesagt, was er zu sagen hatte?«

»Einiges – aber nicht alles.«

»Gibt es irgendwelche Dinge, die ich tun oder nicht tun sollte? Ich muß es wissen, denn heute abend müssen wir ihm sein Festgewand anziehen.« Und morgen würden seine Glieder steif sein, wie sie sehr wohl wußte. »Wenn ich dir jetzt irgendwie helfen kann...«

»Wenn du ihm die Kleider, die er jetzt trägt, ausgezogen hast – dann gib sie mir. Und achte darauf, an welchen Stellen sie feucht vom Regen und wo sie trocken sind. Wenn dir sonst irgend etwas auffällt, merke es dir. Morgen komme ich in dein Haus, sobald ich kann.«

»Ich muß die Wahrheit herausfinden. Du weißt, warum.«

»Ja, ich weiß. Aber heute abend besinge ihn und trink auf ihn, und bezweifle nicht, daß er deinen Gesang hören wird.«

»Ja...« Sie seufzte tief auf. »Du bist ein guter Mann, und ich bin froh, daß du hier bist. Du glaubst nicht, daß es Engelard war?«

»Ich bin fast sicher, daß er es nicht war. Erstens, und dies ist der wichtigste Grund – ich traue es ihm nicht zu. Burschen wie Engelard schlagen zwar zu, wenn sie wütend sind, aber nur mit den Fäusten, nicht mit Waffen. Zweitens, wenn er der Mörder gewesen wäre, hätte er es klüger angefangen. Du hast gesehen, in welchem Winkel der Pfeil in Rhisiarts Brust steckt. Ich denke, Engelard ist um drei Fingerbreit größer als dein Vater. Wie könnte er einen Pfeil so in die Brust eines Mannes schießen, daß der Schaft hinabzeigt – selbst wenn er weiter unten am Hang stünde. Auch wenn er in einem Busch gekniet hätte – ich bezweifle, daß dies möglich gewesen wäre. Und warum sollte er es versuchen? Das wäre doch albern. Außerdem – warum hat der beste Bogenschütze weit und breit den Pfeil nicht geradewegs durch Rhisiarts Brust geschossen – mag er auch noch so weit entfernt gewesen sein? Doch die Distanz kann in diesem dichtbewaldeten Gebiet höchstens fünfzig Meter betragen haben. Und noch etwas – kein guter Bogenschütze hätte sich eine so unübersichtliche Stelle ausgesucht. Aber der wichtigste Grund, der zu deines jungen Freundes Gunsten spricht – er ist zu ehrlich und aufrichtig, um einen Menschen aus dem Hinterhalt zu töten – selbst wenn er ihn hassen würde. Und er hat Rhisiart nicht gehaßt. Das brauchst du mir nicht erst zu sagen – ich weiß es.« Viele seiner Worte hätten ihr weh tun können, doch so war es nicht. Vielmehr errötete sie vor Freude, weil Cadfael nicht an ihrem Liebsten zweifelte.

»Es scheint dich nicht zu verwundern, daß ich mich nicht darum sorge, was aus Engelard geworden ist.«

Er lächelte. »Du weißt, wo er steckt und wie du mit ihm Verbindung aufnehmen kannst, wann immer es nötig ist. Ihr beide habt sicher noch bessere geheime Treffpunkte als die Eiche am Fluß, und an einem solchen Ort wird Engelard jetzt sein oder bald dort eintreffen. Du bist offensichtlich überzeugt, daß er in Sicherheit ist. Sag mir nichts, es sei denn, du brauchst einen Boten oder Hilfe.«

»Es wäre mir sehr gedient, wenn du einen Botengang für mich erledigen könntest, aber zu jemand anderem«, erwiderte Sioned.

Sie erreichten das Ende des Waldes und Rhisiarts Felder. Prior Robert stand grimmig am Wegrand, umgeben von seinen Mönchen. Seine feierliche Miene, die gefalteten Hände, die Neigung des Kopfes drückten Respekt vor dem Tod und Mitleid mit den Trauernden aus – aber nicht mit seinem toten Gegner. Sein Gefangener war hinter Schloß und Riegel, und er wartete nur noch auf das letzte Schäfchen seiner Herde, um dann einen imposanten Abgang zu inszenieren.

»Bruder Cadfael, sag Peredur, daß ich ihn vermißt habe im Kreis der Männer, die mein Vater gern als Träger seiner Totenbahre gesehen hätte«, bat Sioned. »Sag ihm auch, daß er sehr großmütig war und daß ich ihm danke. Falls er daran gezweifelt hat, so bedaure ich das.«

Sie näherten sich dem Hoftor, und Onkel Meurice kam ihnen entgegen, mit zitternden Lippen und wachsbleichem Gesicht.

»Und komm morgen zu mir«, fügte Sioned fast unhörbar hinzu, dann trennte sie sich von Cadfael und betrat den Hof hinter der Leiche ihres Vaters.

6.

Cadfael befürchtete, daß er vorerst keine Gelegenheit finden würde, Sioneds Auftrag zu erfüllen. Denn es würde nicht so einfach sein, sich von Prior Robert und den anderen Mönchen zu entfernen, sobald sie Cadwallons Haus erreicht hatten – ohne ein Wort der Entschuldigung oder Erklärung. Doch im Dunkel des Waldes, etwas oberhalb des Anwesens, entdeckte Cadfael eine Gestalt, die etwa fünfzig Meter weiter unten den Weg verließ und hinter einem Strauch verschwand, und er wußte sofort, daß es Peredur war. Der junge Mann nahm offenbar nicht an, daß man ihm folgen würde, denn er hatte sich weit genug entfernt, um niemandem auf dem Weg zu begegnen. Mit mürrischem Gesicht saß er auf einem Baumstumpf, an einen Stamm gelehnt, und stocherte mit einer Fußspitze im welken Laub des Vorjahres herum. Cadfael ging zu ihm, ohne den Prior um Erlaubnis zu fragen.

Peredur hob den Kopf, als er die Schritte in den trockenen Blättern rascheln hörte, und erhob sich, als wollte er die Flucht ergreifen, um einem Gespräch auszuweichen. Doch dann besann er sich anders und blieb in stummer Resignation stehen.

»Ich soll dir etwas von Sioned ausrichten«, sagte Bruder Cadfael sanft. »Sie hätte dich gerne gebeten, die Totenbahre ihres Vaters zusammen mit einigen anderen Auserwählten nach Hause zu tragen. Und sie ist dir dankbar für deine großmütige Tat.«

Unbehaglich wich Peredur dem Blick des Mönches aus und trat tiefer in die Schatten zwischen den Baumstämmen zurück. »Da waren doch so viele von ihren Leuten«, sagte er nach einem längeren Zögern, das eher verlegen als abweisend wirkte. »Sie hat meiner Hilfe nicht bedurft.«

»Oh, da gab es Hände und Schultern genug«, stimmte

Cadfael zu. »Trotzdem hat sie dich vermißt. Und ich glaube, sie wollte dir einen besonderen Platz im Kreise ihrer Leute zugestehen. Seit ihrer Kindheit liebt sie dich wie einen Bruder, und gerade jetzt braucht sie einen Bruder.«

Peredur zuckte zusammen, mit einem bitteren Auflachen stieß er hervor: »Ich will aber nicht ihr Bruder sein!«

»Das verstehe ich. Aber du hast dich wie ein Bruder benommen – ihr und Engelard gegenüber, in einem Augenblick, wo es darauf ankam.«

Was als Trost und Kompliment gedacht war, schien Peredur eher zu verletzen. Seine Miene verschloß sich. »Sie glaubt also, daß sie mir zu Dank verpflichtet ist, und sie will es mir vergelten, aber nicht um meinetwillen. An *mir* liegt ihr nichts.«

»Nun«, erwiderte Cadfael freundlich, »ich habe die Botschaft überbracht. Wenn du zu ihr gehst, wird sie dich vielleicht besser überzeugen können, als ich. Und da war noch jemand, der dich gern dabei gehabt hätte – wenn er noch fähig gewesen wäre zu sprechen...«

»Oh, sei still!« In einem Anfall plötzlicher Verzweiflung drehte Peredur den Kopf zur Seite. »Sag nichts mehr...«

»Verzeih – aber ich kann nicht schweigen. Ich weiß, du leidest ebenso wie Sioned. Sie sagte mir, du wärst sein Liebling gewesen und hättest ihn auch sehr gern gemocht...«

Mit einem gequälten Aufschrei wandte sich der junge Mann ab und lief zwischen den Bäumen davon, tiefer in den Wald hinein. Nachdenklich kehrte Bruder Cadfael zu seinen Gefährten zurück, mit dem Gefühl, daß er einen Finger auf eine unerträglich schmerzhafte Wunde gelegt hatte.

»Wir beide«, sagte Bened, als Bruder Cadfael nach dem Abendgebet die Schmiede aufsuchte, »müssen heute allein trinken, mein Freund. Huw ist noch nicht von Rhisiarts Haus zurückgekehrt, und Padrig wird am Totenlager singen, bis der Morgen graut. Gut, daß er zur Stelle war! Es ist schön, wenn ein Mann von den Gesängen eines großen Barden und Harfenspielers ins Grab begleitet wird, und auch Rhisiarts

Tochter wird sich bis an ihr Lebensende daran erinnern. Und Cai – nun, den werden wir eine ganze Weile nicht mehr sehen, bis er seinen Gefangenen dem Amtmann übergeben hat.«

»Soll das heißen, daß Cai unseren guten Bruder John bewacht?« fragte Cadfael erfreut.

»Er hat sich freiwillig gemeldet. Meine Nichte hat ihm das wahrscheinlich eingeredet, aber er hat sich sicher nicht lange bitten lassen. Die beiden werden darauf achten, daß es Bruder John an nichts fehlt. Du brauchst dir keine Sorgen zu machen.«

»Das hatte ich auch gar nicht vor. Verwahrt Cai den Schlüssel des Gefängnisses?«

»Klar. Und nachdem Prinz Owain in den Süden gereist ist, hat der Amtmann eine ganze Menge zu tun und wird nicht so bald nach Gwytherin kommen – schon gar nicht wegen einer solchen Bagatelle.« Bened starrte seufzend in sein Trinkhorn, das diesmal mit rotem Wein gefüllt war. »Ich bereue es zutiefst, daß ich von diesen blauen Federspitzen gesprochen habe – noch dazu vor dem Mädchen. Aber irgend jemandem wäre es so oder so aufgefallen. Und es stimmt, daß sie jetzt, wo Onkel Meurice ihr Vormund ist, tun und lassen kann, was sie will. Sie wickelt ihn mühelos um den Finger, und er würde ihr niemals im Wege stehen... Andererseits, ich bezweifle, daß ein Mann so dumm ist, sein Mordopfer mit so deutlichen Spuren zurückzulassen – es sei denn, er wurde gestört und mußte Hals über Kopf fliehen. Er hätte doch nur die Federspitzen abschneiden müssen – und wie lange braucht man dazu, wenn man ein scharfes Messer hat? Ach, das alles ist so unbegreiflich...«

Beneds düstere Stimmung verriet, daß seine Sorge noch andere Gründe hatte – tiefergehende Gründe. Hätte er die blauen Federspitzen erwähnt, wäre er nicht von der Hoffnung getrieben worden, Sioned könnte sich ihm zuwenden, wenn der wichtigste Rivale aus dem Weg geräumt war? Bedrückt schüttelte er den Kopf. »Ich bin froh, daß er entkommen ist – und ich wäre noch viel froher, wenn er jetzt, wo das geschehen ist, nach Cheshire zurückkehren würde. Und doch – ich kann mir nicht vorstellen, daß er ein Mörder ist.«

»Überlegen wir mal gemeinsam«, schlug Cadfael vor. »Du kennst die Leute in dieser Gegend besser als ich, aber als Sioned den Prior beschuldigte, hat sie sicher so manchem Mann aus der Seele gesprochen. Wir sind hier angekommen und sofort mit Rhisiart in Streit geraten. Es kommt jetzt nicht darauf an, wer recht hatte und wer nicht. Jedenfalls war Rhisiart das einzige Hindernis, das zwischen dem Prior und dem Ziel seiner Wünsche stand. Und jetzt ist er tot – ermordet. Was wäre natürlicher, als mit dem Finger auf uns zu zeigen – auf uns alle?«

»Es wäre Blasphemie, eine solche Anschuldigung gegen so verehrungswürdige Gottesmänner auch nur zu erwägen!« rief Bened erschrocken.

»Auch Könige und Mönche sind Menschen und können der Versuchung anheimfallen. Wie stehen wir alle da, angesichts der Ereignisse dieses Tages? Bis zum Ende der Morgenmesse waren wir alle sechs beisammen. Dann saßen Prior Robert, Bruder Richard und ich mit Vater Huw im Obstgarten, während wir auf Rhisiart warteten, und später, als es regnete, im Haus. Keiner von uns vieren könnte in den Wald gegangen sein. Und Bruder John hielt sich ständig in der Nähe des Hauses auf, das kann Marared bezeugen. Der einzige, der uns für eine Weile verließ, bevor wir zur Abendandacht gingen, war Bruder Richard. Er wollte Rhisiart entgegengehen oder herausfinden, wo er geblieben ist. Um ein Uhr mittags machte er sich auf den Weg, und nach anderthalb Stunden kam er unverrichteter Dinge zurück. Er war im Wald, und danach erzählte er uns, er wäre niemandem begegnet und hätte mit niemandem gesprochen, außer mit einigen Leuten an Cadwallons Hoftor, wo er sich nach Rhisiart erkundigte. Aber sie hatten ihn nicht gesehen. Da muß es kurz vor halb drei gewesen sein. Ich muß Cadwallons Türsteher fragen, ob Bruder Richard die Wahrheit gesagt hat. Jetzt geht es noch um die restlichen zwei Mönche. Prior Robert hatte Bruder Jerome und Bruder Columbanus in die Kapelle der heiligen Winifred geschickt, wo sie um ein glückliches Ende unseres Unternehmens beten sollten. Wir alle sahen die beiden aufbrechen. Sie müssen schon längst in der Kapelle auf den Knien gelegen haben, als Rhisiart durch den Wald ging. Sie blieben dort, bis Vater Huws Bote sie holte. Jeder der beiden wird für den anderen Zeugnis ablegen.«

Bened nickte. »Das habe ich ja gesagt. Heilige Männer sind keine Mörder.«

»Außerhalb des Klosters leben ebenso viele heilige Männer wie drinnen«, erwiderte Cadfael ernsthaft. »Und außerhalb der christlichen Kirche bin ich mindestens genauso vielen guten Menschen begegnet wie in ihrem Schoß. Im Heiligen Land traf ich Sarazenen, denen ich eher vertraute als der breiten Masse der Kreuzritter – ehrliche, großzügige, höfliche Männer, die sich geschämt hätten, zu schachern und zu feilschen, wie es einige von unseren Verbündeten taten. Behandle jeden Menschen so, wie er es verdient, denn unter unseren Kutten oder Roben oder Lumpen sind wir alle gleich. Manche sind ein bißchen besser als andere, einige hatten mehr Glück im Leben, aber im Grunde gibt es kaum Unterschiede. Nun, soweit ich es sehe, hatte nur einer von uns – Bruder Richard – die Möglichkeit, sich ihn Rhisiarts Nähe aufzuhalten, als der Mord geschah, und ihm ist so ein Verbrechen am allerwenigsten zuzutrauen. Deshalb müssen wir den Kreis der Verdächtigen erweitern und uns fragen, ob die heilige Winifred nicht nur als Motiv für eine Tat dienen sollte, der eine ganz andere Ursache zugrunde liegt. Hatte Rhisiart irgendwelche Feinde in der Umgebung von Gwytherin? Gibt es da vielleicht Leute, die niemals auf den Gedanken gekommen wären, ihn anzugreifen – hätten wir nicht soviel Staub aufgewirbelt und sie in Versuchung geführt?«

Bened dachte angestrengt nach und nippte an seinem Wein. »Ich glaube nicht, daß auch nur ein einziger Mensch auf dieser Welt lebt, dem niemand etwas Böses wünscht. Aber der Weg von solchen Feindseligkeiten zum Mord ist weit. Einmal stritt sogar Vater Huw mit Rhisiart um ein kleines Stück Land. Die beiden kochten vor Wut, aber sie haben sich schließlich geeinigt, vor Zeugen aus der Nachbarschaft, und danach waren sie wieder gute Freunde. Es gab auch Gerichtsverhandlungen – oder kennst du einen walisischen Grundbesitzer, der noch nie vor Gericht gegangen ist? Einmal hat er mit Rhys ap Cynan wegen eines Grenzzauns prozessiert, ein andermal ging es um irgendwelche streunenden Tiere. Aber das war alles nicht schlimm genug, um blutige Rachsucht zu entfachen. Unsereins genießt solche Gerichtsverhandlungen geradezu. Eins stimmt jedenfalls – nachdem ihr hier so großes Interesse erregt habt, wußte das ganze Tal samt Umgebung, daß Rhisiart heute mittag in Vater Huws Pfarrhaus erwartet wurde. Und dementsprechend groß ist der Kreis der Verdächtigen.«

Ja, dieser Kreis war groß – groß genug, um auch Engelard einzuschließen, und mochte Cadfael noch so fest von der Unschuld des jungen Mannes überzeugt sein. Groß genug, um auch Nachbarn wie Cadwallon einzuschließen, Leibeigene aus dem Dorf, Rhisiarts Diener...

Nein, dachte Cadfael, als er durch die grüne duftende Dunkelheit zu Huws Heuschober zurückging, der junge Mann, den Sioned als den Liebling ihres Vaters bezeichnet hat, kann es nicht gewesen sein. Peredur mochte Rhisiart, und er ging in dessen Haus aus und ein wie ein leiblicher Sohn. Und derselbe Bursche hatte von Engelard und sich selbst gesagt, die Liebe könnte einen zu wesensfremden Taten treiben. Vermutlich war es auch die Liebe, die Peredur bewogen hatte, Engelard zur Flucht zu verhelfen. Und nun ging er Sioned aus dem Weg, wies ihre Dankbarkeit und Zuneigung zurück – entweder, weil solche Gefühle nichts mit Liebe zu tun hatten und weil Liebe das einzige war, was er von ihr wollte, oder aus anderen dunkleren Gründen. Heute nachmittag war er in den Wald gerannt, als hätte ihn ein Dämon verfolgt. Aber doch nicht *jener* Dämon? Was das Ziel seiner Wünsche betraf – mit Rhisiart hatte er seinen treuesten Verbündeten verloren, der geduldig und beharrlich versucht hatte, seine Tochter zu einer Ehe mit dem Nachbarssohn zu überreden. Aber wie man es auch drehte und wendete – Peredur blieb ein beunruhigender, mysteriöser Bursche...

In dieser Nacht kam Vater Huw nicht aus Rhisiarts Haus zurück. Bruder Cadfael lag allein im Heu. Und da Bruder John in irgendeiner von Sioneds Scheunen eingeschlossen und sonst niemand da war, der die diversen Pflichten übernommen hätte, stand Cadfael zeitig auf, bereitete sich ein einfaches Frühstück und ging dann auf Beneds Weide, um nach den Pferden und Maultieren zu sehen. Es gefiel ihm besser, in der frischen Luft zu arbeiten, als dem Prior Gesellschaft zu leisten. Doch dann mußte er zurückkehren, da die Stunde des Kapitels nahte, das nach dem Willen des Priors auch hier tagtäglich abgehalten werden mußte, so wie in Shrewsbury – auch wenn es nur wenige Geschäfte zu besprechen gab.

Die fünf Mönche trafen sich im Obstgarten. Prior Robert führte den Vorsitz, wie gewohnt in feierlicher Würde. Bruder Richard las die Lebensgeschichten der Heiligen, die an diesem und am nächsten Tag ihren Namenstag begingen. Bruder Jeromes dürre Gestalt nahm die übliche Pose kriecherischer Frömmigkeit ein. Und Columbanus erschien Cadfael ungewöhnlich bedrückt und in sich gekehrt. Ein Schleier lag über den blauen Augen. Der Gegensatz zwischen dem athletischen Körperbau, dem schönen autokratischen Kopf und der furchtsamen Pietät, die aus seinen Zügen und seiner Haltung sprach, irritierte den Betrachter stets aufs neue. Doch an diesem Morgen schien er so heftig an irgendeiner inneren Krise zu leiden, an einer tatsächlichen oder eingebildeten Sünde, daß es fast schmerzhaft war, ihn anzuschauen. Bruder Cadfael seufzte und machte sich auf einen weiteren epileptischen Anfall gefaßt, ähnlich jenem, der sie nach Gwytherin geführt hatte. Wer konnte schon voraussehen, was dieser labile, halb heilige und halb idiotische Mensch als nächstes tun würde?

»Wir haben nur eine einzige Sache zu besprechen«, erklärte Prior Robert salbungsvoll. »Und diese Pflicht werden wir getreu erfüllen. Ich beabsichtige, noch energischer für unser Recht einzutreten, die Reliquien der Heiligen nach Shrewsbury zu bringen. Allerdings müssen wir zugeben, daß wir bisher nicht sonderlich erfolgreich in unserem Bemühen waren, die Leute für unseren Plan zu gewinnen. Auf den gestrigen Tag hatte ich große Hoffnungen gesetzt. Wir haben uns gewissenhaft vorbereitet...«

Plötzlich wurde er von einem lauten Schluchzen unterbrochen, das sich aus Bruder Columbanus' Kehle rang. Alle Blicke richteten sich auf den jungen Mann, der sich zitternd erhob und mit gesenktem Kopf und gefalteten Händen vor den Prior trat.

»Vater Prior, *mea culpa*! Ich war pflichtvergessen, und ich möchte ein Geständnis machen. Fest entschlossen, meine Seele von dieser Schuld zu reinigen und eine angemessene Strafe zu erbitten, bin ich zu diesem Kapitel erschienen. Denn meine Nachlässigkeit ist die Ursache unserer fortgesetzten Mißhelligkeiten. Darf ich sprechen?«

Ich wußte ja, daß sich da irgendwas zusammenbraut, dachte Cadfael resigniert und angewidert. Nun, wenigstens wälzt er sich nicht auf dem Boden und beißt nicht ins Gras...

»Sprich!« befahl der Prior, nicht unfreundlich. »Du hast nie versucht, deine Verfehlungen auf die leichte Schulter zu nehmen. Und ich glaube nicht, daß du eine allzu harte Strafe befürchten mußt, da du selbst stets dein strengster Richter warst.« Das stimmt, dachte Cadfael, und wenn man so etwas geschickt anfängt, kann man den anderen den Wind aus den Segeln nehmen, indem man ihrem Urteil zuvorkommt...

Bruder Columbanus sank auf die Knie. Cadfael mußte zugeben, daß der Junge sehr anziehend und aristokratisch aussah, und bewunderte wieder einmal die anmutige Gestalt, die fließenden Bewegungen.

»Vater Prior, gestern hast du mich mit Bruder Jerome in die Kapelle geschickt, wo wir die heilige Winifred um Hilfe bitten sollten. Nun, wir kamen gegen elf dort an, aßen unsere Mahlzeit und dann knieten wir uns hin, denn da gibt es schöne Betstühle und auch der Altar ist sauber und gepflegt. O Vater, mein Geist war willig, doch das Fleisch war schwach.

Kaum hatte ich eine halbe Stunde lang gebetet, als ich einschlief, den Kopf auf die Arme gesenkt, wie ich zu meiner endlosen Schmach gestehen muß. Es darf nicht als Entschuldigung gelten, daß ich schlecht geschlafen und viel nachgedacht habe, seit wir hier angekommen sind, denn das Gebet sollte den Geist wecken und läutern. Aber ich schlief – und damit habe ich unserer Sache geschadet. Ich muß den ganzen Nachmittag geschlafen haben. Denn das nächste, woran ich mich erinnere, ist der Augenblick, wo mich Bruder Jerome an den Schultern rüttelte und mir sagte, ein Bote wäre eingetroffen, der uns zu euch führen wollte.«

Er holte tief Atem, und eine Träne rann über den kühn geschwungenen normannischen Wangenknochen. »Bitte, du darfst Bruder Jerome nicht beschuldigen, denn er konnte nicht wissen, daß ich schlief. Nimm ihm nicht übel, daß er meine Sünde übersehen und dir nichts davon berichtet hat. Als er mich schüttelte, erwachte ich und ging mit ihm. Er dachte, ich wäre ebenso ernsthaft im Gebet versunken gewesen wie er, und schöpfte keinen Verdacht.«

Bis jetzt war wahrscheinlich niemand auf den Gedanken gekommen, Bruder Jerome zu beschuldigen. Aber Cadfael war der schnellste und aufmerksamste – und der einzige, der die seltsame Angst in den Augen des Mönchs entdeckte, die schon in der nächsten Sekunde von Erleichterung und schließlich von Jeromes normaler selbstgefälliger Gelassenheit verdrängt wurde. Jerome hatte nicht dieselben Überlegungen angestellt wie Cadfael, sonst wäre er nicht so ruhig gewesen. Denn Bruder Columbanus hatte soeben in selbstvergessener Unschuld die Gewißheit erschüttert, daß Jerome den vergangenen Tag in St. Winifreds Kapelle verbracht hatte, um für einen glücklichen Ausgang der Pilgerfahrt zu beten. Sein einziger Zeuge hatte während der ganzen Zeit tief und fest geschlafen und sicher nichts gemerkt, falls sich sein Bruder entfernt hatte.

»Mein Sohn«, sagte Prior Robert in einem nachsichtigen Ton, den er Bruder John gegenüber sicher nicht angeschlagen hätte, »deine Verfehlung ist menschlich, und die

Schwachheit des Fleisches liegt in unserer Natur. Jetzt machst du deine kleine Sünde wieder gut, indem du Bruder Jerome verteidigst. Warum hast du uns das nicht schon gestern erzählt?«

»Wie konnte ich, Vater? Bevor wir von Rhisiarts Tod erfuhren, ergab sich keine Gelegenheit dazu. Und hinterher – hätte ich deine Seele nach diesem Schock noch mehr belasten sollen? Ich hob mir mein Geständnis für das Kapitel auf, denn dies ist der Zeitpunkt, wo ein fehlgeleiteter Bruder seine Strafe entgegennehmen und sich vor allen anderen erniedrigen sollte. Und so erniedrige ich mich denn, da ich des Berufs, den ich gewählt habe, nicht würdig bin. Sag, welche Buße du mir auferlegst, denn ich sehne mich nach Bestrafung.«

Prior Robert öffnete den Mund, um sein Urteil zu sprechen – ein mildes Urteil, denn diese bittere Reue entwaffnete ihn. Doch da klapperte der Holzriegel des Gatters und erregte die Aufmerksamkeit der Mönche. Vater Huw eilte herbei, mit noch zerzausterem Bart als sonst, die Augen rot umrandet nach der schlaflosen Nacht, doch seine Miene wirkte ruhig und gefaßt.

»Vater Prior«, sagte er und blieb vor den Mönchen stehen, »soeben komme ich von einer Besprechung, an der Cadwallon, Rhys, Meurice und alle wichtigen Männer dieser Gemeinde teilgenommen haben. Dies war die beste Gelegenheit, trotz des traurigen Anlasses, denn sie kamen alle ins Haus Rhisiarts, um ihn zu betrauern. Alle wissen, wie er gestorben ist und daß sein Schicksal zuvor prophezeit...«

»Da sei Gott vor«, unterbrach ihn der Prior hastig, »daß ich einen Menschen mit dem Tode bedroht haben soll. Ich sagte nur, die heilige Winifred würde sich an dem Mann rächen, der sich ihren Wünschen widersetzt.«

»Doch als er tot war, erklärtest du, dies wäre die Rache der Heiligen. Das haben alle gehört – und die meisten glauben es. Ich nutzte die Gelegenheit, noch einmal mit den Männern über die Sache zu sprechen. Sie wollen nichts gegen den Willen des Himmels tun, ebensowenig wollen sie den Benediktinerorden und das Kloster von Shrewsbury beleidigen. Nach der gestrigen Tragödie wollen sie die Gemeinde von Gwytherin nicht mehr gefährden. Ich bin beauftragt, euch mitzuteilen, daß sie sich nicht mehr gegen eure Pläne stellen wollen. Die Reliquien der heiligen Winifred gehören euch, und ihr könnt sie mitnehmen.«

Prior Robert holte tief Atem, in freudigem Triumph, und vergaß augenblicklich seine Absicht, Columbanus eine Strafe aufzuerlegen, mochte sie auch noch so geringfügig ausgefallen sein. Der junge Bruder, der immer noch im Gras kniete, sah strahlend zum Himmel auf und hob dankbar die Hände. Irgendwie gelang es ihm, so auszusehen, als hätte er diese glückliche Wende ganz allein herbeigeführt, indem er den Schaden, der durch seine fleischliche Schwäche entstanden war, durch seine tiefempfundene Reue kompensiert hatte. Bruder Jerome, ebenso fest entschlossen, den Prior und den Priester mit seiner Frömmigkeit zu beeindrucken, breitete die Arme aus und intonierte ein lateinisches Gebet, um Gott und alle Heiligen zu lobpreisen.

»Ich bin sicher«, sagte der Prior salbungsvoll, »daß uns die Bewohner von Gwytherin niemals beleidigen wollten und daß sie jetzt einen weisen Entschluß gefaßt haben. Darüber freue ich mich, sowohl um ihretwillen als auch im Namen meines Klosters, denn nun können wir unser Werk in dieser Gemeinde vollenden und dann im schönsten Einvernehmen mit deinen Pfarrkindern von dannen ziehen. Ich danke dir, Vater Huw, daß du uns diese wunderbare Nachricht überbracht hast. Du hast Gwytherin einen guten Dienst erwiesen.«

»Allerdings muß ich euch sagen«, fügte Huw seufzend hinzu, »daß die Leute gar nicht glücklich über den Verlust ihrer Heiligen sind. Aber keiner wird euch Steine in den Weg legen. Wenn ihr wollt, bringen wir euch noch heute zu Winifreds Grab.«

»Nach der nächsten Messe wollen wir eine Prozession zum Friedhof veranstalten.« Eine uncharakteristische Röte belebte die asketischen Züge des Priors, nachdem er seinen

Willen endlich durchgesetzt hatte. »Und wir wollen keinen Bissen zu uns nehmen, bevor wir vor Winifreds Altar gekniet und ihr unseren Dank abgestattet haben.« Sein leuchtender Blick fiel auf Bruder Columbanus, der geduldig vor ihm kniete und ihn mit treuen Hundeaugen ansah – immer noch eifrig auf Anerkennung seiner Sünde bedacht. Robert runzelte erstaunt die Stirn, als hätte er die Anwesenheit des jungen Mannes vergessen, dann rief er: »Erhebe dich, Bruder, und fasse Mut, denn du siehst, der Himmel hat dir verziehen. Du sollst nicht der Freude beraubt werden, die Heilige besuchen und ihr deine Verehrung darbringen zu dürfen.«

»Und meine Strafe?« fragte der unverbesserliche reumütige Columbanus. In seiner Schwäche lag eiserne Beharrlichkeit.

»Nun, zur Strafe sollst du Bruder Johns Pflichten übernehmen, die Tiere versorgen und uns bedienen, bis wir nach Hause zurückkehren. Doch jetzt sollst auch du an unserer Freude teilhaben und uns helfen, den Schrein mit Winifreds Gebeinen hierherzutragen. Alles, was wir tun, soll im Sinne der Heiligen geschehen, so daß es allen offenbar wird.«

»Wollt ihr noch heute die Heimreise antreten?« fragte Vater Huw müde. Zweifellos würde er froh sein, wenn diese Episode beendet und vergessen sein würde, wenn er sie alle losgeworden war, wenn Gwytherin wieder sein gewohntes Leben führen konnte – allerdings um einen braven Mann ärmer.

»Nein«, entgegnete Robert nach kurzem Zögern. »Wir möchten in jeder Phase dieser Pilgerfahrt unsere Bereitschaft zeigen, uns lenken und leiten zu lassen, und wir wollen beweisen, daß unsere Mission von der heiligen Winifred inspiriert wurde. Drei Nächte wollen wir im Gebet vor dem Altar der Kapelle verbringen, bevor wir aufbrechen – um allen zu bestätigen, daß unser Tun gesegnet ist. Vielleicht möchtest du an unserer Vigilie teilnehmen, Vater Huw. Wir werden jeweils zu zweit wachen und die Heilige bitten, uns den rechten Weg zu weisen.«

Sie trugen den silberbeschlagenen Schrein, den die Mönche von Shrewsbury in treuem Glauben gezimmert hatten, durch den Wald, vorbei an Cadwallons Haus, dann bog die Prozession in den Pfad zur Rechten, der sie gnädig am Schauplatz von Rhisiarts Tod vorbeiführte. Auf einer kleinen Lichtung am Hang, an drei Seiten von dichtem weißblühendem Hagedorn umgeben, stand die Kapelle aus altersdunklem Holz. Über der Tür erhob sich ein winziger schiefer Turm ohne Glocke. Die Grabhügel des alten Friedhofs waren dicht von Kräutern, Dornengestrüpp und hohem Gras überwachsen. Unterwegs hatte sich die Prozession zusehends vergrößert. Schweigende Dorfbewohner folgten den Mönchen zu der Lichtung – neugierig und doch zurückhaltend. Es war ihnen nicht anzumerken, ob es ihnen immer noch widerstrebte, auf die heilige Winifred zu verzichten. Ausdruckslos beobachteten ihre Augen das Geschehen, und sie waren entschlossen, sich nichts entgehen zu lassen und nichts zu versäumen.

Vor der Friedshoftür blieb Prior Robert stehen und bekreuzigte sich mit weit ausholenden Gesten. »Wartet hier!« bat er, als Huw ihn in die Kapelle führen wollte. »Laß mich sehen, ob ein Gebet meine Schritte lenken kann, denn ich habe gebetet, bei Gott. Du sollst mir das Grab der Heiligen nicht zeigen. Ich werde es dir zeigen – wenn sie mir beisteht.«

Gehorsam blieben sie stehen und sahen zu, wie seine hochgewachsene Gestalt langsam auf die Kapelle zuging. Seine Kutte streifte die Gräser und Blumen. Ohne zu zögern, aber auch ohne Hast näherte er sich einem kleinen überwucherten Hügel an der Ostseite des Holzbaus und kniete nieder. ›Hier ruht die Heilige Winifred.‹

Man kann sich stets darauf verlassen, daß Prior Robert seine Umwelt zu beeindrucken weiß, dachte Cadfael, als er am Nachmittag durch die Wälder zu Rhisiarts Haus wanderte. Aber dieses kleine Wunder war eine Meisterleistung gewesen. Die atemlose Stille, die Roberts Worten gefolgt war, die ehrfürchtigen Kommentare der Männer von Gwytherin waren Cadfael immer noch gegenwärtig. Inzwischen würde die

Nachricht auch in das entlegenste Gehöft und in die ärmlichste Leibeigenenhütte der Gemeinde gedrungen sein. Die Mönche von Shrewsbury waren über jeden Zweifel erhaben. Die Heilige hatte den Prior bei der Hand genommen und zu ihrem Grab geführt. Nein, der Mann war nie zuvor an jenem Ort gewesen, und das Grab war auch nicht markiert – zum Beispiel aufgrund eines verspäteten Versuchs, es vom Unkraut zu befreien. Es hatte so ausgesehen wie immer, und doch hatte er es sofort erkannt.

Natürlich wäre es sinnlos gewesen, die tief bewegte Menge darauf hinzuweisen, daß Bruder Columbanus und Bruder Jerome den Friedhof am Vortag aufgesucht hatten. Der kleine Edwin hatte sie hingeführt – und was wäre natürlicher gewesen, als daß sie das Kind gefragt hätten, wo sich das Heiligengrab befand?

Und nun, wo Roberts Triumph seinen Anspruch ohnedies hinreichend rechtfertigte, verzögerte er die Abreise noch um drei Tage und Nächte, da er die ihm gewährte Gnade noch deuticher demonstrieren wollte. Dies war ein kühner Schritt – doch der Prior war auch ein kühner, erfinderischer Mann und durchaus fähig, sein Glück herauszufordern, um weitere Wunder zu wirken – trotz des Risikos, daß er auch einmal Pech haben könnte. Er wollte Gwytherin mit der Errungenschaft verlassen, um derentwillen er gekommen war, und nicht nur das – die Gemeinde sollte, wenn sie schon nicht versöhnt war, doch für alle Zeiten eingeschüchtert werden. Nein, er würde nicht mit den kostbaren Gebeinen davoneilen, als fürchtete er noch immer, sie könnten ihm entrissen werden.

Aber er kann Rhisiart nicht getötet haben, dachte Cadfael. Das weiß ich. Oder ist er nicht davor zurückgeschreckt, einen Mörder zu dingen? Eine Zeitlang erwog er diese Möglichkeit, dann schüttelte er den Kopf. Das traute er Robert denn doch nicht zu. Er mochte ihn nicht, bewunderte ihn jedoch in gewisser Weise. Wäre er noch so jung wie Bruder John, würde er ihn verabscheuen. Aber Cadfael war alt, erfahren und tolerant geworden.

Er erreichte das Pförtnerhaus von Rhisiarts Anwesen, eine Hütte aus Flechtwerk in einer Ecke des Palisadenzauns. Der Mann kannte ihn vom gestrigen Tag her und ließ ihn sofort eintreten. Im Hof kam ihm Cai entgegen und grinste. Das Grinsen der Leute hier war schwächer und etwas wehmütig geworden, verriet aber immer noch ihre Lebensfreude.

»Bist du gekommen, um deinen Gefährten zu befreien?« fragte Cai. »Ich bezweifle, daß er dir das danken wird, denn es gefällt ihm ausnehmend gut bei uns. Er wird gefüttert wie ein Kampfhahn, und bis jetzt ist noch nicht abzusehen, wann der Amtmann erscheinen wird. Sioned hat kein Wort davon gesagt, und Vater Huw hat es wohl auch nicht so eilig damit. Ein paar Tage wird es noch dauern, es sei denn, dein Prior nimmt die Sache in die Hand – obwohl sie ihn nichts angeht. Aber wenn er das tut – wir haben genug Leute im Wald und auf den Feldern, die uns rechtzeitig Bescheid geben werden, bevor ein Reiter das Hoftor erreicht. Bruder John ist bei uns bestens aufgehoben.«

Es war Engelards engster Mitarbeiter, der hier sprach, ein Mann, der ihn so gut kannte wie kein anderer. Und John, Engelards Fluchthelfer, hatte in Cai ganz sicher einen wohlwollenden Gefängniswärter gefunden. Der Pflüger sah es vermutlich eher als seine Aufgabe an, die drohende Welt von Bruder John fernzuhalten, als zu verhindern, daß er in diese Welt entkam. Wenn der Schlüssel zu einem guten Zweck gebraucht werden sollte, würde er auftauchen.

»Paß auf deinen eigenen Kopf auf!« warnte Cadfael, allerdings ohne große Besorgnis. »Womöglich ist der Prinz ein Gerechtigkeitsfanatiker, und er will sich bestimmt mit den Benediktinern im Grenzland gutstellen.«

»Mach dir deshalb keine Gedanken. Wenn ein Gefangener entflieht und seine Bewacher keine Experten in solchen Dingen sind, kann man ihnen keine Schuld geben. Natürlich wird man Jagd auf ihn machen. Hast du schon mal eifrig am falschen Ort nach etwas gesucht, das du nicht finden willst?«

»Sag nichts mehr – oder ich muß mir die Ohren zuhalten.

Und sag dem Burschen, ich habe mich gar nicht nach ihm erkundigt, weil ich weiß, daß das überflüssig wäre.«

»Du kannst dich ja mit ihm unterhalten«, bot Cai großzügig an. »Er logiert da drüben in der kleinen Scheune, dort ist es sauber und sehr gemütlich. Und seine Mahlzeiten sind wahrhaft fürstlich, das kann ich dir versichern.«

»Erzähl mir nichts mehr, denn man könnte mich danach fragen. Blinde Augen und taube Ohren können manchmal sehr nützlich sein. Später will ich gern noch länger mit dir reden, aber jetzt habe ich erst mal was mit Sioned zu besprechen.«

Er fand das Mädchen in einer kleinen Kammer am Ende der Eingangshalle, in Rhisiarts Privatzimmer. Der Tote lag auf einem länglichen Tisch, auf kunstvoll drapierten Pelzen, mit einem weißen Leinentuch zugedeckt. Sioned saß neben ihm, feierlich gekleidet, das schwarze Haar zu einer ordentlichen Zopfkrone geflochten, mit ernstem Gesicht. Sie sah älter aus als gestern – und respektabler, jetzt, wo sie die Hausherrin war. Doch als Bruder Cadfael eintrat, erhob sie sich mit dem vertrauensvollen Lächeln eines Kindes, das einen lang erwarteten verläßlichen Ratgeber wiedersieht.

»Ich hatte gehofft, du würdest früher kommen. Doch das ist unwichtig – jetzt bist du ja hier. Da sind seine Kleider. Ich habe sie nicht zusammengefaltet, denn sonst hätte sich die Feuchtigkeit gleichmäßig verteilt. Jetzt ist sie sicher fast verdunstet, aber du wirst den Unterschied zwischen den nassen und den trockenen Stellen immer noch fühlen können.« Sie brachte ein enganliegendes Beinkleid, ein Hemd und ein Wams. Cadfael betastete die Kleidungsstücke aufmerksam, und Sioned sagte: »Ich sehe, du weißt, wo du nachsehen mußt.«

Rhisiarts Beinkleid war an der Rückseite noch feucht, obwohl es teilweise vom Wams überdeckt gewesen war. Vorn war es trocken, wenn auch ein Teil der Nässe an den Seiten durch den Stoff gesickert war. Das Wams war am Rücken feucht, und die Breite seiner Schultern wurde immer noch durch einen dunklen Fleck markiert, der wie ein ausgebreitetes Flügelpaar aussah. Das Vorderteil des Wamses war trokken, rings um den dunkelgeränderten Schlitz, den der Pfeil aufgerissen hatte. Am Hemd war der gleiche Unterschied festzustellen, wenn auch nicht so deutlich. Das Vorderteil und die Ärmel fühlten sich trocken an, die Rückseite war feucht. Geronnenes Blut verkrustete die Löcher an den Rükkenpartien von Hemd und Wams, wo die Pfeilspitze hindurchgedrungen war.

»Weißt du noch, wie er dalag, als wir ihn fanden?« fragte Cadfael.

»Das werde ich mein Lebtag nicht vergessen. Von den Hüften aufwärts lag er flach auf dem Rücken, aber die angezogenen Beine waren zur Seite gedreht, das linke kreuzte das rechte...« Sioned zögerte, runzelte die Stirn, suchte nach der bereits halb erfaßten Bedeutung dieser Tatsachen, und dann nickte sie. »Er sah aus wie ein Mann, der auf dem Bauch gelegen und sich im Schlaf halb auf den Rücken gedreht hat.«

»Oder«, entgegnete Cadfael, »wie ein Mann, der auf dem Bauch lag, an der linken Schulter gepackt und herumgedreht wurde.«

Sie sah ihn an mit großen dunklen Augen, die ihm wie offene Wunden erschienen. »Sag mir alles, was du denkst. Ich muß es wissen.«

»Zunächst wollen wir uns mit dem Ort des Geschehens befassen. Eine Lichtung, von Dickicht umgeben, wo man höchstens fünfzig Schritte weit sehen kann. Ist dies ein geeigneter Jagdgrund für einen Bogenschützen? Ich glaube nicht. Selbst wenn er gewollt hätte, daß die Leiche in einem einsamen Waldgebiet liegt, wo man sie erst nach Stunden finden würde, hätte er sich eine günstigere Stelle aussuchen können. Ein geübter Bogenschütze braucht sich seinem Opfer nicht zu nähern. Aber er muß genügend Platz haben, um den Bogen zu spannen, und er muß das Opfer deutlich genug gesehen haben, um gut zielen zu können.«

»Du hast recht. Und deshalb scheidet Engelard als möglicher Täter aus – selbst wenn ihm dieses Verbrechen zuzutrauen wäre.«

»Nicht nur Engelard – jeder gute Bogenschütze scheidet aus. Und ein unerfahrener Schütze, der ganz nah an sein Opfer herangehen mußte, hätte sicher keinen Erfolg gehabt. Dieser Pfeil gefällt mir nicht. Er hatte da nichts zu suchen – und trotzdem steckte er in Rhisiarts Brust, einzig und allein zu dem Zweck, den Verdacht auf Engelard zu lenken. Doch ich glaube, daß er noch einen anderen Zweck erfüllt hat.«

»Natürlich!« stieß Sioned hervor. »Er hat meinen Vater getötet!«

»Das bezweifle ich – auch wenn es dir verrückt erscheinen mag. Bedenke doch, in welchem Winkel er in Rhisiarts Brust eingedrungen ist. Das meiste Blut ist auf dem Rücken zu finden – nicht dort, wo sich der Pfeil in den Körper gebohrt hat. Du weißt, daß die Kleider am Rücken naß waren, und er lag ja auch auf dem Rücken, aber du hast selbst gesagt, daß er aussah wie ein Mann, der sich umgedreht hat. Und noch etwas habe ich gestern herausgefunden, als ich neben ihm kniete. Unter ihm war das dichte Gras naß. Aber an seiner rechten Seite, zwischen dem ausgestreckten Arm, dem Brustkorb und der Hüfte, war es staubtrocken. Gestern vormittag hat es geregnet, etwa eine halbe Stunde lang. Als der Regen einsetzte, lag dein Vater auf dem Bauch. Da war er bereits tot. Wie sonst hätte das Gras an dieser Stelle trocken bleiben sollen? Sein Körper hat es während des Regens bedeckt.«

»Und dann«, sagte Sioned langsam, »wurde er, wie du ganz richtig erkannt hast, bei der linken Schulter gepackt und auf den Rücken gedreht.«

»Es sieht so aus.«

»Aber der Pfeil ist in seine Brust gedrungen. Wie konnte er da auf den Bauch fallen?«

»Das müssen wir noch herauskriegen. Wir müssen auch überlegen, warum er hinten blutete und nicht vorn. Jedenfalls lag er auf dem Bauch, während es regnete. Von halb zwölf bis einige Minuten nach zwölf – bis die Sonne wieder hervorkam. Sioned, darf ich mir seine Leiche – in aller Ehrerbietung – noch einmal ansehen?«

»Man kann einem Ermordeten keine größere Ehre erweisen, als nach seinem Mörder zu fahnden und Rache zu üben. Ja, untersuche ihn, Bruder Cadfael, ich werde dir helfen. Kein anderer dürfte das tun. Zumindest«, fügte sie mit einem bitteren Lächeln hinzu, »brauchen wir beide nicht zu fürchten, daß er plötzlich wieder bluten könnte, um uns anzuklagen.«

Cadfael hatte bereits nach dem Leintuch gegriffen, um es zu entfernen. Nun hielt er plötzlich inne, als hätten ihn Sioneds Worte auf einen neuen Gedanken gebracht. »Natürlich! Die Leute hier glauben an solche Zeichen!«

»Ihr etwa nicht?« fragte sie verwundert.

»Meine Klosterbrüder – nun, ich wage zu behaupten, daß die meisten dran glauben. Und ich? Mein Kind, ich habe so viele hingemetzelte Männer gesehen, die nach irgendwelchen Schlachten von jenen, die sie getötet hatten, beiseite geräumt wurden – und kein einziger fing von neuem zu bluten an. Doch was ich glaube oder nicht glaube, spielt hier keine Rolle – wohl aber, was der Mörder glaubt... Jetzt will ich mich an die Arbeit machen. Du brauchst mir nicht zu helfen, du hast schon genug ertragen.«

Trotzdem wandte sie sich nicht ab, als Cadfael das Leintuch von der Leiche zog. Offenbar hatte sie erwartet, daß er weitere Untersuchungen vornehmen würde, denn sie hatte ihren toten Vater nicht angezogen und ihm nur das Blut abgewaschen. Lang ausgestreckt lag Rhisiart da, eine kräftig gebaute Gestalt, bis zur Hüfte braun gebrannt, darunter war die Haut etwas heller. Die Wunde an der Brust hatte häßliche bläuliche ausgefranste Ränder, obwohl Sioned und ihre Helfer ihr Bestes getan hatten, um das zerrissene Fleisch zusammenzufügen.

»Ich muß ihn umdrehen und mir auch die andere Wunde ansehen«, sagte Cadfael.

Sioned zögerte nicht. Mit mehr mütterlicher als töchterlicher Zärtlichkeit schob sie einen Arm unter Rhisiarts Schultern, hob ihn hoch und half Cadfael, der die Hüften umfaßte, den Körper herumzudrehen, bis er auf der rechten Seite lag, das Gesicht in ihre Armbeuge geschmiegt. Der Mönch beugte sich über die Wunde an der linken Seite des Rückens. »Ihr hattet sicher Mühe, den Pfeil zu entfernen. Vermutlich habt ihr ihn aus der Brust gezogen.«

»Ja.« Sie erschauerte, denn dies war der qualvollste Teil ihrer Bemühungen gewesen. »Der Pfeil hat die Haut am Rükken kaum aufgerissen, also konnten wir ihn dort nicht herausziehen. Natürlich – es war schlimm, daß wir seinen Körper so entstellen mußten, aber was sollten wir tun? So eine kleine Wunde und so viel Blut...«

Die Stahlspitze hatte die Haut in der Tat kaum durchbohrt und nur einen winzigen Punkt von getrocknetem Blut hinterlassen, von bläulich verfärbter Haut umgeben. Doch da war noch eine andere Spur – dünn, aber deutlich erkennbar. Von dem dunklen Punkt zog sich eine braune Linie nach oben, etwa so lang, wie Cadfaels Daumen breit war. Aus diesem schmalen Schlitz war Rhisiarts Blut geflossen und hatte sein Leben mit sich genommen – nicht aus der Wunde in der Brust, obwohl diese viel augenfälliger war.

»Ich habe genug gesehen«, sagte Cadfael und half dem Mädchen, den Toten wieder auf den Rücken zu legen. Als sie sein Haar glattgestrichen hatten, deckten sie ihn sorgsam zu. Dann berichtete Cadfael Sioned von seiner Beobachtung, und sie runzelte die Stirn.

»Dieses Wundmal habe ich auch gesehen, aber ich wußte nicht, was es bedeutet. Kannst du es mir erklären?«

»Aus dieser Wunde ist sein Lebensblut geflossen – nicht aus dem winzigen Loch, das von der Pfeilspitze stammt, sondern aus einer Wunde, die ihm schon vorher beigebracht wurde – wahrscheinlich mit einem langen dünnen Dolch, nicht mit einem gewöhnlichen Arbeitsmesser. Als die Waffe herausgezogen wurde, schlossen sich die Wundränder beinahe wieder – weil die Klinge so dünn war. Trotzdem hat sie ihn völlig durchbohrt. Als Rhisiart schon tot war, wurde ihm die Brust mit einem Pfeil durchbohrt, denn der Mörder wollte vertuschen, daß er ihn hinterrücks erdolcht hatte. Angesichts dieser Erkenntnis ist es nicht verwunderlich, daß er Rhisiart in diesem dichten Gestrüpp aufgelauert hat. Deshalb fiel dein Vater aufs Gesicht – und deshalb wurde er später auf den Rücken gedreht. Er wurde nicht von einem Pfeil getötet. Es wäre ein hartes Stück Arbeit, die Brust eines Menschen mit einem Pfeil zu durchbohren, denn ein Pfeil gewinnt seine tödliche Wucht durch den Flug. Aber in diesem Fall wurde er durch eine Wunde geschoben, die von einem Dolch stammt.«

Sioned war bleich geworden. »Von einem Dolch, der ihm in den Rücken gestoßen wurde...«

»Offensichtlich. Dieser Pfeil kam mir von Anfang an seltsam vor. Hätte Engelard ihn abgeschossen, selbst in diesem unübersichtlichen Terrain – er ist ein so meisterhafter Bogenschütze, daß der Pfeil geradewegs in Rhisiarts Brust gedrungen wäre. Aber dieser Pfeil wurde von einer kräftigen Hand in eine bereits bestehende Wunde gesteckt.«

»Und von der Hand eines Teufels«, flüsterte Sioned. »Es muß jemand gewesen sein, der weiß, wo Engelard seine Pfeile aufbewahrt. Und der Mörder wußte auch, daß Engelard gestern bei den Kühen hinter Byrn war und den Diebstahl nicht verhindern konnte.« Trotz ihrer tiefen Trauer war sie immer noch fähig, klar zu denken. »Aber warum hat der Schurke seine Spuren erst nach so langer Zeit verwischt? Mein Vater war schon tot, als es zu regnen begann. Doch der Mörder hat ihn erst auf den Rücken gedreht, um den Pfeil in seine Brust zu bohren, als der Regen aufgehört hatte. Inzwischen war über eine halbe Stunde verstrichen. Warum? Wurde der Mörder unmittelbar nach der Tat von jemandem in die Flucht geschlagen, der zufällig vorbeikam? Oder wartete er im Gebüsch, bis er sicher sein konnte, daß Rhisiart tot war, bevor er ihn wieder anrührte? Oder ist ihm dieser teuflische Trick erst später eingefallen? Mußte er den Pfeil erst holen?«

»Das weiß ich nicht«, entgegnete Cadfael seufzend.

»Nun, was wissen wir? Wer immer meinen Vater auch getötet hat – er wollte den Verdacht auf Engelard lenken. War mein Vater nur ein Mittel zum Zweck – weil der Mörder Engelard loswerden wollte? War mein Vater nur ein Köder – in einer Falle, in die Engelard gehen sollte? Oder wollte der Schurke meinen Vater beseitigen und erkannte erst hinterher, daß dies eine großartige Gelegenheit war, auch Engelard aus dem Weg zu räumen?«

»Ich weiß nicht mehr als du«, erwiderte Cadfael, und wider Willen mußte er an den jungen Mann denken, der gestern abend davongerannt war, um vor Sioneds Dankbarkeit zu fliehen wie vor einer tödlichen Waffe. »Ich nehme an, dem Mörder wurde erst hinterher bewußt, wie leicht es war, die Tat einem anderen in die Schuhe zu schieben, und so kehrte er zum Tatort zurück, um sein Werk zu vollenden. Dies ist alles, was wir wissen, mein Kind, und dafür sollten wir Gott danken. Engelard soll den Sündenbock abgeben – aber er ist unschuldig wie ein Lamm. Denk daran – und hab Geduld.«

»Wenn wir den wahren Mörder nicht finden – wirst du dich für Engelard einsetzen?«

»Das will ich tun, von Herzen gern. Aber du darfst vorerst mit niemandem über das alles sprechen, denn *wir* sind noch hier, die Störenfriede, und glaub ja nicht, daß ich uns von jeder Schuld freispreche. Solange wir den Schuldigen nicht kennen, gibt es keine Unschuldigen.«

Sionds Augen verengten sich. »Ich nehme kein Wort von dem zurück, was ich zu eurem Prior gesagt habe.«

»Er kann es nicht gewesen sein. Ich war den ganzen Tag mit ihm zusammen.«

»Das weiß ich. Aber er ist imstande, Männer zu kaufen, und er war ganz versessen auf die heilige Winifred... Nun, jetzt hat er seinen Willen durchgesetzt. Und vergiß nicht – es gibt käufliche Menschen sowohl in England als auch in Wales, aber ich bete darum, daß es in Wales nicht allzu viele sind...«

»Ich werde es nicht vergessen«, versicherte Cadfael.

»Wer ist der Schurke? *Wer?* Er wußte, wo er meinem Vater begegnen würde und wo Engelards Pfeile zu finden sind. Ich habe keine Ahnung, was er sich vom Tod meines Vaters verspricht – aber es steht einwandfrei fest, daß er Engelard als

Mörder hinstellen will. Wer kann das nur sein, Bruder Cadfael?«

»Das werden wir beide mit Gottes Hilfe herausfinden. Im Augenblick kann ich nicht einmal Vermutungen anstellen. Doch du hast mir einen wichtigen Hinweis gegeben. Viele Leute glauben, daß sich ein Mordopfer gegen die Berührung seines Mörders wehrt, indem es von neuem zu bluten beginnt. Und nachdem Rhisiart uns so viel verraten hat, wird er möglicherweise auch noch das letzte Geheimnis enthüllen.«

Er erzählte ihr noch von Prior Roberts Entschluß, mit seinen Mönchen drei weitere Tage und Nächte in Gwytherin zu bleiben, um in der Heiligenkapelle Vigilien abzuhalten, an denen auch Vater Huw teilnehmen würde. Doch er verschwieg, daß Bruder Columbanus – unbeabsichtigt und getrieben von seinen Gewissensbissen – dem Kreis der Männer, die eine Möglichkeit gehabt hätten, Rhisiart im Wald aufzulauern, einen weiteren hinzugefügt hatte. Er erwähnte auch nicht, daß das Ergebnis seiner soeben vorgenommenen Untersuchung Columbanus' Eröffnungen eine zusätzliche Bedeutung verlieh. Er hätte sich nicht vorstellen können, daß Jerome mit Pfeil und Bogen aufgebrochen war, um Jagd auf Rhisiart zu machen. Aber Jerome, der in einem Gebüsch auf der Lauer lag, um sich hinter dem Rücken eines Mannes anzuschleichen, einen Dolch in der Hand...

Vergeblich versuchte Cadfael diesen Gedanken zu verdrängen, der ihm ganz und gar nicht gefiel. Bedauerlicherweise mußte man mit einer solchen Möglichkeit rechnen...

»Heute nacht und in den beiden folgenden Nächten werden zwei von uns in Winifreds Kapelle wachen und beten, von der Komplet bis zur Morgenmesse. Ich glaube, danach werden wir klüger sein. Und nun will ich dir sagen, was du zu tun hast...«

7.

Nach der Komplet gingen sie alle sechs zu der Holzkapelle im einsamen Friedhof, im sanften Licht der letzten Sonnenstrahlen, die zwischen den jungen Blättern hindurchdrangen. Das erste Pilgerpaar wurde zur Vigilie begleitet. Und auf der Lichtung vor der Friedhofstür kam ihnen eine andere Prozession aus der Richtung des Waldes entgegen. Acht von Rhisiarts Männern trugen eine Bahre mit ihrem toten Herrn auf den Schultern, angeführt von seiner Tochter, die würdevoll und hoch aufgerichtet vor ihnen schritt, in einem dunklen Kleid, den Kopf von einem grauen Schleier bedeckt, unter dem sie das lange Haar zum Zeichen ihrer Trauer offen trug. Ihr Gesicht war ruhig und gefaßt, ihre Augen schienen in weite Fernen zu schauen. Sie hätte jeden Mann einschüchtern können – sogar einen Prior. Robert blieb unwillkürlich stehen bei ihrem Anblick, und Cadfael war stolz auf sie.

Sioned schreckte nicht vor Robert zurück – im Gegenteil, sie setzte ihren Weg noch entschlossener fort, mit noch energischeren Schritten. Drei Meter vor ihm blieb sie stehen, so ruhig, daß er ihre Haltung als Unterwürfigkeit hätte mißdeuten können, wäre er dumm gewesen. Doch er war nicht dumm. Schweigend musterte er sie – eine Frau, ein junges Mädchen, das gekommen war, um ihn herauszufordern. Aber noch weigerte er sich, sie als ebenbürtige Gegnerin anzuerkennen.

»Bruder Cadfael«, sagte sie, ohne Robert aus den Augen zu lassen, »bitte, erkläre dem verehrten Prior, daß ich eine Bitte an ihn habe, um meines Vaters willen.«

Hinter ihr lag Rhisiart – nicht in einem Sarg, sondern auf einer Bahre aus Zweigen – in weißes Leinen gehüllt, unter dem sich die Umrisse seines Körpers abzeichneten. Und die dunklen geheimnisvollen Augen der Waliser, die ihn trugen, glühten wie kleine Lampen rings um einen Katafalk – gaben nichts preis, sahen alles. Das Mädchen war so jung – wirkte so einsam. Trotz seiner gesicherten Position fühlte sich der Prior unbehaglich, vielleicht war er sogar gerührt. »Sprich deine Bitte aus, meine Tochter«, forderte er sie auf.

»Ich habe gehört, daß ihr drei Nächte lang in dieser Kapelle wachen und zur heiligen Winifred beten wollt, bevor ihr sie nach Shrewsbury bringt. Und nun bitte ich euch, mir einen Wunsch zu erfüllen, dem Seelenheil meines Vaters zuliebe, der euch gekränkt hat, was nie in seiner Absicht lag. Erlaubt mir, die Bahre mit seinen sterblichen Überresten für drei Nächte vor den Altar zu stellen und ihn der Obhut derer anzuvertrauen, die hier wachen werden. Und ich ersuche sie, in jeder dieser Nächte auch ein Gebet für seine Seele zu sprechen – nur ein einziges Gebet, in einer langen Nacht. Ist das zuviel verlangt?«

»Dein Wunsch ist recht und billig – der Wunsch einer getreuen Tochter«, erwiderte der Prior. Immerhin entstammte er einer vornehmen Familie, wußte die Bedeutung von Blutsbanden zu schätzen, und deshalb war es keineswegs Heuchelei, die ihn zu dieser Antwort bewog.

»Ich hoffe auf ein Zeichen der Gnade«, sagte Sioned. »Und da du meine Bitte nicht abschlägst, hoffe ich um so zuversichtlicher.«

Robert bezweifelte nicht, daß ihre Bitte ihm noch größeren Ruhm einbringen würde. Die Erbin seines Gegners und dessen einziges Kind kam zu ihm und legte das Seelenheil ihres Vaters in seine Hände. Er war nicht nur dankbar – er war entzückt. Höflich neigte er den Kopf – im Bewußtsein, daß nicht nur die acht Augenpaare der Träger auf ihm ruhten, sondern auch noch andere. Der Wald war voller Augen – wohin immer die Fremden auch gingen. Wie bedauerlich, daß sie Rhisiart nicht besser bewacht hatten, als er noch am Leben gewesen war...

Sie stellten die grüne Bahre auf einen Tisch vor dem Altar, neben den Schrein, der Winifreds Gebeine enthielt. Der Altar war klein und schlicht, die Bahre überragte ihn beinahe. Durch ein kleines Seitenfenster fiel Licht herein, direkt auf das Gesicht des Toten. Prior Robert hatte in seiner Brusttasche Altartücher mitgebracht. Damit wurde der Tisch nun verhangen. Dann verließen die Träger ihren Herrn und entfernten sich wortlos.

»Morgen früh«, sagte Sioned, bevor sie ihnen folgte, »werde ich wiederkommen und jenen danken, die heute nacht für meinen Vater beten. Und dies werde ich jeden Morgen tun, bevor wir ihn begraben.«

Sie verneigte sich vor Prior Robert, dann ging sie aus der Kapelle, ohne Bruder Cadfael einen Blick zuzuwerfen, und zog den Schleier vors Gesicht.

So weit, so gut. Roberts Eitelkeit – wenn schon nicht sein schlechtes Gewissen – hatte sie in ihrer Hoffnung bestärkt. Nun brauchte sie nur noch abzuwarten. Robert hatte bestimmt, in welcher Reihenfolge die Mönche die Vigilien abhalten sollten, und sich dabei mit Vater Huw beraten, der die erste Nacht in der Kapelle verbringen wollte, um der Heiligen sein Herz zu öffnen – falls sie zu erscheinen geruhen sollte. Sein Gefährte war Bruder Jerome, dessen kriecherisches Gehabe hin und wieder an den Nerven des Priors zerrte. Cadfael war dankbar für diese Einteilung, die durch reinen Zufall entstanden war und die ihm sehr zugute kam. Zumindest bis zu diesem ersten Morgen würde niemand wissen, worauf man sich gefaßt machen mußte. Die anderen würden zwar gewarnt sein, sich aber nicht vor ihren Pflichten drücken können.

Als sie am nächsten Morgen zur Kapelle gingen, hatten sich schon mehrere Dorfbewohner eingefunden und standen am Waldrand oder im duftenden Schatten der Hagedornhekken. Erst als der Prior und seine Begleiter die Kapelle betraten, kamen die Leute schweigend näher und machten Platz für Sioned und Annest, die langsam zum Eingang schritten. Dann schlossen sie sich den beiden Mädchen an und verdeckten das Sonnenlicht, das durch die offene Tür fiel, so daß nur die Altarkerzen die Totenbahre beleuchteten.

Vater Huw erhob sich schwerfällig von seinen Knien und stützte sich auf den Tisch, bis er seine alten müden Beine wieder bewegen konnte. Bruder Jerome sprang behende auf, und Cadfael dachte mißtrauisch an devote Vigilienteilnehmer, die sanft zu entschlummern pflegten, den Kopf auf die verschränkten Arme gestützt. Doch das war im Augenblick unwichtig. Er hatte ohnehin nicht erwartet, daß sich auf Jeromes Bitte hin der Himmel öffnen würde, um Rosen der Gnade herabregnen zu lassen.

»Es war eine stille Vigilie«, berichtete Vater Huw. »Ich hatte keine Visionen – doch ein solcher Segen wird einfachen Landpfarrern wohl nur selten zuteil. Wir haben gebetet, Sioned, mein Kind, und wir wurden ganz bestimmt erhört.«

»Ich bin euch sehr dankbar«, erwiderte sie. »Bevor ihr geht, würdet ihr mir und den meinen noch einen weiteren Gefallen tun? Auch ihr beide habt unter dem Zwist gelitten, den mein Vater heraufbeschworen hat. Wärt ihr bereit zu einer Geste der Vergebung – der Barmherzigkeit? Heute nacht habt ihr für ihn gebetet. Legt jetzt auch noch eure Hände auf sein Herz – zum Zeichen, daß ihr ihm verziehen habt.«

Die Leute von Gwytherin, die vor der Tür standen, gaben keinen Laut von sich – ließen sich nichts entgehen, kein Wort, keine Bewegung.

»Sehr gern!« Vater Huw wandte sich zu der Bahre um und legte seine schwielige Hand sanft auf das reglose Herz. Sein Bart bebte und verriet, daß sich seine Lippen bewegten, in stummer Zwiesprache mit der Seele des Toten. Nun richteten sich alle Blicke auf Bruder Jerome – denn Bruder Jerome zögerte.

Er sah zwar nicht verstört aus – war aber offensichtlich nicht bereit, Sioneds Bitte zu erfüllen. Nachdem er ihr mitleidig zugelächelt hatte, wandte er sich vertrauensvoll an den Prior. »Vater Huw ist verantwortlich für diese Gemeinde und einer gewissen Disziplin unterworfen. Aber ich habe einer anderen zu gehorchen. Sicher hat Rhisiart seine religiösen Pflichten getreulich erfüllt, und ich fühle mit ihm. Doch er starb eines gewaltsamen Todes, ohne gebeichtet zu haben – ohne den Segen der Kirche, und ein solcher Tod stellt sein Seelenheil in Zweifel. Ich darf mir in einem solchen Fall keine

Geste der Vergebung anmaßen. Ich habe gebetet – doch es ist nicht an mir, ihm zu verzeihen, ohne daß mich eine höhere Autorität dazu ermächtigt hätte. Doch wenn Prior Robert trotzdem meint, daß dies gerechtfertigt wäre, will ich Sioneds Bitte gern entsprechen.«

Erstaunt und nachdenklich hatte Cadfael dieser Ansprache gelauscht. Wenn der Prior seinem getreuen Speichellekker den Mord an Rhisiart befohlen hatte, so hätte Jerome ihm die alleinige Verantwortung gar nicht geschickter zuschieben können. Andererseits war es auch möglich, daß Jerome diese Gelegenheit – wie so viele andere – nur nutzen wollte, um seinem Herrn zu schmeicheln. Und wenn der Prior großzügig die Erlaubnis zu der gewünschten Geste gab – glaubte er, das würde ihn schützen, weil er dann die Schuld und alles Unheil auf den eigentlichen Täter abwälzte? Dachte er, daß er selbst das Opfer dann straffrei berühren könnte? Dies hätte eine geringere Rolle gespielt, wäre Cadfael überzeugt gewesen, daß das Blut des Ermordeten erneut fließen würde, wenn der Mörder ihn anfaßte. Doch er dachte vielmehr, daß ein solcher Aberglaube den Schuldigen, wenn er sich in die Ecke getrieben sah, in Angst und Schrecken versetzen und zu einem Geständnis veranlassen könnte. Allein dieses Entsetzen könnte vielleicht sogar ein paar Tropfen Blut hervorpressen – wenn er das auch bezweifelte. Und er begann zu vermuten, daß Jerome ebenfalls daran zweifelte.

Die Augen der Beobachter hatten ein neues Opfer gefunden und hingen nun aufmerksam an Prior Robert. Er runzelte die Stirn, dachte eine Weile nach, dann traf er seine Entscheidung. »Du magst guten Gewissens tun, was sie fordert. Denn sie verlangt keine Absolution von dir, sondern Verzeihung, und die zu gewähren ist jeder Mensch berechtigt.«

Und Bruder Jerome neigte anmutig den Kopf, trat bereitwillig neben die Bahre und legte die Hand auf das tote Herz, ohne daß auch nur der kleine Finger zitterte. Kein roter Schwall durchdrang die weißen Tücher, um ihn anzuklagen. Und dann folgte er dem Prior selbstzufrieden aus der Kapelle, die anderen Mönche schlossen sich an, und die Leute von Gwytherin gaben schweigend den Weg frei.

Welche Erkenntnis haben wir daraus gewonnen, fragte sich Cadfael. Ist er so kaltblütig, daß ihm diese Prüfung nichts ausmachte? Ist er nicht abergläubisch? Oder fühlt er sich sicher, weil er die Schuld dem wahren Schuldigen aufgebürdet hat, welche Rolle er auch immer bei dem Verbrechen spielte, und daß ihm deshalb keine Gefahr droht! Oder hatte er gar nichts damit zu tun. War dies alles sinnlos? Jerome ist kleinmütig genug, um dem Mädchen eine nachsichtige Geste verweigern zu wollen, nur um sich selbst ins rechte Licht zu rücken...

Nun, dachte Cadfael, bald werden wir wissen, was Robert tun wird, wenn Sioned ihn um den gleichen Gefallen bittet. Wird er seine eigene Vergebung ebenso großzügig gewähren wie die eines anderen?

Jedenfalls entwickelten sich die Dinge nicht so, wie er es erwartet hatte. Prior Robert hatte zwar beschlossen, die nächste Vigilie gemeinsam mit Bruder Richard abzuhalten. Aber als die beiden zur Kapelle gingen und an Cadwallons Anwesen vorbeikamen, wurde der Prior vom Türsteher aufgehalten, und Cadwallon eilte herbei, begleitet von einem kräftigen Waliser in einem gutgeschnittenen Reitanzug.

Bruder Cadfael erfuhr erst davon, als der Prior an der Seite des Fremden in Vater Huws Garten zurückkehrte, um dieselbe Stunde, wo er zusammen mit Bruder Richard in St. Winifreds Kapelle hätte auf die Knie sinken müssen, um seine Nachtwache an der Totenbahre zu beginnen – in einer Konfrontation, die vielleicht nützliche Früchte getragen hätte. Doch da war er gerade rechtzeitig erschienen, um Cadfael an einem Spaziergang zu Beneds Schmiede zu hindern, wo man die Neuigkeiten des Tages austauschen und einen Krug Wein teilen wollte. Und es schien Prior Robert keineswegs zu stören, daß er seine Vigilie nun nicht beginnen konnte.

»Bruder Cadfael, dies ist Griffith ap Rhys, Prinz Owains Amtmann in Rhos. Cadwallon schickte ihm einen Boten, um ihn über Rhisiarts Tod zu verständigen. Nun möchte ich meine Aussage machen und mit ihm sprechen, was geschehen soll. Er will alle befragen, die als Zeugen dienen könnten, doch er verlangt, daß ich als erster Bericht erstatte. Deshalb mußte Bruder Richard ohne mich in die Kapelle gehen.«

Jerome und Columbanus hatten soeben aufbrechen wollen, um sich in Cadwallons Haus zur Ruhe zu begeben, waren jedoch pflichtschuldigst geblieben, als sie die Neuigkeiten gehört hatten. »Ich werde dich in der Kapelle vertreten, Vater Prior«, schlug Jerome devot vor, vermutlich in der Überzeugung, daß man sein Angebot ablehnen würde.

»Nein, du hast bereits eine schlaflose Nacht hinter dir.« (Wirklich? Angesichts der dunklen Kapelle konnte man da nicht so sicher sein, selbst wenn Vater Huw äußerst mißtrauisch gewesen wäre. Und Jerome neigte nicht dazu, sich grundlos anzustrengen.) »Du brauchst deine Ruhe.«

»Ich würde sehr gern deinen Platz einnehmen, Vater Prior«, erbot sich Columbanus ebenso eifrig.

»Du bist morgen dran. Hüte dich davor, dir zuviel abzuverlangen, Bruder – hüte dich vor dem Hochmut, der sich als Demut tarnt! Nein, Bruder Richard wird die Vigilie heute nacht allein abhalten. Ihr beide werdet warten, bis ihr eure Aussagen machen und dem Amtmann erzählen könnt, was ihr vorgestern getan und gesehen habt, dann sollt ihr schlafen gehen.«

Es war eine lange, ermüdende Unterredung, die Bruder Cadfael sehr anstrengte. Er gab zum größten Teil seine eigene Version von der Wahrheit wieder – nicht, indem er die Aussagen der anderen falsch ins Walisische übersetzte, sondern indem er seine eigene Meinung über alles, was im Wald mit Rhisiart geschehen war, hinzufügte. Er verschwieg nichts von Roberts Erklärungen, aber er unterschied zwischen Tatsachen und Mutmaßungen, zwischen Beobachtungen und den Schlüssen, die gezogen wurden. Wer von den anderen konnte schon Walisisch genug, um ihm dies vorzuwerfen, abgesehen von Griffith ap Rhys. Und dieser erfahrene, skeptische Beamte erwies sich als aufmerksamer Zuhörer mit rascher Auffassungsgabe, der imstande war, Gefühle und Beweggründe klar zu erkennen. Immerhin war er ein eingefleischter Waliser, und bei dieser Sache ging es um einen walisischen Körper und eine walisische Seele. Nachdem er Columbanus und Jerome verhört hatte, diese beiden getreuen Beobachter, deren einer fatalerweise dazu neigte, die Ausübung seiner Pflichten zu verschlafen (obwohl weder der Prior noch die anderen Mönche dieses Versäumnis erwähnten!), begann Cadfael zu glauben, daß er sich auf die Vernunft des prinzlichen Amtmannes verlassen konnte. Offenbar war es überflüssig gewesen, so viele von seinen Erkenntnissen zu verschweigen. Nun, vielleicht war es so am besten gewesen. Was er nun am dringendsten brauchte, war Zeit, und er würde einen oder zwei Tage gewinnen, während sich Griffith in der Gemeinde umhorchte, so daß er seine eigenen Nachforschungen zu Ende führen konnte. Die öffentliche Gerechtigkeit schürfte nicht allzu tief, aber sie registrierte, was von selbst an die Oberfläche drang, und zog daraus die entsprechenden Konsequenzen. Ein gelegentlicher Zweifel war der Preis, den sie für eine schnelle Abwicklung amtlicher Prozeduren und ruhige, geordnete Verhältnisse zahlen mußte. Aber Cadfael war entschlossen, solche Zweifel nicht zuzulassen, sollten sie Engelard oder Bruder John betreffen. Nein, da stellte er seine Nachforschungen lieber auf eigene Faust an, um dann dem Amtmann und dem Prinzen den abgeschlossenen Fall zu präsentieren.

Am nächsten Morgen betrat Sioned die Kapelle. Sie konnte nichts anderes tun, als Bruder Richard, diesen großen, etwas schwerfälligen, freundlichen Mann, der stets nach Ruhe und Harmonie strebte, ebenfalls zu bitten, ihrem Vater zu vergeben. Bereitwillig legte er seine Hand auf Rhisiarts Herz und ging dann davon, ohne zu ahnen, von welchem Verdacht er sich befreit hatte.

»Ich habe dich vermißt«, sagte Bened zwischen der Morgenmesse und dem Mittagessen. »Patrig besuchte mich, und wir sprachen von jenen alten Zeiten, als Rhisiart noch jünger war. Padrig kommt schon seit vielen Jahren hierher und kennt uns alle. Er hat nach dir gefragt.«

»Sag ihm, daß wir bald wieder miteinander trinken werden – da oder dort. Und erzähl ihm, daß ich versuche, den Mord aufzuklären – falls ihm das ein Trost ist.«

»Wir haben uns schon so an dich gewöhnt.« Sie unterhielten sich in der Schmiede, und Bened beugte sich zu seinem Feuer hinab, wo ein kräftiger Junge die Blasebälge betätigte. »Du solltest bei uns bleiben – hier wärst du am rechten Ort.«

»Ich habe mein Zuhause«, entgegnete Cadfael. »Mach dir meinetwegen keine Sorgen. Ich halte immer beide Augen offen, auch wenn ich mir die Kapuze über den Kopf ziehe. Und ich wußte, was ich tat, als ich ins Kloster eintrat.«

»Da gibt es manche, die nicht zu dir passen«, meinte Bened, das Eisen in der Hand, um einen Huf zu beschlagen.

»Ach, Prioren und Brüder kommen und gehen, das ist eine ebenso buntgemischte Gesellschaft wie der Rest der Menschheit. Aber die Klöster bleiben bestehen. Sicher, manche fühlen sich berufen, obwohl sie es nicht sind – meist junge Burschen, die das Nein eines Mädchens für das Ende der Welt halten. Einige wären tüchtige Handwerker, wenn sie die Fesseln des Klosters abstreifen könnten. Vorausgesetzt, sie sind freie Männer und hätten die Möglichkeit, beispielsweise in das Mysterium der Schmiedekunst einzudringen...«

»Ja, er hat kraftvolle Hände, der Junge«, sagte Bened nachdenklich, »und er weiß zu gehorchen, wenn der Mann, der ihm Befehle gibt, sein Handwerk versteht. Und das ist schon die halbe Kunst. Hätte er Rhisiarts Mörder nicht laufen lassen – es gäbe keinen Ausländer, der hier willkommener wäre. Andererseits weiß ich nicht, ob Engelard wirklich der Täter ist. Das arme Mädchen ist jedenfalls von seiner Unschuld überzeugt... Weißt *du* es denn so genau?«

»Noch nicht«, gab Cadfael zu. »Aber ich werde es bald wissen.«

Am dritten Tag seiner Pseudo-Gefangenschaft sah sich Bruder John seiner Bewegungsfreiheit beraubt. Es hatte sich herumgesprochen, daß der Amtmann in der Gemeinde war und überall Fragen stellte, die diverse Umstände von Rhisiarts Tod betrafen. Und es war allgemein bekannt, daß er in Vater Huws Pfarrei eine längere Unterredung geführt hatte. Sicher war er aufgefordert worden, auch in Bruder Johns Fall seine Pflicht zu erfüllen. Nicht daß John einen Grund gefunden hätte, sich über seine Unterkunft, sein Essen oder seine Gesellschaft zu beklagen. Selten war er so rundum zufrieden gewesen wie jetzt. Aber in den beiden vergangenen Tagen – abgesehen von kurzen Intervallen, wo Vorsicht geboten schien – war er vom Morgengrauen bis zum Einbruch der Dunkelheit im Freien gewesen, hatte sich um die Rinder gekümmert, Holz gehackt, im Gemüsegarten neue Pflanzen eingesetzt und weder Zeit noch Lust gehabt, über seine Situation nachzudenken. Doch jetzt, wo man ihn aus dem allgemeinen Blickfeld entfernt hatte, wo er untätig in seiner Scheune saß, machte sich sogar Bruder John realistische Gedanken über seine Lage. Er wußte nicht, was Cadfael und Sioned vorhatten – er wußte nicht, was mit der heiligen Winifred geschah, mit dem Prior und dessen Gefährten, und vor allem wußte er nicht, wo Engelard steckte und wie man ihn aus dem Netz von Verdacht und Mißtrauen befreien könnte, das ihn umgarnte. Seit seiner instinktiven Solidaritätsgeste hatte John ein besitzergreifendes Interesse an Engelard. Er wollte, daß der junge Angelsachse rehabilitiert und mit Sioned glücklich wurde.

Aber Sioned, ihrem Versprechen getreu, kam nicht in seine Nähe, und sonst gab es niemanden auf dem Hof, der sich mit ihm auf englisch unterhalten konnte. Es war zwar nicht schwierig, sich mit den anderen zu verständigen, wenn es um simple Dinge ging, aber niemand war imstande, ihm zu erzählen, was er wissen wollte und mußte. Da saß er nun – hilfsbereit, aber zu nichts nutze, machte sich Sorgen um seine Freunde und war unfähig, ihnen beizustehen.

Annest brachte ihm das Mittagessen, saß eine Weile bei ihm und litt ebenso wie er unter den Verständigungsproblemen. Sie brachte ihm zwar einige walisische Wörter bei, indem sie auf die betreffenden Gegenstände zeigte – aber wie sollte sie ihm schildern, was in der Kapelle geschehen war – wie sollte sie ihm sagen, was die Gemeinde dachte? Diese Hilflosigkeit bewirkte, daß ihre Zusammenkünfte zumeist in bedrückendem Schweigen verliefen, aber manchmal redeten sie aufeinander ein, sie in Walisisch, er in Englisch, weil sie sich einfach nicht mehr zurückhalten konnten, und der eine sagte Dinge, die der andere erst an irgendeinem fernen Tag verstehen würde – wenn auch der Tonfall einiges verriet, eine zarte, schüchterne Zuneigung. Und so waren die beiden Monologe trotz allem ein Meinungsaustausch, spendeten ein wenig Trost.

Gelegentlich – wenn sie es auch nicht ahnten – beantwortete der eine sogar die Fragen des anderen.

»Ich möchte wissen, warum du ins Kloster gegangen bist – welche Frau die Schuld daran trägt«, sagte Annest leise und zögernd. »Sioned und ich fragen uns immer wieder, was einen Burschen wie dich zu einem solchen Schritt bewogen haben könnte.« Hätte er die walisische Sprache beherrscht, wären ihr solche Worte niemals über die Lippen gekommen.

»Warum habe ich mir jemals eingebildet, daß Margery eine so atemberaubende Schönheit ist?« wunderte sich John. »Warum war ich so unglücklich, als sie mich abwies? Damals hatte ich noch keine wahre Schönheit gesehen – damals kannte ich *dich* noch nicht.«

Annest seufzte auf. »Wer immer sie auch war – sie tat uns allen einen schlechten Dienst, als sie dich ins Kloster trieb.«

»Lieber Gott, wenn ich mir vorstelle, daß ich sie heiraten wollte! Wenigstens hat sie mir mit ihrem Nein einen großen Gefallen getan. Jetzt steht nur eine Mönchskutte zwischen dir und mir – keine Ehefrau.« Und dies war der Augenblick, wo ihm zum erstenmal der verwirrende Gedanke kam, daß er der Fessel seines Gelübdes möglicherweise entrinnen könnte. Der Gedanke veranlaßte ihn, das Gesicht, das dem seinen so nahe war, noch genauer zu betrachten. Sie hatte glatte runde Wangen wie Apfelblüten, feingezeichnete Züge, Augen, die wie frisches Quellwasser in der Sonne glänzten, wenn es kr stallklar über blankpolierte Kiesel fließt...

»Grämst du dich immer noch wegen dieser Frau?« flüsterte Annest. »Das muß eine eitle dumme Pute gewesen sein, sonst hätte sie erkannt, was für ein wunderbarer Mann du bist.« Ja, er war in der Tat sehr anziehend – ein gutgewachsener, hübscher gutmütiger Bursche mit langen kräftigen Beinen, großen geschickten Händen und dichtem roten Lockenhaar... Das Mädchen, das geglaubt hatte, es wäre zu gut für ihn, mußte eine Närrin gewesen sein. »Ich hasse sie!« stieß Annest hervor und neigte sich unwillkürlich noch näher zu ihm.

Die Lippen, die ihn mit sanften, wenn auch unverständlichen Worten betörten, waren kaum noch von den seinen entfernt. Und in seiner Verzweiflung beschloß er bei einer Sprache Zuflucht zu suchen, die keinen Dolmetscher brauchte. Er hatte kein Mädchen mehr geküßt, seit Margery, die Tochter des Tuchhändlers, ihm den Laufpaß gegeben hatte, nachdem ihr Vater Amtmann von Shrewsbury geworden war. Aber anscheinend hatte er nicht vergessen, wie man das machte, und Annest schmolz in seinen Armen dahin, erweckte Gefühle, die weitaus besser zu ihm paßten als jenes viel zu hastig abgelegte Gelübde. »O Annest«, hauchte Bruder John, dem brüderliche Empfindungen nie fremder gewesen waren als in dieser Minute, »ich glaube – ich liebe dich.«

Bruder Cadfael und Bruder Columbanus gingen durch den Wald zur Kapelle, um die dritte Vigilie abzuhalten. Der Abend war mild, trotz des bewölkten Himmels, und unter den Bäumen färbte sich das Licht dunkelgrün. Bis zum letzten Augenblick war es möglich erschienen, daß Prior Robert, der seine auferlegte Pflicht versäumt hatte, beschließen könnte, diese letzte Nacht ebenfalls in der Kapelle zu verbringen. Doch er hatte nichts davon gesagt. Und Cadfael begann sich zu fragen, ob dieses lange Gespräch mit dem Amtmann wirklich notwendig gewesen war oder ob der Prior es vielmehr als eine willkommene Gelegenheit betrachtet hatte, der

Nachtwache und der Konfrontation mit Sioned am nächsten Morgen zu entrinnen. Dies wäre nicht unbedingt ein Schuldbeweis, abgesehen von der Schuld, sich unversöhnlich zu zeigen, ohne Rhisiart die verzeihende Geste in Gegenwart seiner Tochter verweigern zu müssen. Denn welche Tugenden Robert auch immer besitzen mochte – Demut oder Großmut gehörten nicht dazu. Er war unerschütterlich in seiner Selbstgerechtigkeit, und wenn man ihn herausforderte, konnte man keine Nachsicht von ihm erwarten.

»Auf dieser Pilgerfahrt und bei dieser Vigilie sind wir in der Tat privilegiert«, sagte Columbanus, dessen lange, anmutige Schritte mühelos mit Cadfaels schlingerndem Seemannsgang mithielten. »Die Geschichte unseres Klosters wird unsere Namen festhalten, und die Brüder künftiger Generationen werden uns beneiden.«

»Ich habe bereits gehört, daß Prior Robert die Geschichte der heiligen Winifred schreiben und das Werk mit ihrer Überführung nach Shrewsbury abschließen will«, bemerkte Cadfael trocken. »Ich weiß nicht, ob er die Namen *aller* seiner Begleiter nennen wird.« Deiner wird ganz bestimmt erwähnt, fügte er in Gedanken hinzu, denn du bist der Glückliche, der in Holywell von seinem schlimmen Leiden geheilt wurde und den Stein ins Rollen brachte. Auch Jerome, dessen Vision dich hierhergeführt hat, wird entsprechend gewürdigt werden. Doch meinen Namen wird der Prior sicher verschweigen – um so besser...

»Ich muß für eine Verfehlung büßen«, erinnerte sich Columbanus voller Demut, »denn ich habe in dieser Kapelle meine Pflicht vergessen – ausgerechnet ich, der ich allen Grund habe, die heilige Winifred zu ehren.« Sie hatten das morsche Gatter erreicht, und vor ihnen lag der verwilderte Friedhof, durch den ein schmaler Pfad führte – im hohen Gras kaum zu erkennen. »Hier spüre ich immer wieder, daß mich der Atem des Heiligen anweht«, flüsterte der junge Mann mit bebender Stimme. »Und ich werde von einem Licht umhüllt. Ich glaube, ein Wunder steht uns bevor, ein Gnadenbeweis. Welch warmherzige Geste unserer Heiligen wäre es, mir, der ich einschlief, statt zu ihr zu beten, ein solches Erlebnis zu gewähren!« Er eilte zu der offenen Kapellentür, der Eifer beschleunigte seine Schritte, und seine erhobenen Arme schienen sich eher einer Geliebten entgegenzustrecken als einer Heiligen, der er seine Reverenz erweisen wollte. Cadfael folgte ihm resigniert, aber mißmutig. Zwar hatte er sich längst an diese Demonstration religiöser Glut gewöhnt, doch es behagte ihm keineswegs, daß er ihnen eine ganze Nacht lang ausgeliefert sein würde, in einer winzigen Kapelle. Er wollte nicht nur beten, sondern auch nachdenken, und Columbanus war für beide Aktivitäten ein Hindernis.

In der Kapelle roch es nach altem Holz, Weihrauch, Staub und Verfall. Die dunkelgelbe Flamme einer kleinen Öllampe brannte auf dem Altar. Cadfael zündete die beiden Kerzen an und stellte sie zu beiden Seiten der Lampe auf. Durch das Ostfenster wehte eine Brise herein, die nach Maiblüten duftete und die Flammen flackern ließ. Ihr schwacher, tanzender Schein drang nicht mehr in dunkle Ecken des Raumes und erreichte nur einen Teil der Wände. Sie befanden sich in einer kleinen Höhle, erfüllt von bräunlichem Halbdunkel, und der trübe, bebende Schimmer fiel auf einen leeren Schrein und einen Toten, der noch nicht in seinem Sarg lag, und zeichnete undeutlich die Umrisse der beiden Betstühle ab, die in einiger Entfernung vom Katafalk standen, näher bei der Totenbahre. Der schwarzsilberne Schrein ragte wie ein niederer Wall auf, der Rhisiart von den Altarlichtern trennte und ihn überschattete.

Bruder Columbanus verneigte sich unterwürfig vor dem Altar und nahm dann seinen Platz im Betstuhl zur Rechten ein. Cadfael begab sich in den linken und suchte und fand den besten Platz für seine Knie – ein Ergebnis langjähriger Übung. Er bereitete sich auf die lange Nachtwache vor und sprach ein Gebet für Rhisiart – nicht das erste. Das Dunkel und das diffuse Licht, das langsame Fluten der Zeit, die von einem Anfangspunkt außerhalb seines Fassungsvermögens zu einem Punkt floß, zu dem er ihr nicht folgen konnte, die Einsamkeit ringsum und die beladene Welt – all das vereinte sich zu einem unabänderlichen stetigen Rhythmus, so vollkommen wie der Schlaf. Er dachte nicht mehr an Columbanus – vergaß, daß Columbanus existierte. Er betete im Einklang mit seinen Atemzügen, formulierte keine Worte, brachte keine Bitten vor, umfaßte nur in seinem Herzen, wie verletzte Vögel in hohlen Händen, all die Menschen, die wegen dieser kleinen Heiligen leiden mußten – denn wenn er um dieser Leute willen so litt, was würde da erst in ihr vorgehen?

Die Kerzen würden bis zum Morgen brennen, und instinktiv maß er die Zeit an der Geschwindigkeit, mit der sie kleiner wurden. Und so wußte er, wann es auf Mitternacht zuging.

Er dachte gerade an Sioned, der er am Morgen nichts zu bieten haben würde außer sich selbst (denn Columbanus, das bigotte Unschuldslamm, zählte nicht), als er plötzlich seltsame Laute zu seiner Rechten hörte. In völliger Versunkenheit beugte sich sein Gefährte vor, das Gesicht nicht mehr in den gefalteten Händen verborgen, sondern emporgewandt zu dem Licht, das ihn zu durchdringen schien, und so schwach es auch war – es zeichnete sein Profil in primelgelber Blässe nach. Seine Augen waren weit geöffnet, starrten durch die Wand der Kapelle hindurch, seine Lippen sangen in inniger Verzückung ein lateinisches Lied, das die Jungfräulichkeit pries. Die Worte waren kaum verständlich – und trotzdem klar wie in einem realistischen Traum. Und bevor es Cadfael noch voll zu Bewußtsein kam, was er da hörte, sah er Columbanus aufspringen und vor den Altar treten. Der Gesang verstummte. Und plötzlich richtete sich Columbanus zu seiner ganzen Größe auf, warf den Kopf in den Nacken, als könnte er durch das Dach die Frühlingsnacht mit ihren Sternen sehen, und breitete die Arme aus wie ein Gekreuzigter. Er stieß einen unartikulierten Schrei aus, der Schmerz und gleichzeitig Triumph ausdrückte, dann fiel er vornüber auf den Lehmboden, immer noch mit ausgebreiteten Armen, und blieb still liegen, lang ausgestreckt, die Stirn auf den Saum des Altartuches gepreßt, das von Rhisiarts Bahre herabhing.

Cadfael stand rasch auf und ging zu ihm, hin und her gerissen zwischen Besorgnis und angewiderter Resignation. Was habe ich auch von diesem Idioten erwartet, fragte er sich seufzend, kniete nieder, faltete einen Teil des weißen Tuchs, damit Columbanus bequemer lag, und drehte den Kopf des jungen Mannes zur Seite, so daß er freier atmen konnte. Ich hätte die Anzeichen erkennen müssen. Er läßt sich keine Gelegenheit entgehen, um in mystischer Ekstase zu versinken. Eines Tages wird er sich von diesem visionären Licht verschlingen lassen und nie mehr zurückkehren. Andererseits habe ich schon oft bemerkt, daß er der Länge nach hinfällt, ohne sich weh zu tun, daß er während seiner religiösen Zukkungen – mögen sie von seinen Visionen oder Sünden hervorgerufen werden – gegen keine harten oder scharfkantigen Gegenstände stößt und sich nicht einmal in die Zunge beißt. Dieselbe Art der Vorsehung, die Betrunkene schützt, scheint auch Columbanus vor Unheil zu bewahren. Und im Hintergrund seines Bewußtseins überlegte Cadfael mißmutig, daß in allem eine gewisse Moral liegen müßte – wenn man alle Exzesse zusammennahm.

Jedenfalls zuckte Columbanus diesmal nicht. Er hatte einfach gesehen, was er gesehen oder zu sehen geglaubt hatte, dann war er umgefallen. Cadfael rüttelte ihn sanft an der Schulter, dann etwas kräftiger, aber Columbanus rührte sich nicht. Seine Stirn war kühl und glatt, seine Züge, die Cadfael im schwachen Licht nur undeutlich sah, wirkten heiter und friedlich. Wären nicht die steifen Glieder gewesen und diese unnatürliche Haltung, als läge er ausgestreckt auf einem Kreuz – man hätte glauben können, er würde schlafen. Als Cadfael versuchte, einen Arm des jungen Mannes zu beugen, um ihn auf die Seite zu drehen und in eine bequemere Lage zu versetzen, widerstand das Gelenk allen seinen Bemühungen, und so gab er es schließlich auf.

Was soll ich jetzt machen, fragte er sich. Soll ich meine Vigilie unterbrechen und den Prior und die Brüder holen? Aber was könnten sie für ihn tun, wozu ich nicht ebensogut imstande wäre? Wenn ich ihn nicht wecken kann, schaffen sie das auch nicht. Wenn es an der Zeit ist, wird er wieder zu sich kommen – vorher nicht. Er hat sich nicht verletzt, seine Atemzüge sind tief und gleichmäßig, er fiebert nicht. Warum soll ich die obskuren Freuden eines Menschen stören, wenn sie ihm nicht schaden? Es ist nicht kalt hier drinnen, und ich kann ihn mit einem von diesen Altartüchern zudecken. Das wird ihm sicher gefallen. Wir sind in diese Kapelle gegangen, um unsere Vigilie abzuhalten, und das werden wir auch tun – ich auf meinen Knien, wie es sich gehört, und er an jenem Ort, zu dem ihn seine Träume geführt haben.

Er deckte Columbanus zu, faltete ein Tuch zu einem Kissen zusammen, das er ihm unter den Kopf schob, dann kehrte er in seinen Betstuhl zurück. Was immer Columbanus mit dieser Vision gewonnen hatte – sie beeinträchtigte Cadfaels Denkvermögen und seine Konzentrationsfähigkeit. Wann immer er versuchte, sich auf ein Gebet zu besinnen oder zu überlegen, wie er Sioned helfen könnte, wurde sein Blick von der hingestreckten Gestalt angezogen, und er lauschte, um sich zu überzeugen, daß Columbanus noch atmete. Was er als nutzbringende Nacht erhofft hatte, lag nun wie eine schwere Last auf seiner Seele, diente weder Gebeten noch sinnvollen Gedanken, entwickelte sich zur langwierigsten, unerträglichsten Nacht, die er je erlebt hatte.

Das erste Taubengrau, das die Finsternis erhellte, erschien ihm wie eine Gnade, denn es kündigte die baldige Erlösung an. Der schmale Fleck des Altarfensters, durch das er den Himmel sehen konnte, wurde immer heller, färbte sich safrangelb, dann golden. Ein wolkenloser Morgen brach an, der erste Sonnenstrahl fiel auf den Altar, den Reliquienschrein, die verhüllte Leiche, durchfuhr dann wie ein Schwert die ganze Kapelle und ließ nur Columbanus im Dunkeln. Nach wie vor lag er reglos da, doch er atmete tief und regelmäßig. Kein Wort drang zu ihm durch, keine Berührung.

Er befand sich immer noch im selben Zustand, als Robert und die Brüder, Sioned und Annest und die Dorfbewohner kamen. Von den entlegensten Gehöften waren sie herbeigeeilt, schweigend und aufmerksam, um das Ende der dreitägigen Vigilie mitzuerleben.

Sioned trat zuerst ein, und nach dem gleißenden Sonnenschein war sie zunächst vom Dunkel in der Kapelle geblendet. Sie blieb in der Tür stehen, bis sich ihre Augen an die Veränderung gewöhnt hatten. Prior Robert stand hinter ihr, als ihr Blick auf Bruder Columbanus' Sandalen fiel, die soeben von einem Sonnenstrahl berührt wurden, während sein restlicher Körper im Schatten blieb. Entsetzt und verwundert hob sie die Brauen, und bevor Cadfael aufstehen und sie beruhigen konnte, rief sie mit scharfer Stimme: »Was hat das zu bedeuten? Ist er tot?«

Der Prior schob sie zur Seite und eilte an ihr vorbei, dann hielt er inne, als sein Fuß auf Columbanus' Kutte stieg. »Was ist geschehen? Columbanus! Bruder!« Er bückte sich und legte eine Hand auf die starre Schulter. Columbanus schlief und träumte weiter, ohne sich zu rühren. »Bruder Cadfael, was hat ihn befallen?«

»Er ist nicht tot«, entgegnete Cadfael, um zunächst die wichtigste Frage zu beantworten, »und ich glaube auch nicht, daß er in Gefahr ist. Er atmet ganz gleichmäßig, als würde er friedlich schlafen. Er fiebert nicht, und er ist unverletzt. Um Mitternacht stand er plötzlich auf, trat vor den Altar, breitete die Arme aus und fiel wie in Trance zu Boden. Und seither liegt er so da, völlig reglos.«

»Du hättest uns holen sollen«, sagte der Prior erschüttert.

»Ich mußte meine Pflicht erfüllen und die Vigilie abhalten. Außerdem hättet ihr nicht mehr für ihn tun können als ich. Ich schob ihm ein zusammengefaltetes Tuch unter den Kopf und deckte ihn zu, das mußte genügen. Er hätte es uns sicher nicht gedankt, wenn wir ihn von hier weggebracht hätten. Er hat seine Vigilie getreulich abgehalten, auf seine Art. Wenn es uns jetzt nicht gelingt, ihn zu wecken, können sie ihn wohl in sein Bett bringen, ohne sein Pflichtgefühl zu verletzen.«

»Du hast recht«, meinte Bruder Richard. »Vater Prior, du weißt, daß Bruder Columbanus schon mehrmals Visionen hatte, und es wäre sicher nicht richtig gewesen, ihn von einem Ort zu entfernen, wo ihm solche Gnade zuteil wurde. Vielleicht hätten wir damit sogar die Heilige gekränkt – falls sie es war, die ihm erschienen ist. Er wird zur rechten Zeit erwachen, und womöglich würde es ihm sogar schaden, schon jetzt aus dem Schlaf gerissen zu werden.«

»Das stimmt«, sagte der Prior sichtlich beruhigt. »Er scheint ganz ruhig zu schlafen, und er hat offenbar keine Schmerzen. Seltsam – wäre es denkbar, daß an diesem jungen Bruder erneut ein Wunder geschehen ist – so wie jenes, das uns zur heiligen Winifred geführt hat?«

»Er war wieder einmal das Instrument einer großen Gnade«, sagte Richard. »Tragen wir ihn in Cadwallons Haus, legen wir ihn in ein Bett, sorgen wir dafür, daß er seine Ruhe hat – und dann wollen wir abwarten. Oder sollten wir ihn in Vater Huws Pfarre bringen, damit er näher bei der Kirche ist? Wenn er erwacht, wird er vermutlich sofort dem Himmel danken wollen.«

Sie hüllten Columbanus in mehrere Altartücher und fertigten Schlingen aus ihren Gürteln an. Dann hoben sie Columbanus, der immer noch steif wie ein Brett war und die Arme ausgebreitet hielt, vom Boden auf, und legten ihn auf die improvisierte Bahre. Er ließ alles mit sich geschehen und gab nicht zu erkennen, ob ihm bewußt war, was sie mit ihm machten. Ein paar Einheimische, die das Spektakel ehrfürchtig beobachtet hatten, kamen nun näher, um den Brüdern zu helfen. Mit vereinten Kräften trugen sie ihn durch den Wald zu Huws Haus. Cadfael ließ sie gehen und wandte sich zu Sioned, die ihn nachdenklich und skeptisch ansah.

»Nun, zumindest ich bin bei klarem Verstand, mein Kind, und ich kann und werde tun, worum du mich nicht gebeten hast.« Er trat zu der Totenbahre, legte eine Hand auf Rhisiarts Herz und drückte ihm mit dem Daumen das Kreuzzeichen auf die Stirn.

Sie verließen die Kapelle und folgten der Prozession, die sich langsam dem Dorf näherte.

»Was können wir sonst noch tun?« fragte Sioned. »Wenn

dir etwas einfällt, sag es mir. Bis jetzt hatten wir Pech. Und heute soll er begraben werden.«

»Ich weiß«, entgegnete Cadfael mit gerunzelter Stirn. »Und was diese nächtliche Szene betrifft – da bin ich mir nicht ganz im klaren. Vielleicht hat man alles geplant, um unserem Anspruch durch ein weiteres Wunder Gewicht zu verleihen. Dagegen spricht jedoch zweierlei. Prior Roberts Erstaunen und Besorgnis erschienen mir echt und nicht geheuchelt. Und Columbanus geriet schon öfter in solche Zustände. Die Visionen befallen ihn mit solcher Macht, ich kann kaum glauben, daß er Theater spielt. Ein Gaukler auf dem Jahrmarkt, der seinen Lebensunterhalt verdient, indem er vom Teufel Besessene mimt, könnte Columbanus nicht übertreffen. Ich weiß einfach nicht, was ich dazu sagen soll. Offenbar gibt es Menschen, deren Seele auf des Messers Schneide lebt – die manchmal dazu getrieben werden, sich selbst in die Luft zu schleudern und es dem Himmel oder der Hölle zu überlassen, in welche Richtung sie fallen werden.«

»Ich weiß nur, daß mein Vater, den ich liebte, ermordet wurde«, erwiderte Sioned tonlos, »und ich möchte, daß der Mörder bestraft wird. Aber ich will nicht, daß er mit seinem Blut bezahlt. Es gibt keinen Preis, der Rhisiarts Blut ebenbürtig wäre.«

»Ich weiß, ich weiß. Ich stamme ebenso wie du aus Wales. Aber verschließe dein Herz nicht vor Gefühlen wie Mitleid und dergleichen. Wer weiß, wann auch wir – du und ich – einmal die Barmherzigkeit unserer Mitmenschen brauchen werden? Übrigens – hast du mit Engelard gesprochen? Geht es ihm gut?«

Sie begann zu zittern, das Blut stieg ihr in die Wangen, ihre Züge wurden weicher, und sie erinnerte ihn an eine erfrorene Blume, die der Südwind wunderbarerweise zu neuem Leben erweckt. Aber sie antwortete nicht, und das war auch gar nicht nötig.

»Ihr werdet zusammen glücklich sein«, meinte Cadfael zufrieden. »Rhisiart würde das auch wollen, obwohl er sich dagegen gewehrt hat – wie es seine Pflicht als walisischer Herr war. Du wußtest immer, daß du letzten Endes deinen Willen duchsetzen würdest, und damit hattest du recht. Hör mir jetzt zu – du solltest zweierlei tun. Wir müssen alles versuchen, was in unserer Macht steht. Geh jetzt nicht nach Hause. Annest wird dich in Beneds Schmiede bringen, dort kannst du dich ausruhen. Und dann kommt ihr beide zur Morgenmesse. Wer weiß, was wir erfahren werden, wenn unser halbflügger Heiliger wieder zur Besinnung kommt? Und wenn du Rhisiart zu Grabe trägst, sorge dafür, daß Peredur mit seinem Vater auf den Friedhof kommt. Sonst könnte er versuchen, sich davor zu drücken – nachdem er dir bis jetzt erfolgreich ausgewichen ist. Aber wenn du ihn darum bittest, kann er sich nicht weigern, der Bestattung beizuwohnen. Was Peredur angeht, bin ich mir immer noch nicht im klaren.«

8.

Es war die kleine Kirchenglocke, die Columbanus kurz vor dem Beginn der Messe aus seinem verzückten Schlaf riß. Sie weckte ihn nicht vollends, bewog ihn aber immerhin, die Augen zu öffnen, zu zittern, die steifen Arme zu bewegen und die Hände vor der Brust zu falten. Ansonsten veränderte sich sein Gesicht nicht, und er schien die Brüder nicht wahrzunehmen, die sich besorgt um sein Bett versammelt hatten. Columbanus sah und hörte nichts außer der Glocke, die ihn zum Gebet rief. Er richtete sich auf, erhob sich von seinem Lager und stand sicher auf beiden Beinen. Sein Blick begann zu leuchten, doch er wirkte immer noch geistesabwesend.

»Bald wird er wieder bei uns sein«, flüsterte der Prior erschüttert. »Laßt uns gehen – wir wollen nicht versuchen, ihn in diese Welt zurückzuholen. Wenn er sein Dankgebet gesprochen hat, wird er zu uns kommen und berichten, was ihm widerfahren ist.«

Robert verließ als erster das Haus, und wie er es erwartet hatte, folgte ihm Bruder Columbanus als letzter, so wie es ihm, dem jüngsten der Mönche, nun zukam, nachdem John in Ungnade gefallen war. Demütig betrat er die Kirche, demütig nahm er am Gottesdienst teil und schien sich immer noch in einem Traum zu befinden.

Die Kirche war bis auf den letzten Platz besetzt, die Leute drängten sich in den Ecken, im Mittelgang und vor der Tür. Es hatte sich herumgesprochen, daß in Winifreds Kapelle wieder etwas Seltsames und Wundervolles geschehen war, und man hoffte, nach der Messe mehr darüber zu erfahren.

Bis zum Ende der Zeremonie trat keine Änderung in Columbanus' Zustand ein. Doch als der Prior langsam und erwartungsvoll den ersten Schritt zum Ausgang machte – wie ein Mann, der einen Schlüssel herumdreht und sicher ist, daß sich die Tür öffnen wird –, zuckte Bruder Columbanus plötzlich zusammen, stieß einen leisen Schrei aus und blickte verwundert um sich, auf die vertrauten Gesichter. Seine eigenen Züge erwachten zum Leben, er lächelte, hob die Hand, als wollte er den Prior zurückhalten, und sagte mit hoher, klarer Stimme: »O Vater, wie bin ich gesegnet worden! Wie kam ich hierher – wo ich doch woanders war und aus dem Dunkel der Nacht in ein so strahlendes Licht entführt wurde? Sicher ist dies die Welt, die ich verlassen habe. Eine schöne Welt – doch ich weilte in einer schöneren, jenseits der Wüsten meiner Seele. Oh, wenn ich es euch doch schildern könnte!«

Alle Blicke richteten sich auf ihn, alle Ohren waren gespitzt, um nur ja kein Wort zu versäumen. Niemand verließ die Kirche, und die Leute, die vor der Tür standen, drängten herein.

»Mein Sohn«, sagte der Prior mit ungewollt freundlichem Respekt, »du bist hier bei deinen Brüdern und hast mit ihnen gebetet. Du brauchst nichts zu befürchten und nichts zu bereuen, denn die himmlische Erscheinung, die du schauen durftest, war sicher dazu bestimmt, dich zu inspirieren und dich zu wappnen, auf daß du furchtlos durch eine unvollkommene Welt schreiten mögest, in der Hoffnung, danach eine vollkommene zu finden. Du hast heute nacht mit Bruder Cadfael die Vigilien in Winifreds Kapelle abgehalten – erinnerst du dich daran? In der Nacht überkam dich irgend etwas, das uns deinen Geist für eine Weile entriß und aus deinem Körper zog – doch dein Körper blieb unversehrt zurück, du schliefst friedlich wie ein Kind. Wir brachten dich hierher, während dein Geist immer noch fern war, doch nun bist du wieder bei uns, und alles ist gut. Du wurdest in hohem Maße bevorzugt.«

»Oh, in viel höherem Maße, als du ahnen kannst!« sang Bruder Columbanus und schien wie eine Laterne zu erglühen. »Ich bin ein Bote unendlicher Güte, ein Instrument der Versöhnung und des Friedens. O Vater Prior – Vater Huw – meine Brüder – laßt mich hier vor allen sprechen, denn was ich zu sagen habe, betrifft alle!«

Nichts, dachte Cadfael, könnte ihn aufhalten, denn seine göttliche Sendung würde jeden Einwand beseite fegen, den der Prior oder der Priester vorzubringen hätten. Und Robert nahm diese Verlagerung der Autorität erstaunlich fügsam zur Kenntnis. Entweder wußte er bereits, daß die himmlische Stimme etwas künden würde, das seine Pläne begünstigte und seinen Ruhm mehrte – oder er war wirklich beeindruckt und bereit, der wundersamen Botschaft ebenso demütig zu lauschen wie die anderen.

»O Vater, als ich um Mitternacht vor dem Altar kniete, hörte ich eine süße Stimme meinen Namen rufen. Gehorsam erhob ich mich. Was dann mit meinem Körper geschah, weiß ich nicht. Du sagst, ich hätte im tiefen Schlaf gelegen, als du in die Kapelle kamst. Aber als ich vor den Altar trat, schien er in einem sanften goldenen Licht zu erglühen, und mitten darin schwebte eine wunderschöne Jungfrau in einem Regen aus weißen Blütenblättern, ihr Gewand und ihr Haar verströmten einen himmlischen Duft. Und dieses herrliche Wesen sprach zu mir und sagte, daß sein Name Winifred laute und daß es gekommen wäre, um unser Unternehmen gutzuheißen und jenen zu verzeihen, die bis jetzt – aus einer falsch verstandenen Treue und Ehrfurcht heraus – Widerstand geleistet haben. Und dann – o göttliche Gnade – legte die schöne Jungfrau eine Hand auf Rhisiarts Herz, vollführte die gleiche Geste, die Sioned von uns erbeten hatte, als Zeichen unserer Vergebung. Doch ihre Geste kündete von himmlischer Absolution, und diese wurde mit solcher Anmut gewährt, daß ich es nicht beschreiben kann.«

»O mein Sohn!« rief Prior Robert entzückt und übertönte das Gemurmel der bebenden Stimmen, das die Kirche wie die sanften Wellen eines Teiches erfüllte. »Du berichtest von einem Wunder, das größer ist, als wir es in unseren kühnsten Träumen zu erhoffen wagten. Sogar die Verlorenen sind gerettet!«

»So ist es! Doch das ist noch nicht alles, Vater! Als sie ihre Hand auf Rhisiart legte, bat sie mich, mit allen Menschen an diesem Ort zu sprechen, mit Einheimischen und Fremden, und ihren barmherzigen Willen kundzutun. Und so sprach sie: ›Wenn ihr meine Gebeine aus der Erde geholt habt, wird ein offenes Grab klaffen. Es ist mein Wunsch, daß Rhisiart in diesem Grab seine ewige Ruhe finden möge, damit sein Seelenheil gesichert und meine Macht erwiesen ist.‹«

»Was konnte ich anderes tun, als ihm danken, nachdem er die himmlische Botschaft überbracht hatte, daß die Seele meines Vaters gerettet ist?« fragte Sioned. »Und doch – ich bin so wütend. Am liebsten hätte ich ihm ins Gesicht geschrien, daß ich keine Sekunde lang am Seelenheil meines Vaters gezweifelt habe, denn er war ein guter Mann, der niemandem Böses wollte. Sicher ist es freundlich von der heiligen Winifred, ihm ihr Grab anzubieten und ihm zu verzeihen – aber was verzeiht sie ihm! Wofür hat er Absolution bekommen? Sie hätte ihn lieber loben und sagen sollen, daß er stets richtig gehandelt hat und keiner Vergebung bedarf!«

»Nun, die Botschaft war äußerst nützlich«, entgegnete Cadfael. »Sie festigt unseren Anspruch auf die Reliquien, besänftigt die Leute von Gwytherin und stiftet ringsum Frieden...«

»Und sie soll auch mich beruhigen – damit ich die Suche nach dem Mörder meines Vaters aufgebe und die Tat zusammen mit dem Opfer begrabe. Aber ich werde nicht ruhen und rasten, bevor ich die Wahrheit herausgefunden habe.«

»...und flicht den Kranz des Ruhmes um Prior Roberts Stirn«, fügte Cadfael hinzu. »Wenn ich bloß wüßte, wer sich das ausgedacht hat!«

Sie hatten sich in der Schmiede getroffen, wo sich Cadfael eine Spitzhacke und einen Spaten für das heilige Werk ausleihen wollte, das nun vollbracht werden sollte. Es hatten sich sogar ein paar Männer von Gwytherin gemeldet und gefragt, ob sie mithelfen dürften, das heilige Erdreich aufzugraben. Denn obwohl sie immer noch bedauerten, daß sie St. Winifred verlieren würden – wenn es ihr Wunsch war, Gwytherin zu verlassen, wollten sie sich nicht in den Weg stellen. Wunderbare Dinge geschahen, und die Leute waren eher geneigt, das Wohlwollen und den Segen der Heiligen zu erlangen, als von ihren Pfeilen durchbohrt zu werden.

»Ich glaube, den schönsten Ruhmeskranz kann sich neuerdings Bruder Columbanus aufs Haupt setzen«, meinte Sioned. »Der Prior nahm das klaglos hin und versuchte nicht, ihm den Kranz zu entreißen. Deshalb glaube ich, daß er ehrlich ist.«

Cadfael sah sie nachdenklich an und kratzte sich an der Nase. »Da könntest du recht haben. Diese Geschichte wird uns ganz gewiß nach Shrewsbuy begleiten und nach unserer triumphalen Heimkehr in allen Brüderklöstern verbreitet werden. Ja, Columbanus wird sich in unserem Orden einen großen Namen machen.«

»Ich habe gehört, daß ehrgeizige Männer großartige Karrieren in den Klöstern machen können. Vielleicht arbeitet er jetzt schon darauf hin, das Amt des Priors zu übernehmen, wenn Robert Abt wird. Oder er will sogar Abt werden, obwohl Robert glaubt, diese Ehre stünde erst mal ihm zu. Denn es wird nicht *sein* Name sein, den sich die Leute in allen Grafschaften zuraunen werden.«

»Das hat Robert wahrscheinlich noch nicht erkannt, aber wenn die Ehrfurcht vor dem Wunder nachläßt, wird er es merken. Er möchte die Geschichte der Heiligen schreiben, und das letzte Kapitel soll unsere Pilgerfahrt nach Gwytherin schildern. Darin könnte Columbanus sehr leicht als anonymer Benediktinermönch auftreten, den die heilige Winifred zufällig als Boten auserkoren hat, um dem Prior eine Mitteilung zu machen. Chronisten können Namen genauso leicht ausmerzen, wie die Visionäre den Leuten damit die Ohren vollschreien. Und ich sage dir – dieser Bursche kommt aus einer noblen Normannenfamilie, die nicht einmal ihre jüngeren Söhne in Benediktinerkutten steckt, damit sie im Klostergarten arbeiten.«

»Das alles bringt uns nicht weiter«, sagte Sioned bitter.

»Wir sind ja auch noch nicht fertig.«

»So wie ich es sehe, soll dieses Wunder die ganze Sache beenden, die ganze Episode in Frieden und Freundschaft abschließen, als wären nun alle Fragen beantwortet. Aber meine Fragen sind nicht beantwortet! Irgendwo in dieser Gegend läuft ein Mann herum, der meinen Vater hinterrücks erdolcht hat, und nun verlangt man von uns, daß wir den Schleier des Vergessens über das alles breiten und den großartigen Friedensvertrag nicht damit besudeln. Aber ich möchte, daß dieser Mann gefunden, daß Engelard rehabilitiert und mein Vater gerächt wird. Vorher werde ich keine Ruhe geben. Und jetzt sag mir, was ich tun soll.«

»Das habe ich dir bereits gesagt. Die Bewohner deines Hauses und alle deine Freunde sollen sich vor dem Friedhof versammeln und zusehen, wie Winifreds Grab geöffnet wird. Und sieh zu, daß auch Peredur kommt.«

»Ich habe Annest schon zu ihm geschickt. Sie wird ihm Bescheid geben. Und was soll ich tun, wenn er kommt?«

»Du trägst das Silberkreuz am Hals. Bist du bereit, dich davon zu trennen, wenn uns dies dem Ziel unserer Bemühungen einen Schritt näher brächte?«

»Dafür würde ich auf mein ganzes Eigentum verzichten, das weißt du.«

»Dann will ich dir sagen, was du tun mußt...«

Mit Gebeten und Psalmen trugen sie ihre Werkzeuge in den verwilderten Friedhof, der die Kapelle umgab, mähten die Wildblumen und das hohe Gras auf Winifreds Grab, entfernten das Dornengestrüpp und gruben ehrfürchtig das Erdreich auf. Sie wechselten sich ab bei der Arbeit, denn jeder sollte an dem Segen teilhaben, der damit verbunden war. Im Lauf des Tages hatten sich fast alle Dorfbewohner eingefunden, um das Ende der Kontroverse zu beobachten. Auch Sioned war mit ihren Freunden und Dienstboten in Trauerkleidern erschienen, um Rhisiart zu begraben, wenn es an der Zeit war, doch die Trauergesellschaft war vorerst nur Nebensache, eine Episode in der Geschichte der heiligen Winifred, eine Episode, die bereits beendet war.

Cadwallon war da, auch Onkel Meurice, Bened und all die anderen Nachbarn. Und neben seinem Vater stand mit düsterer Miene der junge Peredur und sah aus, als wäre er am liebsten meilenweit weg gewesen. Seine dichten dunklen Brauen waren zusammengezogen, als hätte er Kopfschmerzen, und wann immer seine braunen Augen umherschweiften, richtete sich sein Blick niemals auf Sioned. Auf ihre ausdrückliche Bitte hin war er widerstrebend zum Friedhof gekommen, aber er konnte und wollte sie nicht anschauen. Seine vollen Lippen waren zusammengepreßt und blutleer. Er starrte in die Grube, die immer größer wurde, und keuchte heftig, als würde er unsägliche Qualen erleiden. Dieser Mann hatte nichts mehr mit dem verwöhnten Jungen gemein, dessen Lächeln alle Leute bezauberte, der es für selbstverständlich hielt, daß ihm die Welt zu Füßen lag. Peredur wurde von seinen Dämonen verfolgt.

Das Erdreich war feucht, aber locker, die Arbeit bereitete keine Mühe, doch das Grab war tief. Die Männer waren bereits bis zu den Schultern in der Grube versunken. Um die Mitte des Nachmittags war Bruder Cadfael, der kleinste von ihnen, schon fast im Abgrund verschwunden, als er seine letzten Spatenstiche vollführte. Niemand hatte es auszusprechen gewagt, aber einige hatten zu zweifeln begonnen, ob sie auch tatsächlich das richtige Grab aushoben. Cadfael hegte – aus welchen Gründen auch immer – nicht die geringsten Zweifel. Das Mädchen mußte hier sein, an diesem Ort war sie nach ihrem kurzen Märtyrertum und ihrer wunderbaren Wiederbelebung jahrelang Äbtissin gewesen. Doch er dachte an das fromme, naive Mädchen, das in romantischer Liebe zu Zölibat und Askese Prinz Cradocs Annäherungsversuche abgewehrt hatte. Cadfael fühlte nicht nur mit ihr, sondern auch mit ihrem verzweifelten Liebhaber, dessen Geist vermutlich ebenso ausgelöscht worden war wie sein Körper. Ob wohl irgend jemand für ihn betete? Cradoc hätte das viel eher nötig als Winifred. Vielleicht war die Heilige die einzige gewesen, die jemals ein Gebet für ihn gesprochen hatte. Sie war Waliserin und deshalb subtiler Empfindungen fähig. Möglicherweise hatte sie Gott den Herrn gebeten, Cradocs verflüssigten Körper wieder zu fester Gestalt zusammenzufügen. Danach wäre er zwar geläutert gewesen, hätte aber genauso ausgesehen wie zuvor. Und sogar eine Heilige könnte in stiller Freude auf jenen Tag zurückblicken, an dem sie begehrt worden war...

Der Spaten stieß auf irgend etwas in der dunklen, krümeligen Erde – auf etwas, das weder aus Lehm noch aus Stein bestand. Cadfael ging nun vorsichtiger zu Werke, da ihm der Gegenstand altersschwach und bröckelig erschien. Er legte den Spaten beiseite und bückte sich, um die kühle, duftende, weiche Erde, die seinen Fund verbarg, mit den Händen zu entfernen. Ein schmales, blasses, zierliches Ding kam zum Vorschein, taubengrau wie die erste Morgendämmerung, mit schwarzen Flecken gesprenkelt. Er zog einen Armknochen hervor, dünn wie von einem Kind, und wischte die Erde weg, die noch daran klebte. Darunter lagen weitere Gebeine von derselben blassen Farbe, dicht beieinander. Er wollte sie nicht zerbrechen, und so warf er den Spaten aus der Grube.

»Sie ist hier! Wir haben sie gefunden! Man muß sie ganz behutsam ausgraben – überlaßt das mir!«

Gesichter starrten auf ihn herab, Prior Robert wäre in seinem inbrünstigen Eifer am liebsten selbst hinuntergesprungen, um den Schatz zu heben, doch der Kontrast zwischen der dunklen, klebrigen Erde und seinen weißen Händen hinderte ihn daran. Bruder Columbanus stand am Rand der Grube, und sein verzückter Blick richtete sich nicht in die Tiefe, wo die Gebeine der Jungfrau ruhten, sondern himmelwärts, zu jenen Gefilden, die ihr Geist verlassen hatte, um ihm zu erscheinen. Er strahlte eine besitzergreifende Aura aus, die den Prior und den Unterprior überschattete und in ihrem hellen Glanz die Menschen beleuchtete, die ihn aus der Ferne beobachteten. Columbanus wußte, daß er ebenso unvergeßlich sein würde wie diese Stunde.

Bruder Cadfael kniete nieder. Es mochte ein bedeutsames Omen sein, daß er in diesem Augenblick der einzige war, der kniete. Er vermutete, daß er sich zu Füßen des Skeletts befand. Seit Jahrhunderten lag die Heilige hier, doch das Erdreich war sanft mit ihr umgegangen, die Gebeine waren offenbar ganz geblieben. Er hätte sie nicht in ihrer Ruhe stören wollen, und jetzt, wo er es tun mußte, wollte er sie so wenig wie möglich stören. Mit sanften Fingern legte er sie frei. Sie mußte mittelgroß gewesen sein – und zierlich wie ein siebzehnjähriges Mädchen. Zärtlich wischte er die Erde von den Knochen, entdeckte den Schädel, stützte sich auf eine Hand, entfernte mit einem Finger die Erde aus den Augenhöhlen und bewunderte die schön geformten Wangenknochen, das vollendete Rund der Stirn. Noch im Tode war sie schön.

»Gebt mir ein Leinentuch«, bat er, »und Bänder, damit wir sie vorsichtig aus der Grube befördern können – nicht die einzelnen Gebeine, sondern den ganzen Körper – so wie er hier bestattet wurde.«

Sie reichten ihm ein Tuch, und er breitete es neben dem Skelett aus. Behutsam hob er Winifred aus der lockeren Erde, schob sie langsam auf das Leinentuch und ordnete die verdrehten Glieder. Mit den Leinenbändern, die er um ihr Skelett geschlungen hatte, wurde sie ins Tageslicht hinaufgezogen und sanft in das Gras neben ihrem Grab gebettet.

»Wir müssen die Erdspuren von ihren Knochen waschen«, sagte Prior Robert und schaute ehrfürchtig auf die Beute, um deretwillen er so große Mühen auf sich genommen hatte, »und dann müssen wir sie in ein frisches Tuch hüllen.«

»Die Gebeine sind trocken und zerbrechlich«, warnte Cadfael ihn ungeduldig. »Nachdem sie diesem walisischen Erdreich geraubt wurde, könnte sie unter euren Händen zu walisischer Erde zerbröckeln. Und wenn ihr sie allzulange hier in der Luft und im Sonnenschein laßt, wird sie zu Staub zerfallen. Wenn du klug bist, Vater Prior, wickelst du sie ein, legst sie so schnell wie möglich in den Schrein und schließt den Deckel, damit sie der Luft nicht zu lange ausgesetzt wird.«

Der Prior erkannte, daß dies ein vernünftiger Rat war, und befolgte ihn, obwohl er es nicht schätzte, daß man ihm so brüsk erklärte, was er tun und lassen sollte. Mit jubelnden, aber hastigen Gebeten holten sie den kostbaren Schrein aus der Kapelle, um die Heilige nicht unnötigerweise zu bewegen, hüllten sie in noch mehr Tücher und legten sie dann in den Sarg. Die Brüder, die ihn hergestellt hatten, wußten sehr wohl, daß der Sarg luftdicht verschlossen werden mußte, damit der wertvolle Inhalt erhalten blieb, und sie hatten sich bemüht, einen Deckel anzufertigen, der haargenau auf den Sarg paßte. Das Innere war mit Blei verkleidet. Bevor die heilige Winifred in die Kapelle gebracht wurde, wo ein Dankgottesdienst stattfinden sollte, schlossen sie den Deckel, versperrten die Schlösser, und am Ende der Messe wurden noch die Siegel des Priors angebracht. Nun hatten sie die Heilige gefangengenommen, um sie in ein fremdes Land zu bringen, das ihre Schirmherrschaft ersehnte. Die zahlreichen Waliser, die in der Kapelle noch Platz gefunden hatten, um dem Gottesdienst beizuwohnen, oder die sich an der Tür drängten, um wenigstens einen kurzen Blick auf das Reliquiar zu erhaschen, waren unnatürlich, ja fast unheimlich still. Ihre Augen verfolgten das Geschehen, ohne ihre Gefühle zu verraten – doch die ungeteilte Aufmerksamkeit, die sie dem Vorgang schenkten, kündete von dem unversöhnlichen Protest, den sie nicht offen auszusprechen wagten.

»Nun, wo diese heilige Pflicht getan ist«, sagte Vater Huw erleichtert und gleichzeitig traurig, »ist es an der Zeit, jene andere Pflicht zu erfüllen, die uns die Heilige auferlegt hat, und Rhisiart mit allen Ehren und voller Absolution in dem Grab zu bestatten, das sie ihm vermacht hat. Ihr sollt alle erkennen, welch unermeßlicher Segen und welch eine hohe Ehre uns dadurch zuteil wurde.« Diese Worte drückten auch die Hochachtung aus, die er für Rhisiart empfand, und die Zustimmung aller Anwesenden, zumindest aller Waliser, war ihm sicher.

Die Totenmesse war kurz, und danach trugen sechs von Rhisiarts ältesten, vertrauenswürdigsten Dienern die Bahre aus den jungen Zweigen, die nun schon etwas verwelkt waren, aber immer noch grün, zum offenen Grab. Die gleichen Schlingen, mit denen sie Winifred aus der Grube gezogen hatten, warteten nun, um Rhisiart in dasselbe Bett hinabzusenken.

Sioned stand neben ihrem Onkel, sah sich im Kreis ihrer Freunde und Nachbarn um und löste die Silberkette mit dem Kreuz von ihrem Hals. Sie hatte sich links von Cadwallon und Peredur postiert, und so war es ganz natürlich, daß sie sich nun zu den beiden wandte. Peredur hatte sich bisher im Hintergrund gehalten und Sioned nicht angesehen. Doch als sie sich jetzt plötzlich zu ihm drehte, konnte er ihrem Blick nicht mehr ausweichen.

»Ich möchte meinem Vater ein letztes Geschenk geben. Und ich will, daß du es ihm darbringst, Peredur. Er hat dich geliebt wie einen Sohn. Würdest du dieses Kreuz auf seine Brust legen – an die Stelle, wo ihn der Pfeil des Mörders durchbohrt hat? Es soll mit ihm begraben werden – als mein Abschiedsgeschenk –, und es möge auch das deine sein.«

Peredur stand da wie vom Donner gerührt und starrte entsetzt auf das kleine Kreuz, das sie ihm entgegenhielt – vor so vielen Zeugen, die ihn alle kannten und die auch er alle kannte. Sie hatte laut und deutlich gesprochen, alle hatten ihre Worte gehört. Und alle Augen schauten auf ihn, alle sahen – wenn sie es auch nicht begreifen konnten –, daß das Blut aus seinen Wangen wich. Er konnte ihr nicht verweigern, worum sie ihn gebeten hatte. Und er konnte ihren Wunsch nicht erfüllen, ohne den Toten zu berühren – die Stelle, wo der Tod ihn getroffen hatte.

Widerstrebend hob er eine Hand und nahm das Kreuz entgegen. Er hätte es nicht ertragen, mit anzusehen, wie sie ihm das kleine Schmuckstück vergeblich reichte. Er betrachtete es nicht, blickte ihr verzweifelt in die Augen, und der prüfende Ausdruck in ihren Zügen wich allmählich einem ungläubigen Grauen, denn nun glaubte sie alles zu wissen. Dies war schlimmer als ihre schrecklichsten Befürchtungen. Aber ebensowenig, wie er der Falle zu entrinnen vermochte, die sie ihm gestellt hatte, konnte sie ihn befreien. Die Falle war zugeschnappt, und nun mußte er versuchen, sich zu retten. Die Leute wunderten sich bereits, warum er sich nicht rührte, flüsterten miteinander und beobachteten besorgt sein Zögern.

Mühsam riß sich Peredur zusammen und bot alle seine seelischen Kräfte auf, die ihn jedoch sofort wieder verließen. Er machte ein paar unentschlossene Schritte auf die Bahre und das Grab zu, wich dann aber zurück wie ein scheues Pferd. Nun stand er inmitten der Zeugen, konnte weder vor noch zurück. Cadfael sah Schweißperlen auf der Stirn und der Oberlippe des jungen Mannes glänzen.

»Komm, mein Sohn«, bat Vater Huw freundlich, denn er wäre der letzte gewesen, der Verdacht geschöpft hätte. »Man darf die Toten nicht warten lassen und nicht allzusehr um sie trauern, denn das wäre eine Sünde. Ich weiß, daß Sioned die Wahrheit sagte. Er hat dich wie ein Vater geliebt, und du leidest mit ihr wie wir alle.«

Peredur hatte zu zittern begonnen, als Huw Sioneds Namen genannt und das Wort ›Vater‹ ausgesprochen hatte. Er versuchte weiterzugehen, doch er konnte sich nicht bewegen. Seine Füße wollten ihn nicht zu der verhüllten Gestalt tragen, die neben dem offenen Grab lag. Die Strahlen der Sonne, die ihn trafen, die Blicke der Zuschauer schienen ihn niederzudrücken. Plötzlich fiel er auf die Knie, das Kreuz in einer Hand, die andere auf das Gesicht gepreßt. »Er kann es nicht tun!« schrie er mit heiserer Stimme. »Er kann mich nicht beschuldigen! Ich bin kein Mörder! Was ich tat, geschah erst, als Rhisiart schon tot war!«

Alle rangen nach Atem, und es klang wie ein Windstoß, der über die Lichtung und das offene Grab hinwegwehte, um dann in eine drückende Stille überzugehen. Lange Minuten verstrichen, bevor Vater Huw das Schweigen brach, denn dies war eins von seinen, nicht von Prior Roberts Schafen, ein Kind aus seiner Herde und bis jetzt ein unbescholtenes Kind, das sich nun irgendeiner schrecklichen Sünde bezichtigt hatte, die noch nicht offenkundig geworden war, aber anscheinend mit dem Mord zusammenhing.

»Mein Sohn Peredur«, sagte Huw mit fester Stimme, »niemand außer dir selbst hat dich einer bösen Tat beschuldigt. Wir haben nur darauf gewartet, daß du tun würdest, worum Sioned dich gebeten hat. Es war ein ehrenvoller Auftrag, den sie dir gab, und deshalb erfülle ihn – oder erkläre uns, warum du es nicht tun willst.«

Peredur hörte zu zittern auf. Eine Zeitlang kniete er noch im Gras, um nach Fassung zu ringen, dann ließ er die Hand sinken, die sein Gesicht bedeckte. Er war blaß und wirkte verzweifelt, aber auch irgendwie erleichtert, denn nun kämpfte er nicht mehr mit der Wahrheit, er hatte sich auf ihre Seite begeben. Er war ein mutiger junger Mann, und so stand er auf und blickte Huw in die Augen. »Vater, ich lege dieses Geständnis nur gezwungenermaßen ab und keineswegs mit frohem Herzen, denn ich schäme mich. Doch ich habe keinen Mord begangen. Ich habe Rhisiart nicht getötet. Er war schon tot, als ich ihn fand.«

»Wann war das?« fragte Bruder Cadfael, wozu er nicht das geringste Recht hatte, doch niemand nahm ihm die Unterbrechung übel.

»Ich ging in den Wald, als es zu regnen aufgehört hatte. Ihr wißt doch noch, daß es geregnet hat.« Sie nickten alle, denn jenen Tag würden sie nicht so bald vergessen. »Es war kurz nach Mittag. Ich wollte die Weide auf unserer Seite von Byrn aufsuchen, und da fand ich ihn auf der Lichtung. Er lag auf dem Bauch, und er war tot, das schwöre ich. Tiefe Verzweiflung überkam mich, aber auch eine Versuchung, denn es gab nichts mehr auf dieser Welt, was ich für Rhisiart hätte tun können, doch ich sah einen Weg...« Peredur schluckte und seufzte, wappnete sich gegen sein Geschick und fuhr fort: »Ich sah eine Möglichkeit, meinen Rivalen loszuwerden – den begünstigten Rivalen. Rhisiart hatte sich geweigert, Engelard seine Tochter zu geben, aber Sioned hatte Engelard nicht abgewiesen, und ich wußte, daß meine Liebe zu ihr hoffnungslos gewesen wäre, obwohl ihr Vater mir gewogen war, solange Engelard zwischen uns stand. Ich dachte, die Leute würden bereitwillig glauben, daß Engelard seinen Herrn getötet hat – wenn sie einen Beweis hätten...«

»Aber *du* hast es nicht geglaubt«, sagte Cadfael so leise, daß es kaum jemand hörte.

»Nein«, antwortete Peredur fast verächtlich. »Ich kannte ihn – er hätte so etwas niemals getan.«

»Und trotzdem wolltest du, daß man ihn beschuldigt und festnimmt. Es war dir einerlei, ob es der Tod sein würde, der ihn dir aus dem Weg räumt – solange er nur beseitigt war.«

»Nein, das nicht!« protestierte Peredur, wußte aber sehr wohl, daß er zu Recht angegriffen wurde. »Ich dachte, er würde davonlaufen, nach England zurückkehren und uns in Ruhe lassen, Sioned und mich. Was Schlimmeres habe ich ihm nicht gewünscht. Ich glaubte, wenn er weg ist, würde sich Sioned den Wünschen ihres Vaters fügen und mich heiraten. Ich hätte geduldig gewartet – jahrelang.«

Er sagte nichts davon. Aber es waren zumindest zwei Menschen anwesend, die es wußten und sich zu seinen Gunsten daran erinnerten, daß er für Engelard einen Fluchtweg freigemacht hatte in dem Kreis der Männer, die auf den Verdächtigen zugegangen waren, daß er ihn absichtlich hatte entkommen lassen, ebenso wie Bruder John – mit reinerem Gewissen – die Verfolgung vereitelt hatte.

»Aber du bist nicht davor zurückgeschreckt, einen Pfeil dieses unglücklichen jungen Mannes zu stehlen«, entgegnete Cadfael streng, »um aller Augen auf ihn zu lenken.«

»Ich habe ihn nicht gestohlen – wenn mich dies auch nicht von der Schuld freispricht, ihn auf so niederträchtige Weise benutzt zu haben. Eine Woche zuvor ging ich mit Engelard auf die Jagd, mit Rhisiarts Erlaubnis. Als wir unsere Pfeile einsammelten, steckte ich irrtümlich einen von seinen in meinen Köcher, und den hatte ich bei mir, als ich Rhisiart auf der Lichtung fand.« Peredurs Schultern hatten sich gestrafft, sein Kopf war hoch erhoben. Resignierend ließ er die Arme hängen, seine rechte Hand umschloß immer noch Sioneds Kreuz. Sein Gesicht war bleich, aber gefaßt. Das Schlimmste hatte er hinter sich gebracht, und nach allem, was er in den letzten Tagen mutterseelenallein ausgestanden hatte, war das Geständnis eine Erleichterung. »Ich will euch alles genau erzählen und die Tat schildern, die mich in meinen eigenen Augen zu einem Ungeheuer verwandelt hat. Es war eine grauenvolle Tat, die ich nicht beschönigen will. Rhisiart war hinterrücks erstochen worden, der Mörder hatte den Dolch wieder aus der Wunde gezogen und mitgenommen. Ich drehte Rhisiart auf den Rücken, und ich schwöre euch, meine Hände brennen noch jetzt – aber ich tat es. Er war tot – er spürte nichts mehr. Ich durchbohrte mein eigenes Fleisch – nicht seines. Die Richtung der Wunde konnte ich feststellen, denn der Dolch hatte ihn geradewegs durchdrungen, wenn die Brustwunde auch sehr klein war. Ich vergrößerte sie mit meinem Dolch, dann steckte ich Engelards Pfeil hinein, damit er gegen ihn Zeugnis ablegte. Und seither habe ich keine ruhige Minute mehr, weder bei Tag noch bei Nacht.« Dies erwähnte er nicht, um Vergebung zu erflehen. Er war vielmehr froh, daß er sein Schweigen nun gebrochen, seine Infamie offenbart und nichts mehr zu verbergen hatte. »Es ist gut, daß ihr jetzt alles wißt, was immer auch aus mir werden mag. Zumindest eins müßt ihr mir zugestehen. Ich habe nicht den Anschein erweckt, daß Engelard seinen Herrn hinterrücks ermordet hat. Ich kannte ihn. Seit er als Flüchtling zu uns kam, war ich täglich mit ihm zusammen. Wir sind im selben Alter. Ich mochte ihn, ging oft mit ihm auf die Jagd, kämpfte mit ihm, war eifersüchtig auf ihn, weil er geliebt wurde und ich nicht. Die Liebe zwingt die Menschen zu furchtbaren Taten – zu Taten, die sogar ihre Freunde treffen.«

Ringsum herrschte Stille, erfüllt von Abscheu vor seinem Vergehen, Mitleid mit seiner Einsamkeit und Reue, denn die meisten Zuhörer hatten einen falschen Verdacht gehegt. Die Wahrheit war wie ein Donnerschlag, der sie alle niederdrückte. Rhisiart war nicht mit einem Pfeil erschossen, sondern von hinten überfallen worden – von einem feigen Schurken, der aus dem Dickicht gesprungen war. Ein solcher Mord war nicht von einer Heiligen, sondern von einem menschlichen Gehirn diktiert worden.

Vater Huw brach das Schweigen. Jetzt war er in seinem eigenen Kompetenzbereich, in den keine fremden Würdenträger einzudringen wagten, fühlte sich sicher in seiner sanften, von allen anerkannten Autorität. Das Recht war verletzt worden, auf ungeheuerliche Weise, der Sünder verdiente seine Strafe, aber auch Mitgefühl. »Mein Sohn Peredur, dein Vergehen kann nicht entschuldigt werden. Ein solcher Mißbrauch eines göttlichen Ebenbildes – eine solche Verletzung liebevoller Gefühle – denn ich weiß, was dich mit Rhisiart verbunden hat, eine so schwere Anklage gegen einen Unschuldigen... Dies alles kann nicht ungesühnt bleiben.«

»Da sei Gott vor, daß ich mich meiner Strafe entziehen wollte. Ich will bestraft werden – sonst kann auch ich nicht mit mir ins reine kommen.«

»Mein Sohn, wenn du das ernst meinst, dann begib dich in meine Obhut. Ich werde dich der weltlichen und der kirchlichen Justiz überantworten. Was das Gesetz betrifft, so werde ich mit dem Amtmann des Prinzen sprechen. Und was den göttlichen Richter angeht – als dein Beichtvater bin ich sein Stellvertreter, und du sollst die Strafe bekommen, die ich dir nach reiflicher Überlegung auferlegen werde.«

»Das will ich tun, Vater. Ich möchte nicht mit unverdienter Milde behandelt werden und nehme meine Strafe bereitwillig auf mich.«

»Dann brauchst du nicht an Gottes Gnade zu zweifeln. Geh jetzt nach Hause und bleib dort, bis ich dich rufen lasse.«

»Ich will dir gehorchen, aber ich habe noch eine Bitte.« Langsam drehte sich Peredur zu Sioned um, die reglos dastand, die Hände an die Wangen gepreßt, den Blick in qualvoller Faszination auf den Mann geheftet, der als ihr Spielkamerad an ihrer Seite aufgewachsen war. Doch ihr Abscheu war geschwunden, denn wenn er sich auch als Ungeheuer bezeichnet hatte – er war nicht das Ungeheuer, für das sie ihn zunächst gehalten hatte. »Darf ich jetzt tun, was du von mir verlangt hast? Ich fürchte mich nicht mehr. Er war immer ein gerechter Mann, und er wird mir keine größere Schuld geben, als ich sie verdient habe.«

Mit diesen Worten erflehte er ihre Vergebung und ließ gleichzeitig die letzte Hoffnung auf ihre Liebe fahren, die er immer noch gehegt hatte. Das war jetzt unwiderruflich vorbei. Seltsam, daß er jetzt, nachdem er ihr ein so großes Leid angetan hatte, auf sie zugehen konnte, ohne Zögern, beinahe ohne Eifersucht... Und ihr Gesicht spiegelte weder Zorn noch Bitterkeit wider, nur Nachdenklichkeit.

»Ja«, entgegnete sie. »Ich will es immer noch.« Wenn er die ganze Wahrheit gesagt hatte, und davon war sie überzeugt, war es nur recht und billig, daß er seine Bitte um Vergebung auch an Rhisiart richtete, in einer Art und Weise, die alle Anwesenden akzeptieren würden. In überirdischer Gerechtigkeit würde ihn der Tote von der Tat reinigen, die er mit seinem Geständnis bereits zum Teil gesühnt hatte.

Peredur trat mit festen Schritten an die Bahre heran, sank neben Rhisiarts Leiche auf die Knie, legte zuerst seine Hand und dann Sioneds Silberkreuz auf das Herz, das er durchbohrt hatte. Kein Blutschwall quoll ihm entgegen, und Cadfael wußte, daß der junge Mann an dieses Zeichen glaubte, das ihn von der Schuld an dem Mord freisprach. Peredur zögerte kurz, dann küßte er – aus Dankbarkeit und nicht, um seine Zuneigung verspätet und in unpassender Weise zur Schau zu stellen – Rhisiarts rechte Hand, die über der linken auf der Brust lag und deren Umrisse sich deutlich unter dem Leinentuch abzeichneten. Er erhob sich, die Leute machten ihm Platz, und er ging den Weg hinab, der zum Haus seines Vaters führte. Cadwallon, aus einer Trance ungläubiger Verzweiflung gerissen, folgte ihm hastig.

9.

Der Abend brach herein, als sie Rhisiart begraben hatten, und es war so spät geworden, daß Prior Robert und seine Gefährten nicht mehr aufbrechen und die Reliquie nach Shrewsbury bringen konnten – selbst wenn dies nach allem, was sich ereignet hatte, passend und schicklich gewesen wäre. Die Mönche waren der Gemeinde, die Winifred nun bald verlassen würde, eine Zeremonie schuldig, auch den Männern, die jenen, die sie beraubten, ihre Gastfreundschaft angeboten hatten.

»Wir bleiben in dieser Nacht noch hier, beten mit euch bei der Abendandacht und bei der Komplet, um Gott zu danken«, verkündete der Prior. »Nach der Komplet wird einer von uns während der Nacht bei St. Winifred wachen. Sollte der Amtmann des Prinzen verlangen, daß wir länger bleiben, werden wir uns seinen Wünschen fügen. Denn der Fall Bruder Johns muß noch geklärt werden, da sich der Bruder zu unserer aller Schande gegen das Gesetz vergangen hat.«

»Im Augenblick«, entgegnete Vater Huw mißbilligend, »befaßt sich der Amtmann mit dem Mord an Rhisiart. Denn wir haben zwar so manches erfahren, wissen aber immer noch nicht, wer der Schurke ist. Heute haben wir einen Mann gesehen und gehört, der unschuldig an jenem Verbrechen ist – was immer er auch sonst getan haben mag.«

»Ich fürchte«, sagte Prior Robert mit ungewohnter Demut, »daß wir euch ohne böse Absicht großen Kummer bereitet haben, und das bedauern wir. Und wir haben auch großes Mitgefühl mit den Eltern dieses jungen Mannes, der so schwer gesündigt hat – mit seinen Eltern, die sicher viel qualvoller leiden als er, und das völlig schuldlos.«

»Ich gehe jetzt zu ihnen. Willst du mich bei der Abendandacht vertreten, Vater Prior? Vielleicht werde ich aufgehalten! Ich muß diesem unglücklichen Haus helfen, so gut ich kann.«

Die Bewohner von Gwytherin waren schweigend davongegangen, in sämtliche Richtungen, um die Neuigkeiten dieses Tages zu verbreiten und den Leuten alles zu erzählen, die in den entlegensten Teilen der Gemeinde wohnten. Im hohen Gras des Friedhofs, jetzt von zahlreichen Füßen niedergetrampelt, sah Rhisiarts dunkles Grab wie eine große Narbe aus. Zwei von seinen Dienern häuften Erde darauf. Dann war auch das getan. Sioned wandte sich zum Gatter, die restlichen Trauergäste folgten ihr. Cadfael gesellte sich zu ihr, während die stumme, bedrückte Prozession ins Dorf zurückkehrte.

»Nun, unser Schachzug hat sich immerhin gelohnt«, meinte er resigniert. »Wir können nicht behaupten, daß er nichts eingebracht hat. Wenigstens wissen wir nun, wer das geringfügigere Verbrechen begangen hat. Und wir wissen, warum zwei beteiligt waren. Es hätte ja auch keinen Sinn gehabt, wenn ein und derselbe für beide Taten verantwortlich gewesen wäre. Jedenfalls haben wir dem Jungen zu einem Geständnis verholfen und eine schwere Last von seiner Seele genommen. Bist du ebenso entsetzt über sein Vergehen wie er selbst?«

»Nein – seltsamerweise nicht«, erwiderte Sioned. »In jenem kurzen Augenblick, wo ich ihn für den Mörder hielt, fühlte ich mich elend. Und danach war ich einfach nur erleichtert, weil er nicht der Schuldige ist. Irgendwie kann ich ihn verstehen. Er hat immer alles bekommen, was er wollte – nur mich nicht.«

»Es war sein innigster Herzenswunsch, dich zu gewinnen«, sagte Cadfael und erinnerte sich an eigene längst erloschene Begierden. »Ich bezweifle, daß er jemals darüber hinwegkommen wird. Aber er wird sicher eine brave Frau finden, hübsche Kinder zeugen und ein zufriedenes Leben führen. Eines Tages ist er sicher erwachsen. Er wird seine Frau glücklich machen – wer immer das auch sein mag. Jedenfalls wird sie nicht Sioned heißen.«

Ihr müdes, trauriges, entmutigtes Gesicht hatte sich ein wenig aufgehellt, und plötzlich lächelte sie – ganz schwach nur, aber zuversichtlich. »Du bist ein guter Mann, und du verstehst es, die Menschen miteinander zu versöhnen. Aber in diesem Fall ist das nicht nötig. Glaubst du, ich hätte nicht gesehen, wie schmerzlich es für ihn war, heute nachmittag zum Begräbnis zu kommen, wie hoch er den Kopf erhoben hat, um seine Strafe entgegenzunehmen? Vielleicht würde ich ihn ein wenig lieben, wenn es keinen Engelard gäbe. Aber nur ein ganz klein wenig. Und er hat was Besseres verdient.«

»Du bist ein liebes Mädchen. Wenn ich dir vor dreißig Jahren begegnet wäre, hätte sich Engelard ganz schön anstrengen müssen, um dich zu gewinnen. Peredur sollte dankbar sein, daß er eine solche Schwester hat. Aber – was uns am allermeisten interessiert, wissen wir immer noch nicht.«

»Haben wir noch Fallstricke? Mit dem letzten haben wir zumindest eine arme Seele von ihrer Bürde erlöst.«

Er schwieg, in tiefe Gedanken versunken.

»Und morgen wird Prior Robert mit seiner Heiligen und seinen Brüdern abreisen – und du wirst mit ihnen gehen«, fuhr sie traurig fort. »Dann werde ich niemanden mehr haben, an den ich mich wenden kann. Vater Huw ist selbst ein halber Heiliger auf seine naive, leicht verwirrte Art. Er kann mir nicht helfen. Und Onkel Meurice ist ein guter Mann, der es versteht, ein Landgut zu verwalten, aber sonst weiß er nichts, und er will immer allen Mühen und Schwierigkeiten aus dem Weg gehen. Und Engelard muß sich weiterhin verstecken, wie du sicher weißt. Es nützt ihm nichts, daß Peredurs Intrige nun allgemein bekannt ist, denn damit ist Engelards Unschuld nicht erwiesen. Er könnte meinen Vater – nach einem erbitterten Streit – erstochen haben.«

»Hinterrücks?« fragte Cadfael ärgerlich.

Sie lächelte. »Das beweist nur, daß du ihn kennst. Nicht jeder kennt ihn. Manche sagen vielleicht, daß Peredur, ohne es zu ahnen, den Verdacht auf den wahren Täter gelenkt hat.«

Bedrückt runzelte er die Stirn, denn sie hatte zweifellos recht. Was bewies es schon, wenn man von einem anderen als der Schuldige hingestellt wurde. Jedenfalls nicht, daß man schuldlos war. Bruder Cadfael machte sich wieder einmal die Verantwortung bewußt, die er freiwillig auf sich genommen hatte, und wappnete sich, um ihr gerecht zu werden.

»Du mußt auch an Bruder John denken«, ermahnte ihn Sioned. Es war durchaus möglich, daß Annest, die hinter ihr ging, sie angestoßen hatte.

»Ich habe ihn nicht vergessen«, entgegnete Cadfael.

»Aber der Amtmann hat ihn vielleicht vergessen. Wenn Bruder John mit euch abreisen würde, schließt Rhys sicher die Augen oder schaut in die andere Richtung. Er hat genug andere Sorgen – warum sollte er sich auch mit den Problemen ausländischer Mönche belasten?«

»Und wenn Bruder John scheinbar nach Shrewsbury zurückgekehrt wäre, würde sich der Amtmann zufrieden geben? Er würde nicht nach irgendwelchen weiteren Ausländern fragen, die hier Aufnahme gefunden haben?«

»Ich wußte immer, daß du eine rasche Auffassungsgabe hast«, erwiderte Sioned strahlend und war beinahe wieder das temperamentvolle Mädchen, das er an jenem ersten Abend in Gwytherin kennengelernt hatte. »Aber würde Prior Robert ihn immer noch verfolgen, wenn er erfährt, das er aus der Haft entlassen wurde? Ich glaube nicht, daß er ein nachsichtiger Mensch ist.«

»Nein, das ist er nicht, aber was sollte er tun? Der Benediktinerorden hat keine Rechte in Wales. Nein, ich denke, er würde die Sache auf sich beruhen lassen, nachdem er bekommen hat, was er wollte. Um Engelard mache ich mir viel mehr Sorgen. Gib mir noch diese eine Nacht Zeit, mein Kind, und erfülle mir eine Bitte. Schick deine Leute nach Hause und bleib mit Annest bei Bened. Wenn Gott mir hilft und mir neue Gedanken einflößt – denn vergiß nicht, daß Er durch dieses Verbrechen noch tiefer beleidigt wurde als du oder ich – werde ich dich dort aufsuchen.«

»Gut«, stimmte Sioned zu. »Du wirst sicher kommen.«

Sie hatten ihre Schritte verlangsamt, um die Prozession

vorausgehen zu lassen, damit sie sich ungestört unterhalten konnten. Jetzt näherten sie sich Cadwallons Tor. Prior Robert und die anderen Brüder waren bereits daran vorbeigegangen, um die Abendandacht rechtzeitig abhalten zu können. Vater Huw, der nun aufgeregt herbeirannte, um Hilfe zu holen, schien eher erleichtert als bestürzt zu sein, als er feststellte, daß sich nur noch Cadfael in Rufweite befand. Sioneds Anwesenheit veranlaßte ihn, seinen Weg gemessenen Schrittes fortzusetzen und in ruhigem Ton zu sprechen, doch sein zerzaustes Haar und seine verzweifelte Miene ließen sich nicht verbergen.

»Bruder Cadfael, könntest du ein paar Minuten für dieses Haus erübrigen, das Gott so hart gestraft hat? Du verstehst etwas von Arzneien, könntest einen Rat geben...«

»Seine Mutter!« flüsterte Sioned. »Wann immer ihr etwas Böses widerfährt, kann sie nicht aufhören zu weinen. Ich wußte, daß sie einen solchen Anfall bekommen würde. Der arme Peredur – jetzt hat er seine Strafe! Soll ich mitkommen?«

»Lieber nicht«, antwortete Cadfael sanft, dann folgte er Huw. Sioned war immerhin die unschuldige Ursache von Peredurs Verfehlung, und ihr Anblick würde seine Mutter sicher nicht besänftigen. Und Sioned verstand ihn und ging weiter, überließ die Angelegenheit ihm, gab sich ruhig und gelassen. Es war offensichtlich, daß sie das Spektakel nicht als Tragödie betrachtete. Sie hatte Cadwallons Frau ihr Leben lang gekannt und zweifellos gelernt, deren Anfälle ebenso philosophisch hinzunehmen wie Bruder Cadfael die Exzesse und Ekstasen des jungen Columbanus. Auch der tat sich niemals weh, wenn er sich in seinen Zuckungen wand.

»Frau Branwen regt sich schrecklich auf«, jammerte Huw und führte Cadfael eilig durch die offene Haustür. »Ich fürchte um ihren Verstand. Ich habe sie schon oft in einer solchen Verfassung gesehen, und es war immer sehr schwierig, sie zu beruhigen, aber jetzt – nach diesem Schock – ihr einziges Kind... Wirklich, sie könnte sich ernsthaft verletzen, wenn es uns nicht gelingt, sie zu beschwichtigen...«

Frau Branwens Schluchzen war bereits zu vernehmen, bevor sie die Kammer betraten, in der ihr Ehemann und ihr Sohn liebevoll auf sie einsprachen. Doch ihr schrilles Gekreisch übertönte die Stimmen der beiden Männer. Die dicke blinde Dame, die offenbar ausschließlich für ein bequemes, oberflächliches Leben geschaffen war, lag auf einem Sofa, wälzte sich hin und her, schlug abwechselnd die Hände vor das dumme runde Gesicht und warf die Arme hoch in ausdrucksvollen Gebärden namenloser Verzweiflung. Und ihr Mund stand keinen Augenblick still, schrie ihr ganzes schmachvolles Leid heraus. Tränen flossen unablässig über die feisten Wangen, und das atemlose Schluchzen, das ihren massigen Körper erschütterte, schien den Wortschwall, der wie ein heftiger Regenschauer aus ihr herausfloß, kaum zu hemmen.

Cadwallon stand auf der einen Seite des Sofas, Peredur auf der anderen. Vergeblich bemühten sich die beiden um die tobende Frau, streichelten und trösteten sie. Sobald der Vater ein Argument vorbrachte, überfiel sie ihn mit heftigen Vorwürfen und schrie, daß er nicht an seinen leiblichen Sohn glaubte, sonst könnte er ihm eine so grausige Tat nicht zutrauen, denn der Junge wäre verhext gewesen, hätte unter einem Bann gestanden, der ihn zu jenem falschen Geständnis gezwungen hätte. Cadwallon hätte vor allen Leuten für Peredur eintreten und verhindern müssen, daß man ihm glaubte, denn er wäre ganz sicher von einem Dämon besessen gewesen. Und wann immer Peredur ihr erklärte, er hätte die Wahrheit gesagt ud daß er bereit wäre, für seine Tat zu büßen und alles wiedergutzumachen, daß sie seine Worte akzeptieren müßte, fuhr sie mit einem neuen Tränenausbruch zu ihm herum und brüllte, ihr Sohn hätte Schande über sein Elternhaus gebracht, und sie verstünde nicht, daß er sich überhaupt noch in ihre Nähe wagte, daß sie den Kopf nie mehr hoch tragen könnte, daß er ein Monstrum wäre.

Und wenn der arme Vater Huw versuchte, seine Autorität zu demonstrieren und ihr klarzumachen, daß sie die Wahrheit und die Tat ihres Sohnes demütig hinnehmen müßte – so wie es Peredur mit seinem Geständnis getan hätte, schrie sie, sie wäre ihr Leben lang eine gottesfürchtige, gesetzestreue Frau gewesen. Sie hätte alles getan, um ihr Kind in diesem Sinne zu erziehen, und nun könnte sie nicht zulassen, daß seine Schuld auf sie zurückfiele.

»Mutter!« flehte Peredur. Er war wachsbleich und schwitzte vermutlich noch stärker als in jenem Augenblick, wo er vor Rhisiarts Leiche gekniet hatte. »Niemand wird dir die Schuld an meiner Sünde geben. Was ich getan habe, habe ich getan, ich allein muß die Konsequenzen tragen, nicht du. Alle Frauen von Gwytherin werden mit dir fühlen.«

Da stieß sie einen gellenden Schrei aus, schlang beide Arme um ihn und schwor, sie würde nicht dulden, daß man ihn allzu hart bestrafte. Er wäre ihr einziger Junge, und sie würde ihn beschützen. Und als er sich, fast am Ende seiner Geduld, aus der Umklammerung befreite, brüllte sie, daß er sie töten wollte, dieser gefühllose Bastard, und brach in ein schluchzendes, ohrenbetäubendes Gelächter aus.

Bruder Cadfael packte Peredur energisch am Ärmel und zog ihn in eine Ecke. »Sei vernünftig, mein Junge, und geh ihr aus den Augen. Du gießt nur Öl ins Feuer. Wenn man sie nicht beachtet hätte, wäre sie schon lange verstummt, aber nachdem sie sich in diesen Zustand hineingesteigert hat, ist sie nicht mehr fähig, sich aus eigener Kraft davon zu befreien. Waren unsere beiden Brüder hier, oder sind sie mit dem Prior gegangen?«

Peredur zitterte am ganzen Körper und war völlig erschöpft, doch Cadfaels beiläufiger Tonfall schien ihm neue Hoffnung zu geben. »Sie waren nicht hier, sonst hätte ich sie gesehen. Sie müssen zur Kirche weitergegangen sein.«

Natürlich, weder Columbanus noch Jerome würden es sich nehmen lassen, an einem so bedeutenden Tag der Abendandacht beizuwohnen.

»Das macht nichts. Zeig mir, wo sie wohnen. Columbanus hat ein Fläschchen mit meinem Mohnsirup mitgebracht. Es müßte sich bei seinem Gepäck befinden, denn er wird den Sirup kaum benötigt haben. Soviel ich weiß, hatte er keine Veranlassung dazu, denn hier in Wales hatte er sanftere Anfälle als sonst. Wir wollen das Fläschchen holen.«

»Was bewirkt dieser Sirup?« fragte Peredur mit großen Augen.

»Er schwächt Leidenschaften und vertreibt Schmerzen – körperliche und seelische.«

»Dann könnte ich ihn auch gebrauchen«, sagte Peredur mit einem wehmütigen Lächeln und führte Cadfael in eine der kleinen Hütten, die den Palisadenzaun säumten. Man hatte den Gästen aus Shrewsbury beste Quartiere zur Verfügung gestellt, die das Anwesen zu bieten hatte. Die Kammer war mit hübschen Möbeln und Binsenlampen eingerichtet. Jeromes und Columbanus' Halbseligkeiten hingen, mit Lederriemen zusammengeschnürt, an der Holzwand. Bruder Cadfael untersuchte erst das eine Bündel, dann das andere. Im zweiten fand er, was er suchte.

Er hielt die kleine Phiole aus grünlichem Glas gegen das Licht, und ihr geringes Gewicht bewog ihn, noch bevor er die Menge der Flüssigkeit gesehen hatte, sich sehr zu wundern. Das Fläschchen enthielt nur mehr ein Viertel des ursprünglichen Inhalts.

Sekundenlang stand Cadfael stocksteif da und starrte stumm vor sich hin, die Phiole in der Hand. Columbanus mochte hin und wieder das Bedürfnis empfunden haben, einer drohenden geistigen Verwirrung vorzubeugen, aber Cadfael konnte sich nicht erinnern, daß der Bursche irgend etwas darüber gesagt oder jene gelassene Ruhe ausgestrahlt hätte, die der Mohnsaft hervorzurufen pflegte. Aus der Flasche war eine ausreichende Menge verschwunden, um einen Mann für viele Stunden in tiefen Schlaf zu versetzen! Und nun fiel ihm ein, daß der junge Bruder zumindest einmal tagsüber geschlafen hatte, statt zu beten. An Rhisiarts Todestag hatte Columbanus seine Pflicht versäumt und dies voll herzbewegender Reue gestanden. Columbanus, der den Sirup kannte und um dessen Wirkung wußte...

»Was sollen wir jetzt tun?« fragte Peredur, den Cadfaels Schweigen mit Unbehagen erfüllte. »Wenn diese Arznei nicht gut schmeckt, wird es uns wohl kaum gelingen, sie meiner Mutter einzuflößen.«

»Sie schmeckt sehr süß.« Aber es war nicht mehr viel davon übrig, deshalb würde eine zusätzliche Stärkung erforderlich sein. »Wir mischen sie mit starkem Wein, dann wird Frau Branwen sie sicher trinken.«

Cadfael erinnerte sich, daß die beiden Mönche eine Flasche Wein mitgenommen hatten, als sie an jenem Tag zur Kapelle gegangen waren. Bruder Columbanus hatte sie getragen – und eine Flasche Wasser für sich selbst, da er auf Alkohol verzichten wollte, bis der Zweck der Pilgerfahrt erfüllt war. Jerome hatte also eine doppelte Ration bekommen. Doch dann verdrängte Cadfael diese Gedanken, um sich mit dem nächstliegenden Problem zu befassen.

Peredur meinte, seine Mutter würde lieber Met statt Wein trinken, und eilte davon, um einige Minuten später mit einem gefüllten Becher zurückzukehren. »Der Met ist noch viel stärker als Wein«, erklärte er.

»Sehr gut!« sagte Cadfael. »Dann wird er den Geschmack der Medizin besser verdecken. Und jetzt zieh dich in eine stille Ecke zurück und komm mir vorerst nicht mehr unter die Augen, dies ist das Beste, was du für sie tun kannst, und weiß Gott auch das Beste für dich selbst nach einem solchen Tag. Gräme dich nicht allzusehr wegen deiner Sünden, so schlimm sie auch sein mögen. Es gibt keinen Beichtvater in diesem Land, der nicht schon ärgere Dinge gehört hätte, ohne auch nur mit der Wimper zu zucken. Es liegt eine gewisse Arroganz darin, sich einzubilden, man hätte so schwer gesündigt, daß es keine angemessene Strafe dafür gäbe.«

Das süße klebrige Getränk wirbelte im Becher umher, und der Sirup bildete eine lange Spirale darin, die langsam schmolz und sich schließlich völlig auflöste. Mit düsteren Augen starrte Peredur auf die Flüssigkeit, dann sagte er leise: »Seltsam – an einem Menschen, den ich hasse, hätte ich niemals so schäbig handeln können.«

Cadfael rührte in dem Becher. »Das ist gar nicht seltsam. Wenn wir unglücklich sind, gehen wir so weit, wie wir es wagen, und wenn wir uns eines Menschen sicher sind, wagen wir sehr weit zu gehen. Denn wir rechnen damit, daß er uns verzeihen wird.«

Peredur biß sich auf die Lippen. »Können wir wirklich damit rechnen?«

»Ebenso wie mit dem Sonnenaufgang morgen früh, mein Sohn. Und jetzt verschwinde und hör auf, dumme Fragen zu stellen. Vater Huw hat heute keine Zeit für dich, weil er sich mit wichtigeren Angelegenheiten befassen muß.«

Wie ein folgsames Kind ging Peredur davon – verwirrt, aber auch getröstet. Und wo immer er sich auch verbarg, er hatte ein gutes Versteck gewählt, denn Cadfael sah ihn nicht mehr an diesem Abend. Im Grunde war er ein guter Junge, und seine heftige Anwandlung von Neid und Niedertracht hatte ihm einen seiner Wesenszüge vor Augen geführt, der ihm ganz und gar nicht gefiel. Welche Gebete Vater Huw ihm auch immer als Buße auferlegen mochte, sie würden mit unwiderstehlicher Inbrunst den Himmel erreichen. Und welche Arbeit er auch immer zur Strafe erledigen würde – das Ergebnis würde unerschütterlich und dauerhaft wie eine Eiche sein.

Cadfael eilte mit dem Becher zu Frau Branwen, die noch immer von unkontrollierbarem Schluchzen geschüttelt wurde – diesmal in echter Verzweiflung, erschöpft vom Anfall, aber unfähig, ihn zu beenden. Er nutzte ihre Müdigkeit aus, reichte ihr den Becher mit einer autoritären Geste, die den gewünschten Effekt erzielte, bevor sie sich auf ihren Widerspruchsgeist besinnen konnte.

»Trink das!« Und sie trank ganz automatisch die erste Hälfte der Flüssigkeit, weil sie überrumpelt worden war, die zweite, weil sie spürte, wie trocken und wund sich ihre Kehle nach dem wütenden Geschrei anfühlte und wie süß dieses Gebräu schmeckte. Die Schluckbewegungen unterbrachen den beängstigenden Rhythmus ihres Keuchens, das ihr noch ärger zugesetzt hatte als das Schluchzen. Vater Huw wischte sich mit seinem Ärmel den Schweiß von der Stirn. Frau Branwen begann erneut zu klagen, doch ihre Proteste klangen halbherzig, verglichen mit dem vorangegangenen wilden Gebrüll.

»Wir Frauen, wir Mütter opfern unser Leben, um Kinder großzuziehen, und wenn sie erwachsen sind, danken sie uns, indem sie Schande über uns bringen. Was habe ich verbrochen, um das zu verdienen?«

»Er wird dir sicher noch Ehre machen«, entgegnete Cadfael lächelnd. »Steh ihm bei, wenn er Buße tut, aber versuche niemals, seine Sünde zu entschuldigen, und er wird es dir lohnen.«

Sie ignorierte diesen Rat, obwohl sie sich später vielleicht daran erinnern würde. Ihre Stimme wurde immer schwächer, während sie ihr gekränktes Selbstbewußtsein verteidigte, verebbte in einem träumerischen Trauermonolog und nahm einen Audruck stiller Zufriedenheit an, bevor sie schließlich ganz verstummte. Cadwallon seufzte tief und sah den Mönch fragend an.

»Ruf ihre Frauen, sie sollen die Herrin zu Bett bringen«, sagte Cadfael. »Sie wird tief und fest schlafen bis morgen früh, und das wird ihr guttun.« Und dir auch, dachte er, sprach es aber nicht aus. »Gönne auch deinem Sohn ein wenig Ruhe. Erwähne seine Verfehlung nicht mehr, höchstens in beiläufigem Ton, als würde es sich um eine ganz alltägliche Sache handeln. Aber wenn er dir sein Herz ausschütten will, mußt du für ihn dasein. Vater Huw wird sich um sein Seelenheil kümmern.«

»Ja, das werde ich tun«, versicherte der Priester. »Er ist unserer Mühe wert.«

Frau Branwen ließ sich widerstandslos ins Bett bringen, und eine wunderbare Stille erfüllte das Haus. Cadfael und Huw gingen hinaus, bis zum Hoftor von dem dankbaren, immer noch konfusen Cadwallon begleitet. Am Ende des Palisadenzauns nahm sie das schweigende Dunkel des Waldes auf.

»Es ist Zeit fürs Abendessen – vielleicht sogar schon für die Abendmesse«, sagte Vater Huw müde. »Was hätten wir nur ohne dich gemacht, Bruder Cadfael? Ich komme nicht mit den Frauen zurecht – sie verwirren mich völlig. Und es erstaunt mich, daß du gelernt hast, so gut mit ihnen umzugehen – du, ein Klosterbruder.«

Cadfael dachte an Bianca und Arianna und Mariam und an all die anderen, die er für so kurze Zeit gekannt hatte und die ihm doch so vertraut gewesen waren. »Männer und Frauen haben dieselben menschlichen Eigenschaften, Huw. Beide bluten, wenn sie verwundet werden. Sicher, Frau Branwen ist eine arme törichte Frau, aber es gibt auch viele arme törichte Männer – und Frauen, die ebenso stark und tüchtig sind wie wir.« Dachte er jetzt an Mariam oder an Sioned? »Geh jetzt essen, Huw, und entschuldige mich. Wenn ich noch vor der Komplet kommen kann, werde ich es tun. Aber zuvor muß ich etwas in Beneds Schmiede erledigen.«

Die leere Phiole schwang in der Tasche seines rechten Ärmels hin und her und erinnerte ihn an die Schlüsse, die er aus seinen Beobachtungen gezogen hatte. Noch bevor er die Schmiede erreichte, wußte er, was geschehen mußte, hatte aber noch immer keine Ahnung, wie er die Sache anpacken sollte.

Cai saß mit Bened auf der Bank unter der Dachrinne, ein Weinkrug stand zwischen ihnen. Sie unterhielten sich nicht, sondern warteten schweigend auf Cadfaels Ankunft, und dafür konnte es nur einen Grund geben – Sioned hatte ihnen gesagt, daß er kommen würde.

Bened schüttelte seinen grauen Kopf. »Ein schönes Durcheinander ist das! Und morgen wirst du abreisen und uns mit unseren Problemen allein lassen. Ich mache dir keinen Vorwurf, denn du mußt deine Pflicht tun – wie sollen wir Rhisiarts Mörder finden, wenn du nicht mehr hier bist? Mehr als die Hälfte der Dorfbewohner glaubt, daß ihr Mönche ihn getötet habt. Und die anderen denken, daß ein Feind aus Gwytherin die Gelegenheit genutzt und euch die Schuld aufgebürdet hat. Bevor ihr kamt, waren wir eine friedliche Gemeinde, und niemand trug sich mit Mordgedanken.«

»Gott weiß, daß wir euch nicht ins Unglück stürzen wollten«, entgegnete Cadfael. »Aber noch liegt eine ganze Nacht vor uns, und ich habe meinen letzten Schuß noch nicht abgefeuert. Jetzt muß ich mit Sioned sprechen. Wir haben eine ganze Menge zu tun – und nicht mehr viel Zeit.«

»Trink erst einen Schluck mit uns, bevor du zu ihr gehst«, bat Cai. »Das dauert nicht lange, und der Wein wird deinen Verstand schärfen.«

Sie saßen beisammen, drei einfache, ehrliche Männer, und es befand sich nur noch ein kleiner Rest im Krug, als das Gatter geöffnet wurde. Schnelle leichtfüßige Schritte näherten sich, und dann stand Annest vor ihnen, aufgeregt und atemlos – und sichtlich wütend beim Anblick der drei Freunde, die in aller Seelenruhe ihren Wein tranken.

»Setzt euch lieber in Bewegung!« stieß sie keuchend hervor. »Ich war bei Vater Huw, um zu sehen, was da los ist. Marared und Edwin haben für uns die Augen offengehalten. Wißt ihr, wer heute mit den Benediktinern zu Abend ißt? Griffith ap Rhys, der Amtmann! Und wißt ihr, wohin er danach gehen wird? Zu unserem Haus, um Bruder John gefangenzunehmen!«

Diese Neuigkeit brachte sie sofort auf die Beine, obwohl Bened skeptisch die Stirn runzelte. »Er kann nicht hier sein. Als ich zuletzt von ihm hörte, war er bei der Mühle.«

»Ja – heute morgen! Und jetzt ißt und trinkt er mit Prior Robert und den anderen. Ich habe ihn mit meinen eigenen Augen gesehen, also rede mir nicht ein, daß er woanders ist. Und ihr sitzt hier und trinkt, als wäre alles in schönster Ordnung!«

»Warum hat er es plötzlich so eilig?« fragte Bened. »Hat der Prior nach ihm geschickt – weil er morgen abreisen will?«

»Es war reiner Zufall. Er kam zur Abendmesse, um Vater Huw seine Reverenz zu erweisen, doch es war der Prior, der die Messe las, und der packte die Gelegenheit sofort beim Schopfe und sagte ihm, Bruder John müßte noch heute abend festgenommen werden, denn er könnte Gwytherin nicht verlassen, solange sich der junge Bruder nicht in den Händen des Gesetzes befände. Er erklärte, der Amtmann solle ihn wegen Begünstigung eines Verbrechers verhaften und ihn, wenn er seine Strafe verbüßt hat, nach Shrewsbury schicken, wo er sich ebenfalls wegen eines Vergehens verantworten müßte. Sonst würde der Prior eine Eskorte schicken, um ihn holen zu lassen. Was blieb dem Amtmann anderes übrig, als sich zu fügen, da er so bedrängt wurde? Und ihr sitzt da...«

»Schon gut, Mädchen!« beschwichtigte Cai die erregte Annest. »Ich werde sofort die erforderlichen Maßnahmen ergreifen. Bruder John wird in Sicherheit gebracht, bevor ihm der Amtmann in die Nähe kommt. Ich nehme eins von deinen Ponys, Bened.«

»Sattle auch für mich eins!« verlangte Annest. »Ich komme mit.«

Cai lief zur Weide, und Annest, die nun ruhiger atmete, nachdem sie die Hiobsbotschaft überbracht hatte, trank den restlichen Wein und seufzte tief auf. »Wir müssen uns beeilen, denn dieser junge Bruder, der die Pferde versorgt, soll sie nach dem Essen bereithalten. Der Prior will dabei sein, wenn John festgenommen wird. Und er hat sich beschwert, weil du nicht da warst, Bruder Cadfael. Er hätte einen Dolmetscher gebraucht. Sie haben sich mühsam in Latein unterhalten. Oh, was für ein Tag war das!«

Und was wird das für eine Nacht werden, dachte Cadfael. »Was ist sonst noch geschehen, mein Kind? Hast du irgend etwas gehört, das mir einen Fingerzeig geben könnte. Der Himmel weiß, daß ich einen brauche.«

»Sie besprachen, wer in der Kapelle wachen soll. Der junge blonde Mönch, der die Visionen hatte, erbot sich, diese Aufgabe zu übernehmen. Er meinte, er hätte einmal seine Pflicht vernachlässigt, und das wollte er wiedergutmachen. Der Prior war einverstanden. Dieser junge Bruder – wie heißt er doch?«

»Columbanus.«

»Ach ja – Columbanus! Er führt sich auf, als würde die heilige Winifred ganz allein ihm gehören. Ich will nicht, daß sie von hier weggeht – aber immerhin war es der Prior, der diese

Idee hatte –, und jetzt hat sich dieser junge Bursche den Heiligenschein aufgesetzt!«

Sie wußte es nicht, aber sie hatte Cadfael tatsächlich einen Hinweis gegeben, und mit jedem Wort, das sie sagte, sah er klarer. »Columbanus wird also vor dem Altar Wache halten? Ganz allein?«

»Ja, nach allem, was ich gehört habe.«

Cai kam mit den Ponys zurück. Annest sprang auf, schürzte ihre Röcke und band ihren Gürtel um die gebauschten Falten an ihren Hüften. »Bruder Cadfael, du findest es doch nicht falsch, daß ich John liebe? Oder daß er mich liebt? Die anderen sind mir gleichgültig, aber ich wäre traurig, wenn du dächtest, daß wir etwas Böses tun.«

Für sich selbst hatte Cai keinen Sattel gebracht, aber für Annest stand ein gesatteltes Pony bereit. Bruder Cadfael formte mit seinen Händen einen Steigbügel, und sie schwang sich auf den Rücken des Tieres. Der frische Duft ihrer Leinenröcke, die glatte Haut ihres Fußknöchels, die sein Handgelenk streifte, gestalteten diesen Augenblick zu einem der angenehmsten an diesem langen, chaotischen Tag. »Und wenn ich noch fünfzig Jahre leben sollte, mein Kind«, erwiderte er, »ich bezweifle, daß ich jemals wieder zwei Menschenkindern begegnen werde, die ich für weniger böse halten müßte. Er hat einen Fehler gemacht, als er ins Kloster ging, aber jeder Mann sollte die Möglichkeit erhalten, noch einmal von vorn anzufangen. Diesmal glaube ich nicht, daß er einen Fehler begeht.«

Er sah sie den Hang hinaufreiten, in einem schnellen Trab, dem sich Cai gutmütig anpaßte. Die beiden hatten einen großen Vorsprung. Es würde noch etwa zehn Minuten dauern, bis Columbanus ankam, um die Pferde zu holen, und danach mußte er sie noch zur Pfarrei bringen. Cadfael sagte sich, daß es ratsam wäre, Prior Robert als Dolmetscher beizustehen, doch in diesem Fall mußte er sich beeilen, denn er hatte noch einiges mit Sioned zu besprechen. Die Vorhaben dieser Nacht mußten sorgfältig geplant werden. Sobald Annest und Cai im Wald verschwunden waren, ging er ins Haus, und das

Mädchen lief ihm eifrig entgegen. »Ich hatte erwartet, daß Annest noch vor dir kommen würde. Sie ist zu Vater Huw gegangen, um herauszufinden, was dort los ist. Ich wollte mich nicht blicken lassen. Wenn die Leute glauben, daß ich daheim bin – um so besser. Hast du Annest gesehen?«

»Ja, und ich habe auch ihre Neuigkeiten gehört.« Cadfael erzählte Sioned, was der Amtmann und der Prior vorhatten und wohin ihre Freundin geritten war. »Mach dir keine Sorgen um John, der ist längst über alle Berge, wenn sie dein Haus erreichen. Jetzt haben wir etwas anderes zu tun. Wir dürfen keine Zeit verschwenden. Der Prior erwartet sicher, daß ich ihn begleite, und es ist wohl besser, wenn ich dabei bin und nach dem Rechten sehe. Wenn wir unsere Aufgabe so gut erfüllen wie Annest und Cai die ihre – wovon ich überzeugt bin –, werden wir morgen früh die ganze Wahrheit wissen.«

»Du hast etwas herausgefunden, Bruder Cadfael.« Es war keine Frage, sondern eine Feststellung. »Du bist irgendwie verändert – und du scheinst deiner Sache sicher zu sein.«

Er schilderte, was in Cadwallons Haus vorgefallen war, daß er vergeblich überlegt hatte, wie er seine Entdeckung nutzen konnte, und daß Annest, ohne es zu ahnen, dieses Problem gelöst hatte. Dann erklärte er Sioned, wie sie vorgehen sollte. »Heute nacht mußt du deine englischen Sprachkenntnisse verwerten. Diesmal stellen wir dem Schuldigen eine gefährlichere Falle als je zuvor – aber ich werde in der Nähe bleiben. Du könntest auch Engelard holen, aber er darf sich nicht zeigen. Wenn du Angst hast und es lieber nicht tun möchtest, dann sag es mir, mein Kind, und ich werde mir etwas anderes ausdenken.«

»Ich fürchte mich nicht, und ich bin bereit, alles zu wagen.«

»Dann setz dich zu mir und lerne die Rolle gut, die du spielen mußt. Wir haben nicht viel Zeit. Und während wir unsere Pläne schmieden – könntest du mir etwas Brot und Käse bringen? Ich habe das Abendessen versäumt.«

Prior Robert und Bruder Richard ritten in Rhisiarts Hof, den Amtmann zwischen sich, gefolgt von dessen beiden Knappen und Bruder Cadfael. Es war halb acht vorbei, die Abenddämmerung hatte begonnen. Selbstsicher saß Prior Robert im Sattel, als würde er das Gesetz verkörpern, als dessen Arm Griffith ap Rhys fungierte, und nicht Owain Gwynedd. Der Amtmann war ziemlich verärgert über diese unglückselige Begegnung, die ihm keine andere Möglichkeit gelassen hatte, als Roberts Wünsche zu erfüllen. Das walisische Gesetz war verletzt worden, man hatte ihn darüber informiert. Es war seine Pflicht, den Fall zu untersuchen – obwohl er es angesichts der Umstände vorgezogen hätte, die Benediktinerdelegation nach Shrewsbury zurückzuschicken, mit dem guten Rat, sich dort selber um ihren Kram zu kümmern, statt einen vielbeschäftigten Mann zu belästigen, der wichtigere Dinge zu erledigen hatte. Unglücklicherweise hatte Cadwallons Leibeigener, der langbeinige Bursche, den Bruder John zu Fall gebracht hatte, eine wortreiche Aussage gemacht, um die Anklage zu untermauern. Sonst wäre es einfacher gewesen, die Sache zu ignorieren.

Am Hoftor stand kein Wachtposten, und das war seltsam. Als sie weiterritten, sahen sie einige Leute aufgeregt umherlaufen, als wäre irgend etwas Unerwartetes geschehen. Wirre, widersprüchliche Befehle wurden von mehreren Autoritäten gleichzeitig erteilt. Kein Reitknecht eilte herbei, um die Pferde der Besucher zu übernehmen. Prior Robert war ungehalten. Griffith ap Rhys sah sich interessiert um. Endlich nahm man Notiz von ihnen, eine hübsche junge Person in einem grünen Kleid lief ihnen entgegen, mit hochgerafften Röcken und zerzaustem hellbraunen Haar.

»Oh, meine Herren, ihr müßt unsere Nachlässigkeit entschuldigen. Der Pförtner wurde abberufen, und die Reitknechte sind auf der Jagd . . . Aber es beschämt mich, daß unsere Schwierigkeiten einen Schatten auf unsere Gastfreundschaft werfen. Meine Herrin ruht und darf nicht gestört werden, doch ich stehe euch zu Diensten. Würdet ihr bitte absteigen? Soll ich ein Nachtquartier vorbereiten lassen?«

»Wir wollen nicht bleiben«, antwortete Griffith ap Rhys und musterte das hübsche Mädchen wohlgefällig. »Wir sind nur gekommen, um euch die Verantwortung für einen gewissen jungen Missetäter abzunehmen, der hier festgehalten wird. Aber ihr habt offenbar andere Probleme, und wir bedauern es, daß wir euch jetzt auch noch zur Last fallen und womöglich die junge Dame beunruhigen – nach allem, was sie durchmachen mußte.«

»Mein Kind«, sagte Prior Robert höflich, aber im Befehlston, »du sprichst mit dem Amtmann von Rhos, und wie du weißt, bin ich der Prior des Shrewsbury-Klosters. Ihr habt einen Mönch aus dieser Abtei in eurem Gewahrsam, und der Amtmann ist gekommen, um euch von dieser Sorge zu befreien.«

Pflichtbewußt und ernsthaft übersetzte Cadfael diese Worte für Annest, deren Gesicht ebenso arglos war wie das seine.

»Oh, meine Herren!« Sie machte einen tiefen Knicks vor dem Amtmann und einen weniger tiefen vor dem Prior, unterschied geflissentlich zwischen der Autorität ihres Landes und der fremden. »Es stimmt, wir hatten einen Gefangenen…«

»Ihr *hattet* einen Gefangenen?« rief der Prior mit scharfer Stimme, nachdem Cadfael Annests Antwort übersetzt hatte.

»Ihr hattet einen Gefangenen?« wiederholte Griffith nachdenklich.

»Er ist verschwunden, mein Herr. Du siehst ja, welche Verwirrung er verursacht hat. Als ihm sein Bewacher heute abend das Essen brachte, schlug ihn dieser Mönch mit einem Brett nieder. Er hatte es aus einem Futtertrog in der Scheune gerissen, in der wir ihn gefangenhielten. Danach lief er davon, und es dauerte eine ganze Weile, bis wir merkten, was geschehen war. Er muß über den Zaun geklettert sein. Ihr seht ja, daß der nicht besonders hoch ist. Jetzt suchen die Männer in den Wäldern nach ihm. Aber ich fürchte, er ist weg.«

Cais Auftritt erfolgte genau zum richtigen Zeitpunkt. Mit

unsicheren Schritten kam er aus einer Scheune, ein Tuch mit roten Flecken um den Kopf gewunden.

»Das ist der arme Mann, den der Schurke niedergeschlagen hat«, erklärte Annest. »Es dauerte ziemlich lange, bis er sich zur Haustür schleppen und dagegen hämmern konnte. Wir wissen nicht, wie weit der Bursche gekommen ist, aber der ganze Haushalt macht Jagd auf ihn.«

Der Amtmann tat seine Pflicht und verhörte Cai. Er befragte auch die anderen Dienstboten, die umherrannten, um sich nützlich zu machen, mit dem Erfolg, daß die allgemeine Verwirrung noch wuchs. Prior Robert, von wütender Rachsucht ergriffen, hätte sie etwas strenger ins Verhör genommen, doch dazu war er in Gegenwart des Amtmanns nicht befugt. Außerdem hatte er nicht mehr viel Zeit, denn die Komplet würde bald beginnen. Jedenfalls stand es fest, daß Bruder John nicht mehr da war. Bereitwillig zeigten die Leute den hohen Besuchern die Scheune, in der sie Bruder John gefangengehalten hatten, und das Brett, mit dem er seinen Bewacher ausgeschaltet hatte – ein Brett, das kunstvoll mit Cais Blut bespritzt war, vermutlich mit roter Farbe.

»Offensichtlich hat uns der junge Mann hereingelegt«, meinte Griffith mit bewundernswerter Gelassenheit, denn immerhin hatte sich ein Übeltäter dem Zugriff des Gesetzes entzogen. »Wir können hier nichts mehr tun. Den Leuten dürfen wir keinen Vorwurf machen, denn sie konnten nicht damit rechnen, daß ein Benediktinermönch gewalttätig werden würde.«

Genüßlich übersetzte Cadfael diese spitze Bemerkung, die den Blick des hübschen Mädchens in Grün aufleuchten ließ – was dem Amtmann nicht entging. Doch ein neuerlicher Versuch, der Sache auf den Grund zu gehen, wäre töricht gewesen. Die klaren braunen Augen hätten sich weit geöffnet, um gekränkte Unschuld auszudrücken, mit einer Überzeugungskraft, der Griffith nichts entgegensetzen könnte. »Lassen wir sie in Ruhe«, schlug er vor, »damit sie ihre zerbrochenen Futtertröge und Köpfe reparieren können, und suchen wir anderswo nach dem Flüchtling.«

»Der Schurke hat seinem Verbrechen ein zweites hinzugefügt«, stieß Robert wütend hervor. »Aber meine Mission darf nicht von seinen Missetaten gestört werden. Morgen muß ich heimreisen und es dir überlassen, ihn gefangenzunehmen.«

»Du kannst dich darauf verlassen, daß er bestraft wird, wie er es verdient«, erwiderte Griffith trocken, »falls wir ihn schnappen.« Wenn er das Wort ›falls‹ mit einer besonderen Betonung aussprach, so bemerkte es niemand außer Cadfael und Annest. Mittlerweile hatte Annest festgestellt, daß ihr der prinzliche Beamte ausnehmend sympathisch war. Sie wußte, daß er sich vernünftig verhalten und keine unnötigen Schwierigkeiten machen würde.

»Wirst du ihn zu uns schicken, wenn er sein Vergehen nach dem walisischen Gesetz gebüßt hat?«

»Wenn er das getan hat«, entgegnete Griffith, diesmal mit deutlicher Betonung des Wortes ›wenn‹, »wird er euch überantwortet.« Damit mußte sich Prior Robert zufriedengeben, obwohl seine rachsüchtige Normannenseele vor Zorn glühte. Auf dem Rückweg konnten ihn Griffiths Berichte über die zahllosen entflohenen Häftlinge, die in diesen Wäldern ihr Dasein fristeten, keineswegs besänftigen. Der Amtmann erzählte, diese Leute würden sogar Freunde unter der Landbevölkerung finden, in Familien aufgenommen werden und teilweise zu hohem Ansehen gelangen. Der Gedanke, ein Vergehen könnte mit der Zeit in Vergessenheit geraten oder sogar toleriert werden, beleidigte Roberts Gerechtigkeitssinn. Er war wahrlich nicht in christlicher Stimmung, als er die Pfarrei erreichte – gerade noch rechtzeitig, um an der Komplet teilzunehmen.

Alle hatten sich eingefunden, alle bis auf Bruder John – die restlichen fünf Mönche von Shrewsbury und viele Dorfbewohner. Denn sie wollten Columbanus' letzten Ausbruch göttlicher Ekstase miterleben, die nun einzig und allein St. Winifred galt, seiner persönlichen Schutzheiligen, die ihn vom Wahnsinn geheilt hatte und ihm erschienen war, um ihre Wünsche kundzutun. Nach der Komplet trat er vor den

Altar und betete mit hoher, klarer Stimme um einen weiteren Gnadenbeweis. Die jungfräuliche Märtyrerin möge ihn auch heute während seiner einsamen Wache in der Kapelle aufsuchen, in der Stille der Nacht, und ihm erneut jene unaussprechliche Glückseligkeit gewähren, aus der er nur widerstrebend in diese unvollkommene Welt zurückgekehrt wäre. Mehr noch – wenn sie ihn diesmal für würdig hielte, seinen Leib zu verlassen, möge sie ihn emportragen in jene Sphäre des Lichts. Demütig versicherte er, daß er auch fürderhin willens wäre, hier unten zu bleiben und seine Pflichten zu erfüllen – doch er wäre von dem heiligen Verlangen besessen, alles Fleischliche abzustreifen, über die Schwelle des Todes zu schreiten, ohne zu sterben, wenn es St. Winifred gefiele.

Alle Anwesenden erbebten angesichts dieser reinen Tugend – alle außer Cadfael, der nicht einmal mehr vor Zorn über die Arroganz dieses Menschen zitterte und seine Gedanken auf andere Dinge konzentrierte.

10.

Bruder Columbanus betrat die kleine dunkle Kapelle, die nach Holz und den Gerüchen von Jahrhunderten duftete. Leise schloß er die Tür hinter sich, ohne den Riegel vorzuschieben. Er entzündete keine Kerzen, nur die Öllampe auf dem Altar, deren Docht einen reglosen Lichtkreis verströmte, schwarze Schatten in die Ecken warf und das Silber auf dem schwarzen Holz des Reliquiars, der davor auf dem Tisch stand, aufleuchten ließ.

Jenseits dieses goldenen Lichts war das Dunkel erfüllt vom Staub des Altars und des Verfalls. Neben dem Altar führte eine Tür in die winzige Sakristei, doch aus jener Richtung kam kein Luftzug, der die Flamme der Öllampe bewegt hätte. Kein Wind wehte, nichts atmete, nichts störte die Stille.

Bruder Columbanus verneigte sich vor dem Altar – kurz und fast brüsk. Niemand war zu sehen, er war allein gekommen, und auf dem Weg durch die Wälder und über den Friedhof hatte er keine Menschenseele gehört oder erblickt. Er rückte einen Betstuhl in die Mitte der Kapelle, gegenüber dem Schrein. Seine Bewegungen waren viel ruhiger und zweckmäßiger als sonst, wenn er sie vor Publikum vollführte, doch davon abgesehen verhielt er sich wie üblich. Er war gekommen, um die Nacht auf seinen Knien zu verbringen, und das wollte er auch tun. Doch es war überflüssig, sich vor dem Morgen abzuquälen, wenn seine Brüder erscheinen würden, um die heilige Winifred in ehrerbietiger Prozession durch den Wald zu tragen, auf der ersten Etappe ihrer Heimreise. Columbanus machte aus den Falten seiner Kutte ein weiches Polster für seine Knie, dann legte er den Kopf auf die verschränkten Arme. Die Nacht war mild, und das stille Dunkel schläferte ihn ein.

Es kam ihm so vor, als hätte er nur wenige Minuten geschlummert, als er plötzlich hochschreckte. Aber es waren drei Stunden vergangen, die Mitternacht rückte näher, als sein Schlaf von einem beharrlichen Traum gestört wurde. Irgend jemand – eine Frau – rief immer wieder seinen Namen, mit leiser, klarer Stimme, mit unerschöpflicher, unerschütterlicher Geduld. »Columbanus... Columbanus...« Sogar im Schlaf spürte er, daß diese Frau unendlich viel Zeit hatte und bereit war, immer wieder nach ihm zu rufen, während ihm keine Zeit mehr blieb, denn er mußte erwachen und sie loswerden.

Er richtete sich auf, streckte die steifen Arme und lauschte mit angehaltenem Atem. Sein Blick irrte umher, doch da war nur das warme Dunkel, das ihn wie zuvor einhüllte, und da stand das Reliquiar, schwärzer als vorher, oder es erschien ihm nur so, weil die Flamme der Öllampe schwächer geworden war und sich hinter dem Sarg verbarg. Er hatte vergessen, nach dem Öl zu schauen. Und doch wußte er, daß die Lampe voll gewesen war, als er sie zuletzt gesehen hatte, nach Rhisiarts Begräbnis, und das war noch nicht lange her.

Von allen seinen Sinnen schien das Gehör der letzte zu sein, der wieder funktionierte, denn nun merkte er – schaudernd vor Angst –, daß die Stimme aus seinem Traum immer noch seinen Namen rief, die ganze Zeit nach ihm gerufen und sich übergangslos vom Traum in die Wirklichkeit begeben hatte. Es war eine sanfte, leise, unbeirrbare Stimme – kein Flüstern, sondern ein klarer, deutlicher Ruf, der mal aus der Ferne, dann wieder aus nächster Nähe zu ihm drang. »Columbanus... Columbanus... Was hast du getan?«

Sie kam aus dem Reliquiar, aus jenem Licht, das zu verlöschen schien, während er es in ungläubigem Entsetzen anstarrte.

»Columbanus, Columbanus, mein falscher Diener, der gegen meinen Willen Sakrilege begeht und meine treuesten Diener ermordet... Was willst du Winifred sagen, um dich zu verteidigen? Glaubst du, daß du mich ebenso täuschen kannst wie deinen Prior und deine Brüder?« Leidenschaftslos sprach die Stimme weiter, tönte aus der dunklen Apsis des Altars herab und hallte unheimlich wider in der kleinen Kapelle. »Du, der du behauptest, mein Anbeter zu sein, hast mir einen üblen Streich gespielt wie der böse Cradoc. Nie wollte ich meinen Ruheplatz in Gwytherin verlassen. Wer, außer dem Teufel deines persönlichen Ehrgeizes, hat dir etwas anderes erzählt? Ich wandte mich an einen guten Mann und beauftragte ihn, sich für meine Wünsche einzusetzen. An diesem Tag wurde er hier begraben, ein Märtyrer um meinetwillen. Diese Sünde ist im Buch des Himmels verzeichnet, und es gibt keinen Ort, wo du dich verstecken kannst. Warum«, sagte die Stimme kalt, herrisch und drohend, »hast du meinen Diener Rhisiart getötet?«

Er versuchte sich von seinen Knien zu erheben, doch die schienen am Holz des Betstuhles festgenagelt zu sein. Er versuchte zu sprechen, doch aus seiner engen Kehle kam nur ein schwaches Krächzen. Sie konnte nicht hier sein – hier war niemand! Aber die Heiligen gehen überallhin, so wie es ihnen gefällt, zeigen sich, wann immer es ihnen beliebt, und manchmal auf schreckliche Weise. Seine kalten Finger klammerten sich an den Betstuhl, seine Zunge preßte sich wie ein harter Splitter an seine Mundhöhle. Vergeblich bemühte er sich zu sprechen, zu protestieren.

»Es gibt keine Hoffnung für dich – es sei denn, du legst ein Geständnis ab, Columbanus, du Mörder! Sprich! Gestehe!«

»Nein!« Schmerzhaft rangen sich die Worte aus seiner Kehle. »Ich habe Rhisiart nicht angerührt. Ich war hier in deiner Kapelle, heilige Jungfrau, den ganzen Nachmittag. Wie hätte ich ihm etwas antun können? Ich habe mich gegen dich versündigt, weil ich einschlief – das gebe ich zu. Bürde mir keine größere Schuld auf...«

»Nicht du hast geschlafen«, entgegnete die Stimme, um eine Tonlage höher als zuvor, um eine Nuance erregter. »Lügner, der du bist! Wer hat den Wein getragen! Wer hat den Wein vergiftet, um auch den Unschuldigen zur Sünde zu verleiten? Bruder Jerome hat geschlafen – nicht du! *Du* gingst in den Wald hinaus, um auf Rhisiart zu warten und ihn niederzustrecken!«

»Nein – nein, ich schwöre es!« Zitternd und schwitzend stemmte er sich gegen den Betstuhl, doch seine Hände waren wie gelähmt, und er brachte nicht die Kraft auf, seinen Körper hochzuhieven und die Flucht zu ergreifen. Aber wie könnte man auch fliehen vor Geschöpfen, die überall sind und alles sehen. Kein Sterblicher würde wissen, was dieses Wesen wußte. »Nein, das ist nicht wahr! Du beschuldigst mich zu Unrecht. Ich schlief hier, als Vater Huws Bote zu uns kam. Jerome schüttelte mich wach... Der Bote kann es bezeugen...«

»Der Bote hat die Kapelle gar nicht betreten. Bruder Jerome war bereits aus seinem Drogenschlaf erwacht und ging ihm entgegen. Und du tatest so, als würdest du schlafen. Wer hat den Mohnsaft nach Gwytherin mitgebracht? Wer wußte Bescheid über seine Wirkungskraft? Du stelltest dich schlafend, und Bruder Jerome war froh, daß du ihn nicht der Pflichtvergessenheit bezichtigen konntest. Er wußte nicht, daß du gelogen hast, und deshalb hatte er dir nichts vorzuwerfen. Aber *ich* weiß es, und ich klage dich an. Meine Rache, die Cradoc traf, wird auch dich treffen, wenn du mich noch ein einziges Mal belügst!«

»Nein!« kreischte er und schlug die Hände vors Gesicht, als würde ihn die Heilige mit ihrem Licht blenden, obwohl er nur von ihrer leisen und doch so furchtbaren Stimme bedroht wurde. »Nein, verschone mich! Ich lüge nicht! Gesegnete Jungfrau, ich war dein treuer Diener... Ich habe versucht, deinem Willen zu gehorchen... Ich weiß nichts von alledem... Ich habe Rhisiart nichts zuleide getan – und ich habe Jerome keinen vergifteten Wein gegeben...«

»Narr!« Plötzlich begann die Stimme zu schreien. »Glaubst du wirklich, daß du mich täuschen kannst? Was ist denn das?«

Etwas Silbriges blitzte vor ihm auf, etwas fiel zu Boden, zerbrach klirrend dicht vor dem Betstuhl, winzige Glasscherben mit klebrigen Tropfen flogen auf Columbanus' Knie, gleichzeitig erlosch die Lampe, und schwarze Finsternis umgab ihn.

Zitternd und elend vor Angst, tastete sich Columbanus über den harten Lehmboden, Glassplitter zerstachen seine Handflächen, er begann zu bluten, hob eine Hand zum Gesicht, kostete den süßen Geschmack des Mohnsirups, und da wußte er, daß er zwischen den Scherben der Flasche kniete, die er in seinem Quartier auf Cadwallons Gehöft zurückgelassen hatte.

Es dauerte nicht länger als eine Minute, bis sich das schwarze Dunkel milderte, bis das kleine Fenster neben dem Altar ein helles Rechteck bildete, durch das die Nacht hereindrang – mondlos, aber von Sternen erleuchtet. Die Umrisse in der Kapelle waren wieder zu erkennen, wenn auch undeutlich, ein neues Entsetzen stieg in Columbanus auf, denn zwischen ihm und dem Reliquiar stand eine reglose Gestalt.

Als sich seine Augen an die Dunkelheit gewöhnt hatten, erblickten sie eine Frau, die von den Hüften abwärts mit den Schatten verschmolz, doch der Oberkörper und der Kopf wurden von den Sternen beschienen. Er hatte sie nicht kommen sehen, hatte nichts gehört. Sie mußte gekommen sein, während er zwischen den Scherben umhergekrochen war, sich die Hände blutig geritzt und gestöhnt hatte, als würde ihm dieser lächerliche, geringfügige Schmerz Qualen bereiten. Es war eine schlanke Gestalt, weiß gekleidet – Winifred in ihrem Totenhemd. Ein dünner Staubschleier schien ihr Gesicht zu verhüllen, ihr ausgestreckter Arm zeigte auf ihn.

Er wich zurück, mit erhobenen Händen, um sie abzuwehren. Tränen der Verzweiflung rannen über seine Wangen, mit heiserer Stimme stieß er hervor: »Ich tat es für dich und für unser Kloster – für den Ruhm unseres Hauses! Ich dachte, ich hätte die Erlaubnis dazu – von dir und vom Himmel. Er stand dem Willen Gottes im Wege! Er wollte dich nicht gehen lassen. Ich meinte es gut, als ich tat, was ich tat!«

»Sprich deutlicher!« befahl die Erscheinung mit scharfer Stimme. »Was hast du getan?«

»Ich mischte den Sirup in Jeromes Wein, und als er schlief, schlich ich mich hinaus in den Wald und wartete auf Rhisiart. Ich folgte ihm – streckte ihn nieder... O süße heilige Winifred, verdamme mich nicht, weil ich den Feind aus dem Weg räumte, der unser Glück bedrohte . . .«

»Du hast ihn hinterrücks erdolcht«, sagte die helle Gestalt, und ein plötzlicher Windstoß riß an ihrem Hemd, durchfuhr die Kapelle, ließ Columbanus bis auf die Knochen frieren. Als hätte sie ihn berührt! Und jetzt war sie näher gekommen, wenn er auch keine Bewegung gesehen hatte. »Du hast ihn hinterrücks erdolcht – wie ein feiger Verräter! Gestehe es! Sag alles!«

»Ja, – hinterrücks . . .«, stammelte Columbanus und zuckte zurück wie ein getretenes Tier, taumelte nach hinten, bis er gegen eine Wand stieß und sich nicht mehr weiter von ihr entfernen konnte. »Ich gestehe alles! Oh, barmherzige Heilige, du weißt es, und ich kann es nicht vor dir verbergen. Hab Mitleid mit mir! Vernichte mich nicht! Ich habe es für dich getan – nur für dich!«

»Du hast es für dich selbst getan«, widersprach die Stimme, kalt wie Eis. »Du, der du Herr deines Ordens werden wolltest – du mit deinem Ehrgeiz und deiner bösen Strategie. Du wolltest dich in dem Ruhm sonnen, den dir der Besitz meiner Reliquien eingebracht hätte, du wolltest dich als Liebling des Himmels brüsten, als Ausbund aller Tugenden, um Bruder Richard auszustechen und der Nachfolger deines Priors zu werden – und später wolltest du das Amt des Abtes übernehmen, das Prior Robert zustehen würde. Du wolltest der jüngste Mönch mit einer Mitra werden – in diesem oder in irgendeinem anderen Land. Keine Methode wäre dir zu skrupellos, wenn sie dich nur an die Macht bringt.«

»Nein, nein!« keuchte er, angstvoll an die Wand gepreßt, denn jetzt kam sie auf ihn zu, mit ausgestrecktem Arm, drohend wiesen die Fingerspitzen auf ihn. »Ich habe alles für dich getan – nur für dich! Ich dachte, ich würde deinen Willen erfüllen.«

»Meinen Willen?« Die Stimme schwoll zu einem durchdringenden Schrei an, scharf wie eine Dolchspitze. »Wollte ich, daß du Böses tust – daß du mordest?«

Sie hatte sich einen Schritt zu weit vorgewagt. In wilder

Angst schlug er nach ihr, um sie abzuwehren, und fuhr blindlings mit beiden Armen durch die Luft, um zu verhindern, daß sie ihn berührte. Seine linke Hand verfing sich in dem Schleier, der ihr Gesicht verbarg, und riß ihn herunter. Dunkles Haar fiel auf ihre Schultern, seine Finger streiften eine glatte, kühle Wange – kühl, aber nicht kalt, festes junges Fleisch, wo er in seinem namenlosen Grauen erwartet hatte, in die leeren Augenhöhlen eines Totenschädels zu greifen.

Er stieß einen Schrei aus, der in nacktem Entsetzen begann und in wildem Triumph endete. Die Hand, die eben noch vor einer Berührung zurückgeschreckt war, schlang sich in das dichte dunkle Haar. Columbanus reagierte blitzschnell. Es dauerte nur den Bruchteil eines Atemzugs, bis er wußte, daß eine Frau aus Fleisch und Blut vor ihm stand – und es dauerte kaum länger, bis er erkannte, wer sie war, was sie mit ihm gemacht und in welch ungeheuerliche Falle sie ihn gelockt hatte. Einen Atemzug später sagte er sich, daß sie vermutlich Komplizen hatte. Allem Anschein nach hatte sie ihm diese Falle ganz allein gestellt. Wenn sie weiterlebte, war er verloren, und wenn sie nicht weiterlebte, wenn sie verschwand ... Die Nacht würde noch lange währen, und er war immer noch Herr der Lage, Herr dieser Expedition und der Erbe ihrer glanzvollen Beute.

Es war sein Pech, daß Sioned ebensoviel Geistesgegenwart bewies wie er selbst. Im Dunkel, das ihre Augen nicht durchdringen konnten, hörte sie Columbanus' tiefen Seufzer der Erleichterung, der ihn von seiner Höllen- und Himmelsangst befreite, spürte die Welle tierischer Wut, die von ihm ausging, fast wie ein betäubender Gestank. Instinktiv sprang sie zurück, aus seiner Reichweite, was sie mit ein paar Haarsträhnen bezahlen mußte. Seine Hand tastete nach dem Leinentuch, in das sie sich gewickelt und das er für Winifreds Totenhemd gehalten hatte – ein Tuch, das nicht so leicht reißen würde wie ihr Haar. Sie wandte sich blitzschnell nach links, um seiner rechten Hand auszuweichen, und da sah sie, wie er in die Brusttasche seiner Kutte griff, sah Metall aufblitzen, als er ihr folgte und blindlings in das Dunkel stach. Und während sie vor der schimmernden Klinge floh, dachte sie: Dies ist der Dolch, der meinen Vater getötet hat.

Irgendwo hatte sich eine Tür geöffnet, denn plötzlich wehte der Nachtwind herein, Sandalen trommelten auf dem Lehmboden, eine breite, kräftige Gestalt näherte sich, und ein warnender Ruf erklang. Bruder Cadfael stürmte von der Sakristei in die Kapelle wie ein rasender Pfeil und warf sich zwischen den Mönch und das Mädchen.

Columbanus wollte gerade zum zweiten Mal zustechen. Mit der Linken umklammerte er das Laken, das Sioned umhüllte. Aber sie drehte sich, so daß ein Teil des Stoffes von ihr fiel, und der Dolchstoß, der für ihr Herz bestimmt war, traf nur ihren linken Unterarm und ritzte schmerzhaft die Haut auf. Plötzlich ließ er das Tuch los, und sie sank gegen die Wand. Columbanus flüchtete durch die Vordertür, während Sioned von starken Armen umfaßt und von einer wütenden Stimme angeschrien wurde: »Um Himmels willen, du dummes Kind, warum bist du ihm zu nahe gekommen? Ich habe dir doch gesagt, daß du hinter dem Schrein stehenbleiben sollst!«

»Lauf ihm nach!« stieß Sioned hervor. »Willst du, daß er entkommt? Er hat meinen Vater ermordet!«

Sie rannten zur Tür, und Cadfael stürzte sich als erster in die Nacht hinaus. Das Mädchen war stark und voller Rachsucht, eine Waliserin mit Leib und Seele. Ohne zu zögern, folgte es ihm, als er den schmalen Weg entlanglief, der zur Friedhofstür führte. Die Nacht war samtig schwarz, mit Sternen übersät, deren verschleiertes schwaches Licht kaum Schatten warf. Die Stille ringsum schluckte ihre Schritte.

Eine große schlanke geschmeidige Gestalt sprang aus den Büschen jenseits der Friedhofsmauer, um den Ausgang zu versperren. Columbanus sah ihn, verlangsamte seine Schritte, zögerte sekundenlang, doch Cadfael rannte hinter ihm her. Der Flüchtling faßte einen Entschluß, lief weiter, direkt auf den Schatten zu, der ihm in den Weg getreten war. Plötzlich schrie Sioned, die Cadfael dicht auf den Fersen blieb: »Vorsicht, Engelard! Er hat einen Dolch!«

Engelard hörte die Warnung und sprang nach rechts, als Columbanus ihn erreicht hatte, so daß der Dolchstoß, der seinem Herzen galt, nur seinen Ärmel aufriß. Der Mönch wollte an ihm vorbeistürmen und in den Wäldern Zuflucht suchen, doch Engelards langer linker Arm traf seinen Nacken und brachte ihn für einen Augenblick aus dem Gleichgewicht, während seine rechte Hand ihn an der Kapuze festhielt. Halb erdrosselt, wirbelte Columbanus herum, stach erneut mit seinem Dolch zu. Engelard war auf den Angriff vorbereitet und umklammerte mit der Linken das Handgelenk des Mönches. Schwankend rangen sie miteinander, und sie wären ebenbürtige Gegner gewesen, wären sie beide bewaffnet gewesen. Dieser Unterschied wurde bald ausgeglichen. Engelard verdrehte seinem Widersacher das Handgelenk und ignorierte Columbanus' freie Hand, die wie eine Kralle nach seiner Kehle griff. Endlich öffneten sich die betäubten Finger und ließen den Dolch fallen. Beide bückten sich danach, und Engelard war schneller, hob das Messer auf und schleuderte es verächtlich ins Gebüsch. Dann warf er sich mit bloßen Händen auf den Mönch. In Sekundenschnelle war der Kampf vorbei. Engelard hielt den Mönch fest und preßte ihm beide Arme an den Körper. Vergeblich versuchte Columbanus sich loszureißen.

»Ist das der Mann?« fragte der Angelsachse.

»Ja«, bestätigte Sioned. »Er hat den Mord gestanden.«

Erst jetzt wandte Engelard den Blick von seinem Gefangenen ab und sah sie im sanften Sternenlicht stehen, an das sich ihre Augen längst gewöhnt hatten, so daß es ihnen taghell erschien. Er schaute auf ihr zerzaustes Haar, die großen angstvollen Augen, die blutende Wunde am linken Arm, die Blutflecken auf dem Laken, in das sie sich gehüllt hatte. Im silbernen Sternenhimmel konnte man kaum Farben wahrnehmen, doch in dieser Sekunde war alles, was Engelard sah, blutrot. Dies war Rhisiarts feiger Mörder – der Mörder des Mannes, den Engelard trotz aller Meinungsverschiedenheiten als Freund betrachtet hatte. Und jetzt hatte er auch noch versucht, Rhisiarts Tochter zu töten.

»Du hast es gewagt, sie anzurühren!« schrie der Engländer, außer sich vor Zorn. »Du nichtswürdige Ratte!« Und er packte Columbanus am Hals, hob ihn vom Boden hoch, schüttelte ihn, als hielte er tatsächlich eine Ratte zwischen den Fingern, schleuderte ihn durch die Luft wie eine giftige Schlange und warf ihn dann ins Gras.

»Steh auf!« befahl er und starrte auf die verkrümmte Gestalt hinab. »Steh auf! Ich gebe dir Zeit, damit du dich ein wenig erholen und wieder zu Atem kommen kannst, dann wirst du mit mir kämpfen wie ein Mann, bis zum Tode – ohne den Dolch in deiner Hand. Du wirst kämpfen, wie es sich geziemt – und nicht durchs Unterholz kriechen, um dein Opfer hinterrücks zu erstechen, oder ein wehrloses Mädchen anzugreifen. Laß dir nur Zeit – ich werde dich erst töten, wenn du wieder atmen kannst.«

Sioned schlang die Arme um seinen Hals. »Nein! Rühr ihn nicht mehr an! Ich will nicht, daß du gegen das Gesetz verstößt!«

»Er wollte dich töten – du bist verletzt...«

»Es ist nur eine kleine Wunde.«

Langsam ließ sein Zorn nach. Er drückte sie an sich und berührte seinen Gegner angewidert mit der Fußspitze. »Steh auf! Ich werde dir nichts tun. Der Amtmann soll sich um dich kümmern.«

Columbanus bewegte sich nicht, zitterte nicht einmal, kein Augenlid flatterte, kein kleiner Finger zuckte. In plötzlichem Schweigen schauten die drei auf ihn hinab, als ihnen bewußt wurde, wie still er war – und wie selten eine solche Stimme in lebenden Körpern ist.

»Er macht uns was vor«, meinte Engelard voller Verachtung, »weil er fürchtet, es könnte ihm noch schlimmer ergehen – und um Mitleid zu erregen. Ich habe gehört, daß er ein großartiger Komödiant ist.«

Doch jene, die sich schlafend stellen und andere über sich reden hören, verraten sich zumeist durch eine übertriebene Demonstration ihrer vermeintlichen Unschuld. Und Columbanus' reglose Stille war völlig ausdruckslos.

Bruder Cadfael kniete neben ihm nieder, rüttelte ihn sanft an der Schulter und hielt den Atem an, als er die schlaffen Kopfbewegungen sah. Er schob die Hand in die Brusttasche von Columbanus' Kutte, beugte sich zu den geöffneten Lippen hinab, dann nahm er den Kopf zwischen beide Hände, drehte ihn vorsichtig hin und her und ließ ihn wieder los. Der Kopf fiel nach hinten und blieb in einer so unnatürlichen Haltung im Gras liegen, daß Sioned und Engelard das Schlimmste bereits wußten, als Cadfael in sachlichem Ton zu sprechen begann. »Du hättest vergeblich gewartet, bis er wieder zu Atem gekommen wäre, mein Freund, und du hast deine Kräfte unterschätzt. Du hast ihm das Genick gebrochen. Er ist tot.«

Benommen blickten sie auf den Mönch hinab. Noch war ihnen nicht zu Bewußtsein gekommen, daß sein Tod eine Katastrophe war, denn sie betrachteten dies als bedauernswerten Unfall, den niemand beabsichtigt hatte, der aber in gewisser Weise das Walten der Gerechtigkeit bewies. Cadfael befürchtete jedoch einen Skandal, der das Leben der beiden jungen Menschen und auch anderer zerstören könnte. Denn nachdem Columbanus tot war und nicht mehr gezwungen werden konnte, sein Geständnis vor amtlichen Zeugen zu wiederholen – welche Beweise wollten sie gegen ihn vorbringen? Nachdenklich kauerte Cadfael im Gras. Jetzt, wo sich die nächtliche Stille wieder herabgesenkt hatte, erschien es ihm seltsam, daß sich all diese leidenschaftlichen, heftigen Aktivitäten relativ leise und ohne größeres Publikum abgespielt hatten. Er lauschte, doch da waren weder Stimmen noch Schritte zu hören, die das Schweigen durchbrochen hätten, nicht einmal die Flügelschläge eines Vogels. Die nächsten Gehöfte lagen weit entfernt, keine Menschenseele war aus dem Schlaf gerissen worden. Dadurch gewannen sie wenigstens Zeit.

»Er – er kann nicht tot sein«, sagte Engelard unsicher. »Ich habe ihn doch kaum angerührt. So leicht stirbt man nicht.«

»Dieser Mann schon. Was sollen wir jetzt tun? Darauf war

ich nicht gefaßt.« Cadfael beklagte sich nicht, doch sein Tonfall ließ erkennen, daß er gründliche Überlegungen für erforderlich hielt und daß die beiden ihre Gehirne anstrengen sollten.

»Was können wir denn tun?« Für Engelard war die Situation völlig klar, wenn auch keineswegs erfreulich. »Wir müssen zu Vater Huw und deinem Prior gehen und ihnen alles erzählen. Was sollen wir denn sonst machen? Es tut mir leid, daß ich den Burschen getötet habe, aber ich kann nicht sagen, daß ich mich deshalb schuldig fühle.« Er erwartete auch nicht, daß ihn irgend jemand zur Rechenschaft ziehen würde. Die Wahrheit war immer der beste Weg. Diese unschuldige Haltung erweckte ein widerwilliges Gefühl der Zuneigung in Cadfael. Früher oder später würde die Welt Engelards Naivität besiegen, aber jene eine unverdiente Anklage hatte nicht einmal daran gekratzt. Er vertraute immer noch auf die Vernunft der Menschen. Cadfael bezweifelte, daß sich Sioned ebenso sicher fühlte. Ihr Schweigen verriet eher, daß sie Angst hatte und von dunklen Vorahnungen gequält wurde. Aus ihrer Wunde am Arm quoll immer noch Blut. Nun, eins nach dem anderen, dachte Cadfael. Wir können uns zumindest betätigen, während wir Pläne schmieden.

»Los, macht euch nützlich! Engelard, du hilfst mir, den Toten in die Kapelle zu tragen. Hier kann er nicht liegenbleiben. Sioned, such seinen Dolch. Niemand darf dieses Beweisstück finden. Dann muß dein Arm gewaschen und verbunden werden. Hinter den Hagedornsträuchern fließt ein Bach, und Leinentücher haben wir genug.«

Sie verließen sich völlig auf ihn und gehorchten widerspruchslos. Aber nachdem sich Engelard vergewissert hatte, daß Sioned tatsächlich nur leicht verletzt und daß die Wunde fachgemäß verbunden war, beharrte er auf seiner Meinung, daß es am besten wäre, die ganze Geschichte zu erzählen. Er erklärte, die Ereignisse würden niemanden belasten außer Columbanus. Cadfael zündete die Kerzen in der Kapelle an und goß Öl in die Lampe, aus der er eine beträchtliche Menge entfernt hatte, bevor Sioned zwischen den Falten der Tücher verschwunden war, die vom Katafalk der Heiligen herabhingen.

»Du glaubst«, begann er schließlich, »weil du nichts Böses getan hast und weil wir uns verbündet haben, um einen Mord aufzuklären, würde die ganze Welt derselben Ansicht sein wie du, und dies auch offen sagen. Ich weiß es besser, mein Sohn. Wir haben nur einen einzigen Beweis gegen Columbanus – sein Schuldgeständnis, das Sioned und ich hier in der Kapelle hörten. Das heißt – wir hatten diesen Beweis, denn er existiert nicht mehr. Wäre Columbanus noch am Leben, könnten wir ihn zwingen, sein Geständnis zu wiederholen. Aber da er tot ist, wird er uns diesen Gefallen nicht tun. Und ohne dieses Geständnis befinden wir uns in einer äußerst schwachen Position. Glaubt mir – wenn wir ihn beschuldigen, wenn dieser schreckliche Skandal das Kloster von Shrewsbury besudelt und damit den ganzen Benediktinerorden, der hier die Unterstützung des Bischofs und des Prinzen genießt, werden sich alle Autoritäten vereinen, um die Katastrophe abzuwenden. Und sie werden nicht dulden, daß sich jemand in ihren Weg stellt – schon gar nicht ein Ausländer, der hier keine Freunde hat. Die Benediktiner können es sich einfach nicht leisten, untätig mitanzusehen, wie ihre großartige Errungenschaft, die heilige Winifred, in ein schiefes Licht gerät. Viel eher werden sie behaupten, Columbanus sei von einem verzweifelten Mann getötet worden, der bereits auf der Flucht war und wegen eines anderen Verbrechens gesucht wurde. Jetzt bereue ich es, daß ich Sioned vorschlug, dich zu holen, damit du auf der Lauer liegen könntest – für den Fall, daß wir Hilfe brauchten. Aber das ist nicht deine Schuld, und ich werde nicht zulassen, daß dir das alles zur Last gelegt wird. Es war meine Idee, Columbanus diese Falle zu stellen, und ich werde das wieder in Ordnung bringen. Jedenfalls darfst du jetzt weder zu Vater Huw noch zum Amtmann oder sonst jemandem laufen, um die Geschichte brühwarm zu erzählen. Wir wollen den Rest dieser Nacht lieber nutzen, um die Dinge zurechtzurücken. Die Gerechtigkeit kann auf mehreren Wegen ans Ziel gelangen.«

»Die Leute würden nicht an Sioneds Worten zweifeln«, entgegnete Engelard eigensinnig.

»Du dummer Junge! Sie würden sagen, das Mädchen hätte – ebenso wie Peredur – seinen Charakter um der Liebe willen verleugnet. Und was mich betrifft – mein Einfluß ist gering, und ich bin nicht daran interessiert, nur mich selbst zu schützen, sondern möglichst viele Menschen, die in diese Sache verstrickt sind. Sogar meinen Prior, der zwar arrogant und unnachgiebig ist – und manchmal sogar dumm, um die Wahrheit zu gestehen –, aber kein Mörder und kein Lügner. Auch meinen Orden will ich schützen. Still jetzt, laßt mich nachdenken! Und während ich das tue, könntet ihr die Scherben von der Sirupflasche wegräumen. Diese Kapelle muß morgen früh so sauber und ordentlich aussehen wie am Abend – bevor wir Columbanus in unsere Falle gelockt haben.«

Gehorsam entfernten sie die Spuren der nächtlichen Ereignisse und überließen ihn seinen Gedanken. Nach einer Weile brach er sein Schweigen. »Übrigens, Sioned – ich frage mich, warum du beschlossen hast, den Text zu verändern, den ich für dich entworfen habe, und der heiligen Winifred so feurige Worte in den Mund zu legen. Wieso hast du behauptet, du hättest Gwytherin nie verlassen wollen – und daß Rhisiart nicht nur ein anständiger, braver Mann, sondern dein erwählter Streiter war?«

Verwundert starrte sie ihn an. »Habe ich das gesagt?«

»Allerdings, und es klang sehr überzeugend, aber das haben wir nicht geprobt. Was hat dir diese Worte eingegeben?«

»Keine Ahnung«, erwiderte Sioned verwirrt. »Ich weiß gar nicht mehr, was ich gesagt habe. Die Worte kamen wie von selbst über meine Lippen.«

»Vielleicht hat die Heilige die Gelegenheit genutzt, um eine Erklärung abzugeben«, meinte Engelard. »Da waren so viele Fremde, die Visionen hatten und in Ekstase gerieten und das alles so interpretierten, wie es ihnen paßte. Aber niemand hat die heilige Winifred gefragt, was sie will. Alle behaupteten, das wüßten sie besser als sie.«

»Was der Mund der Unschuld spricht...«, flüsterte Cadfael und stellte Betrachtungen über den Weg an, der sich allmählich vor seinem geistigen Auge öffnete. St. Winifred, dachte er, müßte natürlich an erster Stelle der vielen Leute stehen, die das Ende dieser Geschichte beglücken wird. Und wenn das Ziel, alle glücklich zu machen, in unserer Reichweite liegt, warum sollten wir dann Probleme heraufbeschwören? Zum Beispiel Columbanus... Bei der Komplet haben wir alle gehört, wie er zur heiligen Winifred gebetet hat. Er sagte, wenn die gesegnete Jungfrau ihn für würdig erachtete, möge sie ihn noch heute nacht aus dieser Welt holen und von seiner sterblichen Hülle befreien. Nun, sein Wunsch wurde erfüllt! Vielleicht hätte er seine Bitte widerrufen, hätte er geahnt, daß man sie so wörtlich nehmen würde. Denn mit seinem Gebet bezweckte er nichts weiter, als sein Haupt in eine unvergleichliche Glorie zu hüllen, die er natürlich lebend genießen wollte. Doch eine Heilige konnte mit Recht annehmen, daß ein Anbeter auch meinte, was er sagte, und ihn mit einem entsprechenden Gnadengeschenk belohnen. Und wenn Winifred wirklich mit Sioneds Stimme gesprochen hat – und wer bin ich schon, um daran zweifeln zu dürfen? –, wenn sie tatsächlich hier in ihrem Dorf bleiben will, was ein vernünftiger Wunsch wäre... Nun, das Grab, in dem sie ruhte, wurde erst am vergangenen Tag geöffnet, und niemand würde was merken, wenn man die Erde in dieser Nacht von neuem aufgrub...

Sioned beobachtete ihn. »Ich glaube, du hast einen Weg gefunden.«

»*Unseren* Weg«, verbesserte Cadfael. »Sioned, ich habe einen Auftrag für dich. Du brauchst dich nicht zu beeilen. Wir haben hier eine ganze Menge zu tun, während du weg bist. Nimm diese Tücher und breite sie unter den Hagedornhekken aus, dann schüttle die Zweige, damit die Blütenblätter herabfallen. Als die heilige Winifred das letztemal vor Columbanus' Angesicht erschien, verströmte sie einen süßen Duft und schwebte in einem Regen aus weißen Blüten.«

Sie wußte nicht, was er bezweckte, doch sie vertraute auf

seine Pläne, und so nahm sie das Tuch, in das sie sich zuvor gehüllt hatte, und verließ die Kapelle.

Cadfael griff nach dem Dolch, den Sioned in den Büschen gefunden hatte. Er wischte die Klinge mit dem Schleier ab, den Columbanus ihr vom Kopf gerissen hatte, und stellte die Kerzen so auf, daß ihr Licht auf die großen roten Siegel fiel, die Winifreds Schrein verschlossen. »Gott sei Dank hat er nicht geblutet. Seine Kutte ist unbefleckt und unversehrt. Zieh ihn aus, Engelard!«

Er betastete ein Siegel, nickte zufrieden, als er feststellte, daß es sehr dünn war, dann hielt er den Dolch in die Flamme der Öllampe.

Lange bevor der Morgen graute, war das Werk vollbracht. Sie gingen alle drei zum Dorf hinab und blieben am Waldrand stehen, wo der kürzeste Weg zu Rhisiarts Gehöft hinaufführte. Sioned nahm das blutbefleckte Tuch und den Schleier mit sich, den sie getragen hatte. Die Scherben der Phiole hatten sie im Wald vergraben. Ein Glück, daß Rhisiarts Diener nach dem Begräbnis ihre Spaten auf dem Friedhof zurückgelassen hatten, weil sie den Grabhügel am nächsten Morgen glattstreichen wollten... Das hatte Cadfael und seinen beiden Helfern sowohl die Mühe als auch die Zeit erspart, die es gekostet hätte, irgendwo einen Spaten auszuleihen.

»Es wird keinen Skandal geben«, meinte der Mönch, als sie an der Stelle stehenblieben, wo sich ihre Wege trennen würden. »Und niemand wird Anklage erheben. Ich denke, er kann mit dir nach Hause gehen, Sioned. Aber er muß sich bis zu unserer Abreise verstecken. Wenn wir von hier verschwunden sind, wird wieder Frieden in Gwytherin herrschen. Du brauchst nicht zu befürchten, daß der Prinz oder der Amtmann rechtliche Schritte gegen Engelard und John unternehmen werden. Ich werde Peredur was ins Ohr flüstern, Peredur wird es dem Amtmann zuflüstern, und der Amtmann wird es Owain Gwynedd zuflüstern. Den guten Vater Huw halten wir aus allem heraus, wir wollen das Gewissen dieses guten, einfachen Mannes nicht belasten. Und wenn die Mönche von Shrewsbury glücklich sind und die Leute von Gwytherin glücklich sind – denn sie werden das Geflüster bald hören –, warum sollte irgend jemand diesen gesegneten Zustand stören, indem er jene geflüsterten Worte laut ausspricht? Ein weiser Prinz – und Owain scheint ungemein weise zu sein – wird die Dinge auf sich beruhen lassen.«

Sioned erschauerte. »Morgen wird ganz Gwytherin zusehen, wie ihr das Reliquiar davontragt...«

»Um so besser – wir brauchen möglichst viele Zeugen und möglichst viel Wirbel. Ich bin ein großer Sünder«, meinte Cadfael philosophisch, »aber ich fühle mich nicht schuldig. Der Zweck heiligt die Mittel, nicht wahr?«

»Eins weiß ich jedenfalls«, sagte Sioned. »Mein Vater kann jetzt in Frieden ruhen, und das hat er dir zu verdanken. Auch für mich hast du unendlich viel getan. Als ich dich das erstemal sah – damals, als ich aus der Eiche herabsprang, erinnerst du dich –, da dachte ich, du wärst so wie die anderen Mönche und wolltest mich nicht einmal anschauen.«

»Mädchen, ich wäre verrückt gewesen, hätte ich dich nicht anschauen wollen. Ich habe dich sogar so aufmerksam angeschaut, daß ich bis an mein Lebensende nicht vergessen werde, wie du aussiehst. Aber was eure Liebe angeht und eure Zukunft – dabei kann ich euch nicht helfen.«

»Das ist auch nicht nötig«, entgegnete Engelard. »Ich bin Ausländer und habe mich Rhisiart verpflichtet. Dieser Vertrag kann gelöst werden, dann bin ich ein freier Mann, wenn ich mein Eigentum mit meinem Herrn teile. Und jetzt ist Sioned meine Herrin.«

»Und niemand kann mich daran hindern, meinen Besitz mit ihm zu teilen«, fügte sie hinzu, »so wie es recht und billig ist. Onkel Meurice wird uns keine Schwierigkeiten machen. Und er muß nicht einmal über seinen Schatten springen. Es ist ein großer Unterschied, ob eine Erbin einen ausländischen Dienstboten heiratet oder einen freien Mann, der ein Haus erben wird – auch wenn dieses Haus in England steht und vorerst nicht beansprucht werden kann.«

»Vor allem, nachdem du weißt, daß es in ganz Gwynedd keinen Mann gibt, der besser mit deinen Rindern umgehen könnte«, bemerkte Cadfael lächelnd.

Die beiden waren sichtlich zufrieden mit der Entwicklung der Dinge. Und Rhisiart, der in seinem ehrenvollen Grab lag, würde ihnen ihr Glück nicht mißgönnen. Er war nicht nachtragend gewesen.

Engelard, der kein Mann großer Worte war, dankte Cadfael mit einem festen Händedruck, bevor sie sich trennten. Und Sioned schlang impulsiv die Arme um den Hals des Klosterbruders und küßte ihn. Das war der Abschied gewesen, denn Cadfael hatte erklärt, es wäre besser, wenn sie sich nicht mehr in der Kapelle zeigten. Sie roch so süß nach Maiblüten, und dieser Duft begleitete ihn noch eine ganze Weile, nachdem sie auseinandergegangen waren.

Zurück zur Pfarrei machte Cadfael einen Umweg über den Mühlenteich und warf Columbanus' Dolch ins dunkle Wasser.

Auf dem Weg zu seinem Lager, wo er bis zum Morgengebet nur mehr eine Stunde ruhen könnte, dachte er: Wie gut, daß die Brüder, die den Schrein herstellten, so gute Handwerker sind und darauf bestanden haben, ihn mit Blei auszukleiden...

11.

Prior Robert erhob sich und ging zur ersten Messe des Tages, so beglückt über seinen Erfolg, daß er Bruder Johns Flucht fast vergessen hätte. Und als ihm die unerfreuliche Episode wieder einfiel, verdrängte er sie aus seinen Gedanken, um sich später, zu gegebener Zeit, pflichtgetreu damit zu befassen. Den Glanz dieses Morgens durften Johns Missetaten jedenfalls nicht trüben.

Es war in der Tat ein schöner strahlender Morgen, als sie die Kirche verließen und zur Kapelle hinaufgingen, gefolgt von den Dorfbewohnern, die der Messe beigewohnt hatten. Entlang des ganzen Weges gesellten sich immer mehr Leute hinzu, bis sich eine eindrucksvolle Prozession gebildet hatte. Als sie an Cadwallons Hof vorbeikamen, erschien der Hausherr, um sich ebenfalls anzuschließen. Und Peredur, der sich an das Gebot gehalten hatte, bis zur Festsetzung seiner Strafe daheim zu bleiben, wurde von Vater Huw freundlich aufgefordert, mitzukommen. Prior Robert lächelte den jungen Mann sogar an, wie ein wohlwollender Heiliger einen reumütigen Sünder. Frau Branwen schlief vielleicht noch. Zumindest würde sie sich inzwischen von ihrem Anfall erholt haben. Ihr Gatte hatte sie sicher nicht gebeten, ihn zu begleiten – oder sie strafte ihn möglicherweise, indem sie sich in ihrem Zimmer einschloß. Jedenfalls wurden sowohl der Ehemann als auch der Sohn von ihrer Gegenwart verschont.

Es war keine geordnete Prozession, die den Hang hinaufzog. Mönche und Dorfbewohner mischten sich untereinander und wechselten immer wieder die Gesprächspartner. Sie feierten ein gemeinsames Fest, und das war seltsam angesichts des Streits, der den Erfolg der Pilgerfahrt bedroht hatte. Nun ließ Gwytherin Vorsicht walten und war entschlossen, alles zu sehen, aber weder Gedanken noch Gefühle zu verraten.

Peredur eilte an Cadfaels Seite, und dort blieb er, dankbar, aber stumm. Cadfael erkundigte sich nach der Mutter des jungen Mannes, und Peredur errötete und runzelte die Stirn. Dann lächelte er wie ein schuldbewußtes Kind und berichtete, es ginge ihr gut. Sie wäre noch ein wenig verträumt, aber ruhig und umgänglich.

»Wenn du willst, kannst du Gwytherin und mir einen Dienst erweisen«, schlug Bruder Cadfael vor und flüsterte ihm die Nachricht ins Ohr, die er dem Amtmann überbringen sollte.

»So ist das also!« rief Peredur mit kugelrunden Augen und vergaß seine eigenen unverzeihlichen Sünden. Dann stieß er einen leisen Pfiff aus. »Und dabei willst du es bewenden lassen?«

»O ja. Wem könnte es schaden? Alle werden nur gewinnen. Wir, du, Rhisiart, die heilige Winifred – in erster Linie die heilige Winifred. Und natürlich Sioned und Engelard«, fügte Cadfael hinzu, um den reuigen Peredur auf Herz und Nieren zu prüfen. »Ja – ich freue mich für die beiden«, sagte der junge Mann ein bißchen zu emphatisch. Sein Kopf war gesenkt, er blickte zu Boden. Natürlich freute er sich ganz und gar nicht, aber er versuchte es wenigstens. Der gute Wille war vorhanden. »In ein oder zwei Jahren wird niemand mehr dran denken, daß Engelard mal gewildert hat. Wenn er will, kann er nach Cheshire zurückkehren und nach dem Tode seines Vaters das Erbe antreten. Und wenn er nicht mehr als Verbrecher gilt, wird er keine Schwierigkeiten haben. Ich werde Griffith ap Rhys noch heute verständigen. Er ist bei seinem Vetter David, auf der anderen Seite des Flusses, Vater Huw wird mir sicher gestatten, Rhys aufzusuchen, da es um eine amtliche Angelegenheit geht.« Er lächelte schmerzlich. »Wie gut, daß ich dein Bote bin! Während ich ihm erzähle, was jeder wissen muß, aber niemand laut sagen darf, kann ich ihm auch meine eigene Verfehlung gestehen.«

Bruder Cadfael nickte zufrieden. »Sehr schön. Alles weitere wird der Amtmann erledigen. Ein Wort ins Ohr des Prinzen – und die ganze Sache ist geregelt.«

Sie hatten die Stelle erreicht, wo der kürzeste Weg zu Rhisiarts Hof herabführte. Die Hälfte des Gesindes kam herbei, mit Padrig dem Barden, der seine Harfe unter dem Arm hielt und offenbar vorhatte, wieder auf Wanderschaft zu gehen, mit Cai, dem Pflüger, der immer noch einen eindrucksvollen Verband an seinem kerngesunden Kopf trug, nach allen Regeln der Kunst hinkte und schamlose Bosheit aus seinem einen sichtbaren Auge leuchten ließ. Keine Sioned, kein Engelard, keine Annest, kein John. Und Bruder Cadfael, der die entsprechenden Anordnungen gegeben hatte, war plötzlich sehr traurig.

Sie erreichten die kleine Lichtung und näherten sich der alten moosüberwachsenen Steinmauer des Friedhofs. Klein und unscheinbar hob sich St. Winifreds Kapelle aus der Blumenwiese, und an ihrer Ostseite durchbrach das dunkle Rechteck von Rhisiarts Grab das frühlingsgrüne Gras.

Prior Robert blieb am Eingang stehen und wandte sich mit einem milden, fast liebevollen Lächeln an die Menge, die ihm gefolgt war.

»Vater Huw und ihr braven Pfarrkinder von Gwytherin«, lauteten seine Worte, die Cadfael getreulich übersetzte. »Wir sind in guter Absicht zu euch gekommen – geleitet von göttlicher Hand, davon waren und sind wir fest überzeugt. Wir wollten die heilige Winifred ehren, so wie es uns aufgetragen wurde, und euch keineswegs eines kostbaren Schatzes berauben. Vielmehr wollten wir dafür sorgen, daß sein Licht auch auf andere Menschen scheint – ebenso wie auf euch. Daß unsere Mission so schweres Leid über euch gebracht hat, bedrückt auch uns. Aber jetzt, wo wir uns einig sind und ihr bereit seid, uns mit den Reliquien der Heiligen in eine ruhmreiche Welt ziehen zu lassen, sind wir froh und erleichtert. Nun wißt ihr, daß wir nichts Böses im Sinn haben, sondern nur Gutes, und daß uns St. Winifred ebenso am Herzen liegt wie euch.«

An dem einen Ende des Halbkreises, den die Zuhörer gebildet hatten, klang zustimmendes Gemurmel auf und setzte sich fort bis ans andere Ende.

»Und ihr mißgönnt uns den Besitz des kostbaren Gutes nicht, das wir mit uns nehmen? Ihr glaubt, daß wir im Recht sind und uns nur aneignen, was uns der Himmel zuerkannt hat?«

Er hätte seine Worte nicht besser wählen können, dachte Cadfael überrascht und erfreut, fast so, als wüßte er alles – oder so, als hätte ich diese Rede für ihn konzipiert. Wenn er jetzt eine ebenso gut formulierte Antwort bekommt, werde ich selbst an ein Wunder glauben.

Die Menge gestikulierte heftig, dann trat Bened vor, der respektable Schmied und wohl der beste Sprecher, den sich die Gemeinde aussuchen konnte – abgesehen von Vater Huw, der sich in einer fragwürdigen Position befand, mit je einem Fuß in beiden Lagern stand und deshalb klugerweise schwieg.

»Vater Prior«, sagte Bened bärbeißig, »keiner von uns mißgönnt euch die Reliquien da drinnen vor dem Altar. Wir glauben, daß sie euch gehören, und ihr könnt sie mit unserer Zustimmung nach Shrewsbury mitnehmen, wohin sie gehören, wenn wir die Omen richtig gedeutet haben.«

Es war fast zu schön, um wahr zu sein. Prior Robert errötete beglückt, aber auch ein wenig beschämt, während Cadfael seinen Blick nachdenklich über die lächelnden Gesichter und die arglosen Augenpaare wandern ließ. Niemand schien sich unbehaglich zu fühlen, niemand wisperte, niemand kicherte, nicht einmal hinter dem Rücken eines anderen. Cais unverhülltes Auge blickte in offener Bewunderung zu Prior Robert auf, Padrig strahlte vor Freude über die wunderbare Versöhnung.

Sie wußten es schon! Entweder hatte Sioned eine diskrete Flüsterpropaganda in Umlauf gebracht, oder eine tiefverwurzelte Intuition hatte ihnen die Wahrheit verraten – jedenfalls wußten die Leute von Gwytherin Bescheid, nicht in allen Einzelheiten, aber im großen und ganzen. Und sie waren fest entschlossen, kein unpassendes Wort verlauten zu lassen, bis die Fremden verschwunden waren.

»Nun, dann kommt!« rief Prior Robert hoch zufrieden.

»Wir wollen Bruder Columbanus von seinen Vigilienpflichten entbinden und St. Winifred holen!« Er wandte sich um und ging mit majestätischen Schritten zur Kapellentür, während ihm die Menge auf den Friedhof folgte. Mit seiner schmalen weißen aristokratischen Hand ließ er die Tür auf und blieb auf der Schwelle stehen. »Bruder Columbanus, hier sind wir! Deine Nachtwache ist beendet!«

Er machte zwei Schritte ins Innere der Kapelle, das seinen Augen nach dem hellen Sonnenlicht stockdunkel erschien, trotz des gleißenden Strahls, der durch das kleine Ostfenster hereinfiel. Allmählich konnte er die dunkelbraunen, nach Holz duftenden Wände erkennen, jede Einzelheit der Szenerie löste sich aus der Finsternis, wurde von Licht übergossen – und schließlich von einem so hellen, blendenden Licht, daß er ehrfürchtig innehielt.

Ein betäubend süßes Aroma erfüllte die Luft, durch den Morgenwind, der durch die Tür hereinwehte, noch verstärkt. Die beiden Kerzen brannten auf dem Altar, zu beiden Seiten der kleinen Öllampe. Ein Betstuhl stand vor dem Reliquiar, aber niemand kniete darin. Weiße Blütenblätter bedeckten den Schrein und den Altartisch, als wären sie von einer wundersamen Brise von den Hagedornbüschen gepflückt und durch das kleine Fenster hereingetragen worden. Auch die Mönchskutte, die zerknittert auf dem Boden lag, war mit schneeweißen Blütenblättern bestreut.

»Columbanus... Was hat das zu bedeuten? Er ist nicht hier!«

Bruder Richard trat an die linke Seite des Priors, Bruder Jerome an die rechte. Bened und Cadwallon und die anderen drängten sich hinter den Mönchen in die Kapelle und stellten sich an die Wände, um auf das Wunder zu starren und den berauschenden Duft einzuatmen. Niemand wagte an Prior Robert vorbeizugehen, und schließlich näherte er sich dem leeren Betstuhl, um genauer zu inspizieren, was von Bruder Columbanus übriggeblieben war.

Die schwarze Kutte lag dort, wo der junge Mönch gekniet hatte, die Ärmel waren zu beiden Seiten wie Flügel ausgebreitet, an den Ellbogen gebeugt, als hätten sich die Arme zum Gebet erhoben, bevor sie herausgeschlüpft waren. Und an der Kapuze schimmerte etwas Weißes.

»Seht doch!« flüsterte Bruder Richard voller Ehrfurcht, »sein Hemd steckt in der Kutte – und hier – seine Sandalen!« Sie lugten unter dem Saum hervor, ordentlich nebeneinander, die Sohlen nach oben gewandt – genauso, wie die Füße sie verlassen hatten. Und auf der Armstütze des Betstuhls leuchtete ein Klumpen aus weißen Blüten. »Vater Prior, die Kleider – das Hemd, die Hose und die Kutte – stecken so ineinander, als würde er sie noch tragen – als wäre er daraus emporgehoben worden und hätte sie liegenlassen – wie eine Schlange, die ihre alte Haut abwirft, um sich in eine neue, schönere zu hüllen...«

»Ein Wunder«, flüsterte Prior Robert. »Wie sollen wir das verstehen – ohne die Sünde des Hochmuts zu begehen?«

»Vater, darf ich mir die Kleider ansehen? Vielleicht finden sich irgendwelche Spuren...«

Bruder Cadfael war überzeugt, daß der Unterprior nichts dergleichen entdecken würde. Columbanus hatte nicht geblutet, seine Kutte war nicht zerrissen, nicht einmal beschmutzt, denn er war nur ins dichte weiche Frühlingsgras gefallen, das sich zwischen den toten Halmen des vergangenen Herbstes unaufhaltsam einen Weg gebahnt hatte.

»Vater, es ist so, wie ich sagte. Anscheinend wurde er ganz sanft aus diesen Kleidern emporgehoben, und er ließ sie fallen, weil er sie nicht mehr brauchte. O Vater, dieses Wunder ist so gewaltig, daß es mir angst macht!« rief Bruder Richard, wobei er jene herrliche, segensreiche Scheu vor allem, was heilig ist, meinte. Nie zuvor hatte er sich so gewandt ausgedrückt – nie zuvor war er so tief bewegt gewesen.

»Jetzt erinnere ich mich an sein Gebet – gestern abend nach der Komplet«, sagte der Prior erschüttert und geläutert (was keineswegs sein Fehler war!). »Er bat die Heilige, sie möge ihn aus dieser Welt emportragen, wenn sie ihn einer solchen Gnade für würdig erachtete. Ist es möglich, daß er in so hohem Maße gesegnet und würdig war?«

»Vater, sollen wir nach ihm suchen – in den Wäldern?«

»Wozu?« entgegnete der Prior. »Würde er denn nackt durch die Nacht laufen? Ein vernünftiger Mann? Und selbst wenn er den Verstand verloren und seine Kleider abgelegt hätte – würden sie so hier liegen – als würde sein Körper immer noch darin stecken? Es ist unmöglich, sich auf diese Weise auszuziehen. Nein, er ist jenseits dieser Wälder, jenseits dieser Welt. Eine unfaßbare Gnade wurde ihm zuteil, denn St. Winifred hat seine heißen Gebete erhört. Wir wollen eine Messe für Bruder Columbanus lesen, bevor wir die heilige Jungfrau, die ihn zu ihrem Herold ernannte, mit uns nehmen und der Menschheit dieses hehre Wunder verkünden.«

Man konnte nicht wissen, in welcher Phase des Geschehens die Überlegung, welchen Nutzen man aus diesem Wunder ziehen konnte, den ehrlichen Glauben und die echten Gefühle in den Hintergrund von Prior Roberts Bewußtsein drängte und ihn bewog, die Ereignisse seinem eigenen Ruhm zuliebe zu manipulieren. Ein solches Verhalten war keineswegs inkonsequent. Er glaubte felsenfest, daß Bruder Columbanus lebend aus dieser Welt emporgetragen worden war, so wie er es gewünscht hatte. Doch es war nicht nur eine gute Gelegenheit, sondern geradezu seine Pflicht, das Beste aus diesem exemplarischen Gnadenbeweis zu machen und das Kloster des heiligen Peter und des heiligen Paul in Shrewsbury zu glorifizieren. Und es war nicht nur seine Pflicht, sondern seine höchste Freude, auch sein eigenes Haupt mit einem Heiligenschein zu umgeben, nachdem er diese Pilgerfahrt veranlaßt hatte.

Und das tat er auch. Er las die Messe im Brustton gesegneter Überzeugung, in einer Wolke aus weißen Blüten, Bruder Columbanus' Kutte zu seinen Füßen. Natürlich würde er Vater Huw bitten, auch Griffith ap Rhys zu informieren und die Augen offenzuhalten, falls sich noch irgendwelche aufschlußreichen Spuren finden sollten, nachdem die Brüder von Shrewsbury abgereist waren. Prior Robert war das Produkt seines Glaubens und seiner Herkunft, seiner Erziehung zu heiligem Ernst und willkürlicher Herrschaft, und er konnte nichts von alledem abschütteln.

Reglos standen die Leute von Gwytherin in der Kapelle, keiner sagte ein Wort, keiner äußerte seine Meinung. Ihre Anwesenheit und ihr Schweigen wurden als gläubige Demut gewertet. Was sie wirklich dachten, behielten sie für sich.

»Nun«, sagte Prior Robert, fast zu Tränen gerührt, »wollen wir die heilige Bürde auf unsere Schultern laden und Gott für die Last danken, die wir tragen dürfen.« Und er trat vor, um seine eigenen zarten Hände und seine schmale Schulter anzubieten, als erster Sargträger.

Dies war der schlimmste Augenblick für Bruder Cadfael, denn er hatte einen wichtigen Faktor übersehen. Doch Bened ergriff genau im richtigen Moment die Initiative. »Soll Gwytherin zurückstehen – jetzt, wo wir Frieden geschlossen haben?« Und er rannte nach vorn und schob seine kräftige Schulter unter das Reliquiar, bevor sich der Prior bücken konnte. Und dann eilte ein Dutzend anderer Männer herbei, ebenso kräftig gebaut wie der Schmied, um die Herausforderung anzunehmen. Außer Cadfael war Jerome der einzige Mönch aus Shrewsbury, der ein winziges Eckchen des Schreins für seinen Nacken reservieren konnte. Er war etwa genauso groß und kräftig wie die anderen – doch er schrie als einziger auf – erstaunt über das enorme Gewicht des Reliquiars. Tief beugte er sich unter der drückenden Last, bis Bened näher an ihn heranrückte und ihm einen Großteil der Bürde abnahm.

»Verzeih, Vater Prior – aber wer hätte gedacht, daß diese zarten Gebeine so schwer sein könnten?«

»Wir sind hier von Wundern umgeben«, erklärte Cadfael hastig, »von großen und von kleinen. Der Vater Prior sagte doch, wir sollen Gott danken für die Last, die wir tragen. Ist es nicht eine einzigartige Gnade, daß der Himmel den Wert dieser Reliquien auf diese Weise versinnbildlicht?«

In seinem gegenwärtigen Zustand demütiger Verzückung fand Prior Robert diese Logik nicht einmal annähernd so sonderbar wie Cadfael selbst. Er hätte alle akzeptiert und gutgeheißen, was seinen Triumph erhöhen konnte. Und so wurde das Reliquiar mitsamt seinem Inhalt auf den breiten Schultern von Gwytherin aus der Kapelle und den Hang hinabgetragen, mit einer so inbrünstigen Begeisterung, daß es fast den Anschein hatte, die Gemeinde könnte es kaum erwarten, die heilige Winifred und die Mönche aus Shrewsbury loszuwerden. Es waren Männer aus Gwytherin, die auf die Weide eilten, um die Pferde und Maultiere zu holen, die einen kleinen Wagen anspannten und mit Tüchern bedeckten, so daß der kostbare Schatz nach England befördert werden konnte. Sobald der Sarg auf das Gefährt gehoben war, brauchte er nicht mehr abgeladen zu werden, bis die Brüder ihr Kloster erreicht hatten. Niemand wollte, daß dem Sarg unterwegs ein Unheil widerfuhr, und deshalb stellte man den Wagen gern zur Verfügung. Sonst wäre Bruder Jerome womöglich unter der heiligen Last zusammengebrochen, hätte den Sarg fallen lassen, und die Schlösser und Siegel wären aufgesprungen...

»Wir werden dich vermissen, Bruder Cadfael«, sagte Cai bedauernd, während er sich am Geschirr zu schaffen machte. »Padrig hat ein Lied zu Rhisiarts Ehren geschrieben, das du sicher gern hören würdest. Und es wäre schön, wenn wir an so manchen Abenden beisammensitzen und miteinander trinken könnten. Übrigens – der Junge läßt dich herzlich grüßen und wünscht dir alles Gute. Er will sich nur verstecken, bis ihr abgereist seid. Und Sioned bat mich, dir auszurichten, daß du auf deine Birnbäume aufpassen sollst. Den unseren hat der Frostspanner übel mitgespielt.«

»Ja, er war mir eine große Hilfe in meinem Garten. Seine Hände sind zwar nicht besonders sensibel, aber er kann das Erdreich schneller aufgraben als alle Novizen, die ich jemals unter meiner Aufsicht hatte. Er wird mir sehr fehlen, Gott weiß, was für einen Kerl man mir an seiner Stelle zuteilen wird.«

»Eine zarte, sensible Hand kann nicht gut mit Eisen umgehen«, meinte Bened und trat zurück, um die Bandeisenräder zu bewundern, die er dem Wagen verpaßt hatte. »Dazu braucht man geschickte Hände – keine gefühlvollen. Ich sage dir was, Bruder Cadfael! Wir sehen uns bald in Shrewsbury! Ich nehme mir schon seit Jahren vor, eine große Pilgerfahrt durch England zu machen, bis nach Walsingham. Und ich glaube, Shrewsbury würde auf meinem Weg liegen.«

Und als alle reisefertig waren und Prior Robert bereits auf seinem Pferd saß, flüsterte Cai in Cadfaels Ohr: »Wenn ihr auf dem Hang gegenüber von unserem Acker seid, wo du damals das Ochsengespann gesehen hast – wirf mal einen Blick herüber. Dort gibt es eine kleine Lichtung in dem Wald, der an die Felder grenzt, einen Hügel, wo wir uns einfinden werden – dir zu Ehren.«

Ohne sich zu schämen – denn immerhin war er die ganze Nacht tätig gewesen und sehr müde –, beanspruchte Bruder Cadfael das sanftere und klügere der beiden Maultiere für sich – ein gutmütiges Tier, das den Pferden widerstandslos folgen würde, mit vorsichtigen Schritten, die den Reiter nicht allzusehr durchrüttelten. Es hatte einen bequemen Sattel, und er hatte es nicht verlernt, im Schlaf zu reiten. Das größere, schwerere Maultier war vor den Wagen gespannt, und Bruder Jerome konnte auf seinem Rücken oder auf dem Wagen sitzen. Und außerdem – warum sollte sich Cadfael Gedanken über die Bequemlichkeit Jeromes machen, der sich damals in Shrewsbury die Erscheinung der heiligen Winifred aus den Fingern gesogen hatte, im sicheren Wissen, daß Prior Roberts Nachforschungen in Wales ergeben hatten, diese Jungfrau wäre am wünschenswertesten und am einfachsten zu erringen? Warum sollte er sich um Jerome sorgen, der Columbanus kriecherisch umschmeicheln würde, falls dieser lange genug gelebt hätte, um den Prior aus seinem Amt zu verdrängen.

Halb Gwytherin hatte sich versammelt, um die Abreise des Pilgerzugs zu beobachten und erleichtert aufzuatmen, als er aufgebrochen war. Vater Huw segnete die scheidenden Gäste. Peredur hatte vermutlich schon den Fluß überquert, um den Amtmann zu verständigen. Er verdiente es, daß ihm sein Botengang zugute gehalten wurde. Echte Sünder gibt es viele, aber echte Reumütige sind selten. Peredur hatte eine abscheuliche Tat begangen, war aber trotzdem ein sehr liebenswerter junger Mann geblieben. Cadfael hatte keine ernsthaften Bedenken, was Peredurs Zukunft betraf. Sicher würde der Junge seinen Weg finden, sobald er seine unglückliche Liebe zu Sioned überwunden hatte. Es gab noch andere Mädchen auf dieser Welt – nicht viele, die ihr ebenbürtig waren, aber so manche, die an sie heranreichten.

Cadfael setzte sich bequem in seinem Sattel zurecht und schüttelte die Zügel, um dem Maultier zu bedeuten, daß es ihn führen sollte, wohin immer es wollte. Er döste, schlief aber nicht, nahm das Wechselspiel von Licht und Schatten unter den Bäumen wahr, die frische, kühle Luft, die Bewegungen unter seinem Körper – und er hatte das Gefühl, etwas vollendet zu haben, oder fast, denn dies war erst das Anfangsstadium der Heimreise.

Als sie den Hang über dem Flußtal erreichten, öffnete er die Augen und richtete sich auf. Kein Ochsengespann durchpflügte den Acker, denn diese Arbeit war nun getan. Sein Blick wanderte über den Wald zu einer kleinen Lichtung. Dort, auf einem sanft gerundeten Hügel, standen mehrere Menschen. Die meisten stammten aus Sioneds Haushalt und waren so weit entfernt, daß sie anonym geblieben wären, hätte er sie nicht so gut gekannt. Dunkles Haar schmiegte sich an einen flachsblonden Kopf, Cai hatte seinen Verband aus der Stirn geschoben, wie einen lästigen Hut im heißen Sonnenschein. Ein hellbrauner Scheitel schimmerte silbrig neben einem roten Dornengestrüpp, das wie Bruder Johns Lockengewirr rings um die lange vernachlässigte Tonsur aussah. Und da war Padrig, der seine Reise noch nicht angetreten hatte. Sie winkten lebhaft, und Cadfael erwiderte den Gruß gerührt und beglückt, dann überschattete der dichte Wald den Pilgerzug, und die Bäume verdeckten die Lichtung auf der anderen Seite des Tales.

Zufrieden sank Cadfael in seinen Sattel zurück und schlief ein.

Die Nacht verbrachten sie in Penmachmo, wo die Kirche

eine Herberge für Reisende unterhielt. Ohne sich bei irgend jemandem zu entschuldigen, zog sich Bruder Cadfael zurück, sobald er sein Maultier versorgt hatte, um den versäumten Schlaf nachzuholen. Nach Mitternacht wurde er von einem ekstatischen Bruder Jerome geweckt.

»Bruder, ein großes Wunder!« blökte Jerome verzückt. »Ein Reisender kam an, der an einer schmerzhaften Krankheit litt. Er jammerte so laut, daß er die ganze Herberge aus dem Schlaf riß. Prior Robert warf ein paar von den Blütenblättern, die wir aus der Kapelle mitgenommen haben, in Weihwasser und gab es der armen Seele zu trinken. Dann trugen wir den Mann in den Hof hinaus und ließen ihn das Reliquiar küssen. Sofort wurde er von seinen Schmerzen erlöst, und bevor wir ihn wieder auf sein Bett legten, war er bereits eingeschlummert. Jetzt leidet er nicht mehr, schläft tief und fest wie ein Kind. O Bruder, welch eine Gnade!«

»Überrascht dich das so sehr?« fragte Cadfael streng und verbarg seinen Ärger über die Störung ebenso wie seine Verwunderung, denn dieses Mittel verwirrte ihn mehr, als er zugeben wollte. »Wärst du wie ich vom festen Glauben an unsere Heilige beseelt, würde dich dergleichen nicht verblüffen!«

Aber bei Gott, ich selbst müßte staunen, dachte Cadfael, nachdem Jerome ihn verlassen hatte, um ein dankbareres Publikum zu suchen. Nun, allmählich beginne ich das Wesen der Wunder zu begreifen. Denn wären es Wunder, wenn man sie verstandesmäßig erklären könnte? Wunder haben nichts mit Vernunft zu tun. Sie widersprechen der Vernunft, verspotten sie, und sie geschehen in menschlichen Wüsten, wann immer es den betreffenden Heiligen beliebt. Wenn sie einen Sinn ergäben, wären sie kein Wunder. Getröstet schlief er wieder ein, im Bewußtsein, daß alles in Ordnung war auf dieser Welt, die sich im Laufe seines Lebens so oft als seltsam und verdreht erwiesen hatte.

Kleinere Wunder, meist trivial oder lächerlich, begleiteten sie auf der ganzen Reise bis Shrewsbury. Aber wie viele Krücken auch weggeworfen wurden, weil sie überflüssig geworden waren (um hinterher hastig aufgehoben zu werden), wie viele Sprachstörungen eher vom Willen als von unfähigen Zungen abhingen, wie viele Lähmungen eher Gehirne als Beine befallen hatten – es war schwierig, die Mirakel zu beurteilen. Und dabei brauchte man nicht einmal die vielen Sensationshungrigen zu berücksichtigen, die Augenbinden trugen und hinkten, um am allerneuesten Kult teilzuhaben. Dies alles verhalf den Mönchen von Shrewsbury zu ehrenvollem Ruhm, der nicht nur mit ihnen Schritt hielt, sondern der Prozession vorauseilte und bereits Früchte trug in Form von Geschenken und Vermächtnissen, die der Abtei zugute kamen und die dankbare Winifred veranlassen sollten, fragwürdige Sünden ungeschehen zu machen.

Als sie sich Shrewsbury näherten, liefen ihnen Menschenmassen entgegen und begleiteten die Pilger bis zur Kirche von Saint Giles, wo das Reliquiar auf den großen Tag warten sollte, an dem man es in die Klosterkirche bringen würde. Dies konnte nicht ohne den Segen des Bischofs geschehen, außerdem mußten Kirchen und Klöster verständigt werden, damit sie Repräsentanten zu den Feierlichkeiten entsenden und zu Glanz und Ruhm von Shrewsbury beitragen konnten. Bruder Cadfael staunte nicht mehr, als der große Tag mit grauen Wolken und Regenschauern anbrach, um Gelegenheit für ein weiteres kleines Wunder zu schaffen. Denn obwohl der Regen auf die Felder und Wiesen ringsum herabprasselte – auf die Prozession fiel kein einziger Tropfen, als St. Winifreds Schrein zu seiner letzten Ruhestätte auf dem Altar der Klosterkirche getragen wurde, wo sich augenblicklich ganze Heerscharen von Wundergläubigen einfanden, um zum größten Teil befriedigt von dannen zu ziehen.

Im ersten Kapitel nach dem Fest schilderte Prior Robert dem Abt die wundersame Reise. »Vater, zu meinem tiefsten Bedauern muß ich dir mitteilen, daß wir zwar zu sechst aufgebrochen sind, aber nur zu viert zurückkommen. Doch wir haben den Schatz mitgebracht, den wir erringen wollten.«

Sein Bericht entsprach nur zu einem Bruchteil der Wahrheit, aber da es niemanden gab, der ihn darauf aufmerksam machen würde, war das unwichtig. Während der großen Lobrede auf Bruder Columbanus döste Bruder Cadfael friedlich hinter seiner Säule. Wie gern hätten sie den jungen Mönch in den Heiligenstand erhoben – doch sie mußten annehmen, daß sich alle seine Reliquien, außer den Kleidern, nicht in ihrer Reichweite befanden ... Und während die Dankesgebete immer undeutlicher in sein Bewußtsein drangen, beglückwünschte sich Cadfael zu seiner Leistung. Immerhin hatte er so viele Leute wie nur möglich beglückt. Und im Traum durchschnitt er noch einmal mit einer scharfen glühendheißen Klinge ein Wachssiegel, ohne dessen Gravur zu verletzten. Es war schon lange her, seit er zum letztenmal seine etwas fragwürdigen Fähigkeiten erprobt hatte, und er war froh, daß er diese Fertigkeiten immer noch so gut beherrschte und verdienstvollen Zwecken zuführen konnte.

12.

Zwei Jahre später, an einem sonnigen Juninachmittag, kehrte Bruder Cadfael von den Fischteichen zurück, überquerte den Hof und sah inmitten der Reisenden am Tor eine kräftige Gestalt, die er sofort wiedererkannte. Bened, der Schmied aus Gwytherin – etwas rundlicher um die Leibesmitte und das Haar von grauen Strähnen durchzogen –, hatte beschlossen, sich einen alten Wunschtraum zu erfüllen und den Marienschrein von Walsingham aufzusuchen.

»Wenn ich noch länger gewartet hätte«, gestand er Cadfael, als sie mit einer Flasche Wein in einer Ecke des Kräutergartens saßen, »wäre ich zu alt gewesen, um die Reise zu genießen. Und was sollte mich jetzt noch zurückhalten – wo sich dieser brave Bursche während meiner Abwesenheit um die Schmiede kümmert? Ich sage dir, er fühlt sich dort so wohl wie eine Ente im Wasser. Seit achtzehn Monaten sind die beiden jetzt Mann und Frau und turteln immer noch wie die Tauben. Annest wußte schon immer, was sie wollte, und in diesem Fall hat sie ganz sicher eine gute Wahl getroffen.«

»Haben sie schon ein Kind?« fragte Cadfael und stellte sich einen stämmigen kleinen Jungen mit einem roten Haarwust vor, in den das Kopfkissen eine winzige Tonsur gerieben hatte.

»Noch nicht, aber es ist was unterwegs. Wenn ich nach Hause komme, wird das Kleine schon auf der Welt sein.«

»Geht es Annest gut?«

»Sie ist aufgeblüht wie eine Rose.«

»Und Sioned und Engelard? Hatten sie noch Schwierigkeiten nach unserer Abreise?«

»Bei Gott, nein! Griffith ap Rhys hat überall verkündet, daß alles in Ordnung sei und daß man jetzt die Dinge auf sich beruhen lassen sollte. Die beiden sind glücklich verheiratet und senden dir herzliche Grüße. Ich soll dir auch sagen, daß sie einen reizenden Sohn haben – dunkelhaarig wie seine Mutter. Er heißt Cadfael.«

»Nun«, meinte Cadfael entzückt, »hoffentlich macht er ihnen immer nur Freude ... Aber ich bin überzeugt, daß was aus ihm wird, denn immerhin wohnt ein gewisser Bened ganz in der Nähe, und der wird sicher ab und zu ein Auge auf den Jungen werfen.«

Bened seufzte tief auf, aber ohne Bitterkeit, und griff nach der Flasche. »Es gab mal eine Zeit, da hoffte ich ... Doch das wäre nicht gutgegangen. Ich war ein alter Narr, weil ich das überhaupt in Erwägung zog, und so ist es ja auch viel besser. Cai geht's auch gut, er läßt dich grüßen und dir sagen, du sollst einen Becher auf sein Wohl trinken.«

Sie tranken noch mehrere Becher, bis es Zeit war, zur Abendandacht zu gehen. »Morgen sehen wir uns im Kapitel«, sagte Bened, als sie in den Hof zurückkehrten. »Ich muß Grüße von Vater Huw an den Prior und Abt Heribert bestellen, und dazu brauche ich dich als Dolmetscher.«

Cadfael grinste verlegen und ein wenig schuldbewußt. »Ich glaube, Vater Huw ist der einzige Mensch in Gwytherin, der die Wahrheit immer noch nicht kennt. Aber wir wollen sein Gewissen nicht belasten, seine Unschuld soll ihm erhalten bleiben.«

»Die ist ungefährdet«, entgegnete Bened. »Er hat niemals Fragen gestellt – aber ich habe irgendwie das Gefühl, daß er genau weiß, was damals geschehen ist. Nun, Reden ist Silber – Schweigen ist Gold.«

Im Kapitel am nächsten Morgen richtete er Vater Huws Grüße an das Kloster im allgemeinen und an die Teilnehmer von Prior Roberts Pilgerfahrt im besonderen aus, auch die Grüße der Gemeinde, wo St. Winifred so viele Wunder gewirkt hatte, an den Altar ihres neuen Ruhmes. Abt Heribert erkundigte sich höflich nach der Kapelle, die er nie gesehen hatte und der das Kloster, wie er erklärte, seine gnadenreiche Schutzherrin und seine kostbarsten Reliquien verdankte.

»Wir hoffen«, fügte er in sanftem Ton hinzu, »daß unser Gewinn kein allzu schmerzlicher Verlust für euch war, denn dies lag nicht in unserer Absicht.«

»Nein, Vater Abt«, versicherte Bened eifrig. »Deshalb brauchst du dir keine Sorgen zu machen. Denn ich muß dir berichten, daß an St. Winifreds ehemaliger Grabstätte wunderbare Dinge geschehen. Die Gläubigen kommen von weither und zahlreicher denn je, um St. Winifreds Hilfe zu erflehen, und viele Kranke wurden von ihren Leiden erlöst.«

Prior Robert zuckte pikiert zusammen, sein asketisches Gesicht färbte sich bläulich-weiß. »Auch jetzt noch, wo die Heilige auf unserem Altar ruht?« fragte er ungläubig. »Wo ihre Anhänger uns scharenweise aufsuchen und zu ihr beten? Nun, vielleicht geschehen im Gwytherin kleinere Wunder, verursacht von einer restlichen Aura ihrer Gnade...«

»O nein, Vater Prior, es sind große Wunder! Viele Frauen, die in den Wehen lagen und vor schweren Entbindungen standen, infolge einer Querlage ihrer Kinder, wurden zu dem Grab gebracht, in dem wir Rhisiart bestattet haben. Und da gebaren sie ihre Kinder, ohne die geringsten Schmerzen zu empfinden oder Schaden zu nehmen. Ein Mann, der vor Jahren erblindet war, badete seine Augen in einem Sud aus den Blüten der Hagedornbüsche, die hinter dem Grab wachsen, warf seinen Stock weg und konnte wieder sehen. Ein junger Mann, dessen gebrochene Beine schief zusammengewachsen waren, kam auf den Friedhof, biß die Zähne zusammen und tanzte – und da verließen ihn seine Schmerzen, und seine krummen Beine streckten sich. Ich kann dir gar nicht sagen, wie viele Wunder wir in diesen letzten zwei Jahren miterlebt haben!«

Ein gelblicher Schimmer überzog Prior Roberts eingefallene Wangen, seine Augen funkelten in smaragdgrünem Neid. Wie konnte es diese obskure, ihrer Heiligen beraubte Gemeinde wagen, mit Wundern aufzuwarten, die kleine Phänomene wie den plötzlich versiegenden Regen weit in den Schatten stellten – ebenso die oberflächlichen Wunden, die zwar relativ schnell, aber keineswegs auf wunderbare

Weise heilten, oder die fragwürdigen Lahmen, die ihre Krükken vor dem Altar liegenließen und davongingen?

»Da war ein dreijähriges Kind, das einen Anfall hatte«, fuhr Bened genüßlich fort. »Steif wie ein Brett lag es in den Armen seiner Mutter und hörte zu atmen auf, und sie rannte mit ihm von einem weit entfernten Feld herbei, watete durch den Fluß, und als sie den Friedhof erreichte, war das Kind schon tot. Sie legte es vor Winifreds Grab ins Gras. Und als es den kühlen Tau spürte, fing es wieder zu atmen an und schrie, und die überglückliche Mutter brachte es nach Hause. Der Kleine ist immer noch gesund und munter.«

»Was, sogar die Toten stehen auf?« krächzte Prior Robert, der an seinem Neid beinahe erstickte.

»Vater Prior«, meinte Bruder Cadfael besänftigend, »das ist doch nur ein weiterer Beweis für die übergroße Macht der heiligen Winifred. Sogar das Erdreich, das sie einst beherbergte, wirkt jetzt Wunder. Und jedes einzelne dieser Wunder gereicht dem Haus zur Ehre, in dem jetzt die seligen Gebeine ruhen – die Gebeine, deren Segen jene Erde immer noch durchdringt und die Menschen beglückt.«

Und Abt Heribert, dem der heftige Zorn seines Priors entging, stimmte mit einem milden Lächeln zu und erklärte, die universale Gnade, die sich in Wales oder in England oder im Heiligen Land oder wo auch immer manifestierte, müßte in universaler Dankbarkeit gepriesen werden.

»Was hat dich bewogen, diese Geschichten zu erzählen?« fragte Cadfael, als er den Schmied zum Klostertor begleitete. »Unschuldiges Entzücken – oder Bosheit?«

»Das mußt du selber herausfinden, Bruder Cadfael... Aber was so großartig an der ganzen Sache ist – diese Wunder sind tatsächlich geschehen, und sie geschehen immer noch.«

Bruder Cadfael blickte ihm nach, als er mit langen beschwingten Schritten die Straße nach Lilleshall hinabging – bis die kräftige, untersetzte Gestalt winzig klein geworden war und hinter einer Biegung der Klostermauer verschwand.

Dann kehrte er in seinen Garten zurück, wo ein knapp sechzehnjähriger heimwehkranker Novize mit tiefernster Miene auf neue Anweisungen wartete, nachdem er ein paar Salatstauden eingepflanzt hatte. Ein wortkarger Bursche. Eines Tages, wenn er Cadfael besser kannte, würde sein Mund vielleicht zu plappern beginnen und sich nicht mehr stopfen lassen... Er wußte nicht viel, aber er lernte schnell, und obwohl er noch ein halbes Kind war und die Kräfte des Wachstums für seine eigene Person brauchte, gediehen die Pflanzen erstaunlich gut unter seinen Händen. Im großen und ganzen war Cadfael zufrieden mit ihm.

Ich wüßte nicht, dachte er, während er distanziert und gelassen auf jene Ereignisse zurückblickte, wie ich es hätte besser machen können. Die kleine walisische Heilige ist wieder dort, wo sie immer sein wollte. Gott segne sie, und anscheinend zeigt sie ihre Dankbarkeit, indem sie Wunder wirkt. Und wir besitzen das, was uns von Anfang an gehörte, worauf wir ein Recht haben und was wir verdienen – nicht mehr und nicht weniger. Und damit müssen wir uns begnügen. Offenbar ist die Leiche eines berechnenden Mörders fast so effektvoll wie echte Reliquien, wenn man nur fest daran glaubt. Fast, aber nicht ganz! Da diese guten Leute oben in Gwytherin Bescheid wissen, freuen sie sich vielleicht auf noch großartigere Wunder. Und wenn ein Teil ihrer Dankbarkeit auch Rhisiart gilt – warum nicht? Er hat es verdient, und daß die Wunder geschehen, obwohl er in Winifreds Grab liegt, beweist doch wohl, daß sie ihn willkommen geheißen hat. Vielleicht freut sie sich sogar über seine Gesellschaft. Jetzt kann er ihrer Jungfräulichkeit nicht mehr gefährlich werden, und wenn er unbefugt in ihr Reich eingedrungen ist, so war das nicht seine Schuld. Seine Grabgefährtin würde ihm ein oder zwei Blüten von der Girlande ihres Ruhms nicht mißgönnen.